며운 장편 소설

FUSION FANTASTIC STORY

전공 삼국지 5

멱운 장편 소설

초판 1쇄 찍은 날 § 2015년 10월 13일
초판 1쇄 펴낸 날 § 2015년 10월 20일

지은이 § 멱운
펴낸이 § 서경석

편집책임 § 한준만

펴낸곳 § 도서출판 청어람
등록번호 § 제387-1999-000006호
등록일자 § 1999. 5. 31
어람번호 § 제1-2256호

주소 § 경기도 부천시 원미구 부일로 483번길 40 서경B/D 3F (우) 420−822
전화 § 032-656-4452 팩스 § 032-656-4453
http://www.chungeoram.com
E-mail § chungeorambook@daum.net

ISBN 979-11-04-90458-5 04810
ISBN 979-11-04-90353-3 (세트)

5
전풍
삼국지
멱운 장편 소설
FUSION FANTASTIC STORY
도서출판 청어람

전풍
삼국지

目次

第一章
원술의 서주 침공 上

"빨리 도망쳐라! 빨리! 적에게 대항하지 말고 무조건 달아나야 한다!"

부푼 꿈을 안고 개양으로 향하던 유비는 며칠 만에 울상을 짓고 말았다.

어깨에 활까지 맞은 채 사력을 다해 도망치며 미친 듯이 소리를 질러댔다.

원래 유비 곁에 있던 3천 군대는 단 몇 시진 만에 3, 4백 명으로 쪼그라들었다. 그들 역시도 태반이 화살을 맞았고, 관우와 장비 또한 예외가 아니었다.

유비군의 등 뒤로는 군자군이 가지런히 대오를 이루고 끊임없이 화살을 날리며 추격해 오고 있었다. 처음으로 군자군을 단독 지휘하게 된 도기는 의기양양하게 군자군 깃발을 펄럭이며 외쳤다.

"화살을 날려라! 유비를 죽이는 자에게는 큰상을 내릴 것이다!"

원래 군자군은 회음으로 남하하는 척하며 하비에 주둔하고 있었다.

이때 유비가 개양으로 쳐들어온다는 첩보를 받고 낭야로 기수를 돌린 것이다.

유비는 정신없이 달아나면서도 군자군이 왜 이곳에 나타났는지 영문을 몰라 고개만 갸웃거렸다.

*　　　*　　　*

여포와 진궁은 서주군이 회음에서 참패하지 않고 대승을 거뒀다는 도응의 말을 당연히 믿지 않았다.

다만 서주 대군에게 급작스레 포위당해 형세가 급박했기 때문에 어쩔 수 없이 퇴병을 결정한 것뿐이다. 이들은 머지않아 기회가 다시 찾아올 것이라고 기대하는 동시에 남방에 보낸 척후와 세작들에게 급히 전황을 올려 보내라고 다그쳤다.

이들은 창읍으로 돌아오자마자 동군을 잃었다는 비보와 함께 원술의 사자 한윤(韓胤)의 방문을 받았다.

한윤은 원술이 서주를 공격하는 기간에 맹우인 여포가 협공을 가하지 않는 바람에 회음에서 참패를 당했으며, 여포에게 이를 강력하게 따졌다.

여포는 한윤의 말에 어안이 벙벙해져 다급히 물었다.

"기령이 회음에서 대패하고 전군이 몰살당했다고요? 그것이 사실이오?"

한윤은 원망을 가득 담은 말투로 대답했다.

"온후, 이런 큰일을 감히 농으로 던지겠습니까? 도응은 이미 아군의 성동격서 계책을 간파하고 광릉으로 향하던 정예병을 회음으로 돌렸습니다. 기령 장군이 회음을 공격할 때, 도응이 회하 둑을 무너뜨려 아군에게 수공을 가했단 말입니다. 결국 기령 장군 휘하의 1만 5천 정예병이 몰살되고, 기령 장군과 참군 주유는 어디로 갔는지 생사도 불명한 상황입니다. 여기에 수많은 전선과 몽동까지 빼앗기는 막대한 손실을 입었습니다."

여포와 진궁은 눈이 휘둥그레져 서로의 얼굴을 바라보며 한윤의 말을 믿으려 들지 않았다.

교전 쌍방이 서로 자기 군대가 전멸됐다고 말하는 경우가 세상에 어디 있단 말인가.

하지만 한윤은 여포와 진궁의 표정을 보고 아군의 뜻밖의 참패에 크게 놀랐다고 오해했다. 이에 원망을 조금 누그러뜨리고 온화한 어투로 말했다.

"우리 주공께서는 온후를 탓할 뜻이 전혀 없습니다. 다만 온후께서 가능한 한 맹약을 이행해 남북으로 도응을 협공하길 바라실 뿐입니다. 이번에 우리 주공께서는 회음의 복수를 위해 친히 군사를 총동원해 도응을 토벌하기로 결정하셨습니다. 동원되는 병력도 최소 12만에 이릅니다. 도응이 아무리 날고 기는 재주가 있다 해도 우리 대군 앞에서는 당랑거철(螳螂拒轍)일 뿐입니다. 이런 기회는 쉽게 찾아오지 않으니 온후께서도 현명히 판단하시리라 사료됩니다."

여포는 12만이라는 말에 의구심이 들어 물었다.

"기령의 대군이 모두 꺾인 데다 주력 부대도 우저에서 유요의 주력군과 대치하고 있잖소? 그런데 12만 대군을 어찌 금방 모은단 말이오?"

"12만 대군이 적은 수는 아니지만 그렇다고 많은 것도 아닙니다. 회남은 병사가 많고 양식이 풍족한 데다 우리 주공께서는 민심을 크게 얻어 백성들이 앞다퉈 군수와 물자를 바치고 있습니다. 회음 전투에 참여했던 6만 군대가 아직 건재함은 말할 것도 없고, 이들을 동원하지 않더라도 우리 주공의 호령 한마디면 10만 대군쯤은 즉시 조직할 수 있습니다."

여포는 하마터면 웃음이 터져 나올 뻔했다. 곁에 있던 진궁도 몰래 한숨을 내쉬더니 한윤에게 말했다.

"먼 길을 오느라 피곤할 텐데 역사로 가 잠시 쉬고 계십시오. 당장 연주의 전황이 급박해 주공 및 신하들과 먼저 상의한 후 다시 회신을 넣겠습니다."

한윤은 몸을 일으켜 작별 인사를 고하고 호위병을 따라 역사로 향했다.

한윤이 나가자마자 여포는 참고 있던 웃음을 터뜨렸다.

"하하하, 원술 놈이 사람을 웃기는 재주까지 가지고 있구나! 아무 데서나 그러모은 백성을 가지고 군대라니. 그렇게 따지면 나도 오늘 당장 5만 대군을 조직할 수 있다. 이런 군대를 전장에 내보내야 무슨 쓸모가 있단 말인가?"

진궁 역시 냉소를 지으며 말했다.

"원술의 주력군이 아직 남았다고 하나 그 수는 분명 얼마 되지 않을 것입니다. 그리고 원술이 아무리 많은 대군을 이끌고 북상한다 해도 아군이 출병하지 않으면 도응에게 필패할 것이 확실합니다. 원술의 오합지졸로는 절대 도응의 정예병을 당해낼 수 없습니다."

"그럼 아군은 어찌해야 하는가? 맹약을 지켜 출병해 원술을 도와야 하는 건가?"

진궁은 골똘히 생각에 잠기더니 한참 후 천천히 입을 열었다.

"주공, 아군이 세 번째로 남하한다면 승산이 얼마나 있다고 보십니까? 아시다시피 원술은 절대 도응의 상대가 아닙니다. 지금 아군의 연주 기반은 이 창읍과 정도, 임성 세 군데밖에 남지 않았습니다. 만약 원술과 연합해 남하했다가 조조가 이 틈을 타 쳐들어온다면 아군은 뒤쪽이 신경 쓰여 제대로 전투를 벌이기 어려워집니다."

"하지만 이 기회에 움직이지 않으면 연주 남부에 그대로 눌러앉아 있어야 하지 않는가?"

"발붙일 연주 남부라도 있는 것이, 집 없이 떠도는 것보다 열 배는 더 낫습니다. 아군은 잇달아 조조, 원소와 척을 지고, 원술은 너무 멀리 떨어져 있는 상황에서 도응만이 우리에게 우호적인 태도를 보이고 있습니다. 비록 우리를 이용하는 것이라지만 최소한 우리 배후를 기습하는 일 따위는 할 리가 없습니다. 이 난세에 뒤를 든든히 보호해 주는 이런 맹우를 만나기란 하늘의 별 따기와 같습니다."

"공대의 말은 우리가 원술과의 맹약을 파기하고, 또 서주를 병탄할 계획을 버리고서 도응과 결맹하자는 것인가?"

"멀리 있는 물로는 가까운 불을 끌 수 없는 법입니다. 그릇이 작은 원술과 달리 도응은 간사하고 악랄하긴 해도 행동에 준칙이 있어서 맹우에게 함부로 손을 쓰지는 않을 것입니다. 또 북쪽의 병풍으로 꼭 필요한 아군이 패망하는 것을 좌시하지도 않을 테고요. 따라서 주공께서 말씀만 하시면 도응의 도움을 받아 능히 조조를 대적할 수 있습니다."

여포는 주저하며 당장 결정을 내리지 못했다. 진궁 역시 여포가 아직까지 서주에 미련이 남아 있음을 잘 알기에 더는 재촉하지 않았다.

다만 서주와 우호 관계를 맺을 수 있는 계책 하나를 올렸다.

그건 바로 원술의 사자인 한윤을 서주로 압송해 도응의 신뢰와 서주의 전량을 동시에 얻는 것이었다.

여전히 망설이던 여포는 일단 한윤을 창읍에 머물게 하고 엄밀히 감시하라고 명했다.

이어 사태를 추이를 지켜보면서 다음 행보를 결정하기로 마음먹었다.

조조 역시 도응의 속임수에 깜빡 넘어가긴 했지만 그 덕분에 여포에게서 동군을 탈취한 것은 물론, 뜻밖의 수확까지 얻었다.

그는 군침을 흘리며 탐내던 맹장을 맞이하고 기뻐 어찌할 줄 몰랐다.

유비 형제는 낭야에서 공포의 대상인 군자군을 만나 전군이 몰살당하는 횡액을 겪었다.

겨우 목숨을 건진 10여 명을 이끌고 제현으로 도망친 유비는 공융을 볼 낯이 없었던 데다 병사가 적고 담이 작은 이자를 따르는 건 득이 없다고 판단했다. 그래서 아예 서쪽으로 달려가 조조에게 투신했다.

이참에 조조의 병마를 빌려 도응에게 복수하고 재기의 기회를 노리고자 한 것이다.

전에 동탁을 토벌하기 위해 18로 제후군이 모였을 때, 화웅의 목을 베고 여포와 겨뤘던 관우의 위용을 친히 목도한 조조는 그를 자신의 수하로 만들고 싶은 생각이 간절했다.

그런데 그가 제 발로 찾아왔으니 인재를 소중히 여기는 조조가 뛸 듯이 기뻐한 것도 당연한 일이었다.

조조는 단칼에 유비 형제를 없애 후환을 제거하라는 순욱과 정욱의 의견을 무시한 채, 이들을 반갑게 맞이하고 성대한 연회를 베풀어주었다.

또한 유비에게 3천 군사와 식량 1만 휘를 내주고 서주와 경계를 접한 노국군에 주둔하도록 했다. 이로써 서주에 계속 위협을 가하는 동시에, 조조군과 기각지세(掎角之勢)를 이뤄 여포를 협공하는 형세를 취했다.

이 사건은 주변 정세에도 큰 영향을 미쳤다.

유비 형제가 조조의 지원으로 노국군에 주둔했다는 소식이 창읍에 전해지자, 조조, 원소 연합군을 상대하기도 벅찼던 여포는 당장 진궁의 계책을 채납해 서주와 동맹을 맺기로 결정했다.

그는 왕해에게 원술의 사자인 한윤을 서주로 압송해 도응에게 동맹의 성의를 보인 후, 북쪽 연합군을 상대할 군사와 전량을 빌려오라고 명했다.

며칠 후, 왕해는 팽성에 도착해 한윤을 도응에게 넘기고 여포의 친필 서신을 바쳤다.

도응은 이를 보고 크게 기뻐하며 당장 한윤을 끌어내 목을 베라고 명했다.

호위병들이 살려달라고 애걸하는 한윤을 끌고 나갈 때쯤, 도응이 갑자기 그들을 멈춰 세웠다.

"아니다. 한윤을 서주 형장으로 끌고 가 사람들이 보는 앞에서 원술이 나와 온후 사이를 이간한 죄행을 밝힌 연후에 효수하라. 그리고 그의 수급을 한 달 동안 성문에 걸어놓아라!"

"도 사군, 살려주십시오. 제발 목숨만 살려주십시오!"

한윤이 울며불며 애원했지만 도응은 냉혹한 시선으로 호위병에게 고갯짓을 했다.

도응의 이 행동은 사실 원술과 여포에게 자신과 반목하면 얼마나 참혹한 대가가 따르는지 보여주기 위한 의도였다. 사신을 참수하리라고는 전혀 예상치 못한 왕해는 이 장면을 보고 등골이 오싹해짐을 느꼈다.

한윤이 곡소리를 내며 끌려 나가자 왕해는 그제야 도응에게 허리를 굽히고 본론을 꺼냈다.

"사군, 우리 주공의 성의는 이미 아셨을 겁니다. 지금 조조와 원소의 공세가 맹렬한 상황에서 유비까지 노국군에 진을 치는 통에 우리 주공께서는……."

"그대가 말하지 않아도 다 알고 있소이다."

도응은 왕해의 말을 자르고 먼저 입을 열었다.

"온후는 내 장인이오. 장인이 곤경에 처했는데 어찌 사위가 수수방관할 수 있겠소. 이렇게 합시다. 양초 3만 휘와 무기 2천 자루, 갑옷 5백 벌을 내드리리다. 하지만 군대는 빼내기 곤란한 상황이니 비화창 5백… 아니, 1천 정을 드리겠소."

"비화창이요? 비화창이 대체 무엇입니까?"

왕해가 어리둥절해하며 다시 물으려 할 때, 곁에 있던 도기가 갑자기 튀어 나와 큰소리로 외쳤다.

"형님, 비화창은 안 됩니다. 그건 우리 군자군의 최고 비밀 무기입니다!"

'뭐? 군자군 최고 비밀 무기라고?'

왕해는 도기가 난처한 표정을 짓는 걸 보고 이 비화창이 대단한 무기임을 직감했다. 이에 재빨리 도응에게 공수하고 예를 갖췄다.

"이 왕해가 주공을 대신해 사군께 감사드립니다."

"아우는 너무 염려하지 마라. 비화창은 우리가 화약을 보충해 주지 않으면 어차피 한 번밖에 쓸 수가 없다. 지금 연주의 형세가 급박해 이 비밀 무기를 내주지 않으면 온후는 버텨낼 수가 없다."

이 말에 도기가 하는 수 없이 물러가자 도응이 왕해에게 말했다.

"왕 선생, 비화창의 위력이 실로 대단하긴 하나 제조 비용이 많이 드는 관계로 우리도 3천 정밖에 가지고 있지 않소이다. 1천 정을 드리는 것도 꽤 인심을 쓴 것이니 온후께 잘 말씀드려 주시오."

왕해는 기쁜 마음에 연신 고개를 끄덕이고 허리를 굽혀 사례한 후 자리에서 물러나왔다.

*　　　　*　　　　*

왕해가 군수물자와 함께 비화창을 가지고 창읍으로 돌아왔을 때는 여포는 친히 군사를 거느리고 정도의 장막을 구하러 출발한 뒤였다.

창읍을 지키던 진궁은 비화창의 위력을 직접 본 후 크게 기뻐하며 급히 사람을 시켜 비화창을 전선으로 보냈다.

조조, 원소 연합군과 악전고투하던 여포는 비화창을 당장 실전에 투입했다.

불을 뿜는 장창을 생전 처음 본 적들은 그 위력에 깜짝 놀라며 진용이 크게 어지러워지기 시작했다.

맹장 안량, 전위마저 이 해괴한 무기 앞에서 어찌해야 할 바를 몰랐다.

비화창에 불타죽고 중상을 입는 장사들이 속출하자 여포는 승세를 타고 조조와 원소 대군 진영을 향해 군대를 시살해 들어갔다.

여포는 적토마에 올라 비화창을 장착한 방천화극을 휘두르며 적진으로 뛰어들었다.

한 길 길이의 화염을 쏘아대며 달려드는 여포 앞에서 조조, 원소 연합군은 속수무책으로 쓰러지고 말았다.

여포를 막아선 전위와 안량도 몸에 화상을 입고 말머리를 돌려 달아났다.

종횡무진 적진을 유린하는 여포의 모습은 가히 무인지경이 따로 없었다.

신무기의 위력에 절로 감탄한 여포군 병사들도 사기가 크게 진작돼 앞다퉈 적진으로 달려가 비화창을 날려댔다.

얼굴과 몸에 화상을 입은 연합군 사병들은 고통의 절규를 내지르며 바닥을 나뒹굴었고, 대부분의 병사들은 이를 피해 달아나기 바빴다.

"어라? 왜 더 나가지 않는 거지?"

한창 비화창을 쏘는 데 재미가 들린 여포는 창끝의 화약이 다하자 나는 듯이 본진으로 돌아와 새 비화창을 장착하고자 했다. 하지만 남은 비화창은 한 정도 없었다.

그렇다 해도 지금은 군이 비화창이 필요 없었다. 어쩔 줄 몰라 허둥대는 연합군은 모든 전선이 이미 붕괴 직전에 이르러 여포군의 칼과 창 아래 시체가 산처럼 쌓이고, 피가 흘러 내를 이루었다.

정도성 안에서 이를 지켜보던 장막은 전세가 유리하게 돌아가자 즉각 성문을 열고 나와 측면에서 연합군을 맹렬히 공격했다.

전세가 급격하게 기울어 대영마저 여포군에게 쑥대밭이 되는 걸 본 조조는 하는 수 없이 영채를 버리고 달아났다. 여포군은 연합군이 두고 간 양초와 무기를 다량 노획하는 전과를 올렸다.

정도 전투가 끝난 후 비화창의 위력을 실감한 여포는 당장 서주로 사신을 보내 도응에게 더 많은 신무기를 요구했다.

"네? 비화창 5천 정이요? 허허, 왕 선생, 제 말을 온후께 제대로 전하지 않으셨구려. 그렇지 않으면 온후께서 이런 무리한 요구를 할 턱이 있겠소?"

도응은 쓴웃음을 지으며 왕해를 추궁했다.

"당연히 전했습죠. 사군께서 재삼 당부한 일을 소인이 어찌 감히 태만히 하겠습니까? 우리 주공께서도 이 요구가 무리하다는 걸 알고 계십니다. 다만 사군께서 비화창 5천 정만 내어준다면 조적을 연주에서 쫓아내고, 심지어 조조 대군을 전멸시킬 수도 있다고 전하라 하셨습니다. 이렇게만 되면 조조 손에 목숨을 잃은 수십만 서주 백성의 원한을 갚고, 북부 변경도 태산처럼 안정될 것입니다."

왕해의 말에 도응이 굳은 표정으로 대답했다.

"왕 선생, 비화창 한 정을 만드는 데 얼마나 드는지 아십니까? 무려 3천 6백 전입니다. 이 돈이면 백성 한 가구가 1년간 먹고살 수 있습니다. 뭐, 돈이야 그렇다 쳐도 관건은 화약 수급이 매우 불안정하다는 점입니다. 쉽게 우전의 예를 들겠습니다. 누구나 독수리 깃털로 만든 우전의 사격 적중률이 가장 높다는 걸 알지만 독수리 깃털을 구하기란 여간 어려운 일이 아닙니다. 비화창 역시 이와 꼭 같습니다. 작년에 우여곡절을 겪으며 제조한 비화창 3천 정 중 1천 정을 이미 온후께 드렸는데, 어디서 다시 5천 정을 구한단 말입니까?"

"그렇게 귀합니까?"

왕해는 도응의 설명에 깜짝 놀란 표정을 지었다.

"그리 귀하지 않았다면 일찌감치 전쟁터에서 매번 써먹었겠죠. 왕 선생, 아시다시피 지금 원술이 회음의 복수를 하기 위해 친히 20만 대군을 거느리고 북상 중입니다. 아군도 병력을 총동원해 응전해야 하는 상황이라 남은 비화창 2천 정 중 한 정도 온후께 드릴 수 없는 형편입니다. 하지만 왕 선생은 걱정 마시고 돌아가 온후께 아뢰십시오. 비화창은 분명 있으니 원술을 격파한 후에 꼭 드리겠다고 말입니다."

도응은 이런저런 변명을 둘러대 왕해를 겨우 설득했다. 도응은 왕해가 자사부 대당을 나가자마자 곁에 있던 노숙과 진등을 바라보고 쓴웃음을 지으며 말했다.

"허, 여포가 비화창의 위력을 알았다고 서니 이렇게 낯짝 두껍게 나올 줄은 몰랐구려. 내 여포를 너무 얕본 모양입니다. 조조를 멸하면 다음 목표가 누구인지 빤한데, 함부로 내줄 수야 없지요."

진등도 웃으면서 대답했다.

"아무래도 이자들이 어디까지 얻어낼 수 있나 떠보는 듯한 느낌입니다. 하지만 상관없습니다. 조조가 아직 건재한 데다 주공께서도 숨겨진 실력을 드러내 보였으니, 여유가 좀 생겼다고 딴마음을 먹는 짓은 하지 않겠지요."

그런데 도응이 뜻밖에 고개를 저으며 한숨을 내쉬었다.

"휴, 꼭 그렇지도 않습니다. 이번 전쟁에서 아군이 원술군에게 우위를 점한다면 진궁이 여포를 필사적으로 말릴 테지만, 만약 아군의 전세가 불리해지거나 싸움이 한없이 길어지면 무슨 일이 벌어질지 장담하기 어렵습니다."

진등 역시 쓴웃음을 지으며 여포라면 당장 그러고도 남을 위인이라고 생각했다. 이어서 진등은 궁금한 듯 도응에게 물었다.

"주공, 여포가 정도에서 대승을 거뒀다는 소식이 서주로 전해졌을 때, 신이 한 가지 꼭 묻고 싶은 것이 있었습니다. 아군의 비화창이 이토록 위력적인데 왜 이를 대량으로 제조하지 않는 것입니까?"

"불을 뿜는 시간이 기껏해야 반각(半刻)도 되지 않는 비화창이 얼마나 효과가 있겠습니까? 여포가 비화창으로 조조를 물리친 건 조조군이 이를 처음 본 탓에 당황한 틈을 타 거둔 일시적인 승리일 뿐입니다. 다음번에는 분명 대비가 있을 것이니 효과가 생각만큼 클 리 없습니다. 우리도 마찬가지입니다. 처음에야 적을 놀래는 효과가 있다지만 자주 써먹으면 적도 이에 대비할 방법을 찾게 마련입니다. 그래서 많이 만들어 봐야 크게 쓸모가 없습니다."

진등과 노숙은 도응의 말을 이해하고 고개를 끄덕였다. 하지만 도응에게는 이들에게 밝히지 못한 고민이 있었다.

효과가 크지 않다고 해도 위력적인 이 무기를 도응이라고 왜 많이 만들고 싶지 않았겠는가.

그러나 생산력과 과학기술이 뒤처진 한말에는 비화창을 제조하는 데 비용이 많이 들었을 뿐만 아니라 화약 제조에 관건이 되는 초석(硝石)을 구하기 어려워 대량생산이 용이하지 않았던 것이다.

물론 도응은 임진왜란 때 이순신 장군이 초석의 대량생산에 성공했음을 알았으나 관심이 없었던 터라 어떻게 만들었는지까지는 기억하지 못했다.

각설하고, 앞서서 도응이 언급한 원술군의 서주 침략으로 돌아가 보자.

안중무인(眼中無人)인 원술은 회음의 참패 소식을 듣고 너무 부끄럽고 분한 나머지 회남의 인력과 재력을 대거 동원했다.

그는 수많은 문무 관원의 반대에도 불구하고 신속히 13만 대군을 그러모아 20만 대군이라고 떠벌이며 친히 군대를 지휘하여 서주 침공에 나섰다. 또 아첨꾼 양굉의 건의에 따라 군대를 두 길로 나누었다.

일로는 진기가 3만 군사를 거느리고 패국군 치소인 상읍(相邑)과 소패로 진격해 서주군의 병력을 분산시키고, 나머지 10만 대군은 원술의 지휘 아래 죽읍과 치구(恥丘) 대로를 따라 곧장 팽성으로 쳐들어가기로 결정했다.

도응은 이 소식을 듣고 속히 팽성 일대에 병력을 집중해 원술의 13만 대군을 맞을 준비를 했다.

第二章

원술의 서주 침공 下

원술의 서주 침공 급보가 전해지자 도응은 문무 관원을 소집해 대책 회의에 들어갔다.

그런데 도응 계업(繼業) 후 별문제가 없었던 이들 사이에 의견 대립이 발생했다.

진등과 조표, 장패 등은 3만이 넘는 서주 주력군을 죽읍 부근에 결집시켜 원술 대군과 결전을 벌이고, 상읍 등에는 예비 병력을 배치하자고 주장했다.

원술의 주력 부대만 격퇴하면 나머지 군대는 염려할 필요가 없다는 논리였다.

한편 노숙을 위시한 일부 관원들은 1만 5천에서 2만 정도의 병력만 죽읍에 주둔시켜 원술 주력군과 대치하고, 남는 병력은 상읍, 하비, 팽성, 소패, 소관 등을 방어해 중요한 성지와 요해의 안전을 확보해야 한다고 주장했다.

그런데 진등의 부친인 진규는 아들과 대립각을 세워 지방 사족을 이끌고 노숙의 견해를 지지했다.

물론 이들이 노숙을 지지한 이유는 따로 있었다.

지방에 거점을 둔 사족들로서는 원술의 침공으로 자신들의 이익이 침해당할까 우려했기 때문이다.

다행히 이 두 목소리에는 큰 강은 아니지만 지형적으로 요새 역할을 하는 수수 부근의 죽읍에 주력군을 배치하여 원술 대군과 맞서 싸워야 한다는 공통점을 가지고 있었다.

사실 이 두 주장 모두 서주의 이익을 고려한 것이었다. 주력군을 대부분 출동시켜 원술과 결전을 벌여야 한다는 진등의 주장은 병력이 우세한 원술과 소모전을 피하고 속전속결로 전쟁을 종결하려는 의도였다.

또 노숙의 주장은 전략적인 측면을 고려한 것으로, 요해지마다 병력을 주둔시키면 호시탐탐 서주를 노리는 주변 적들의 야심을 꺾는 효과를 거둘 수 있었다.

쟁론 중에 진등이 노숙에게 이의를 제기했다.

"군사, 주변 제후들의 야심을 꺾겠다는 생각에는 동의합니다.

다만 이 점을 고려해 보신 적은 있습니까? 병력이 모자란 아군이 속전속결로 승부를 보지 못하고 소모전에 돌입하게 되면, 원술이야 본래 백성의 재물을 수탈하는 데 거리낌이 없는 자라 상관이 없겠지만 우리 주공은 어찌하란 말입니까? 또 아군과 원술군이 장기전에 돌입하면 주변 적들에게 서주를 노릴 기회를 주게 됩니다."

노숙도 진등의 의견에 당당하게 반박했다.

"원룡의 말도 일리가 있습니다. 하지만 원술을 잘 모르시는군요. 숙은 구강에 있을 때 이미 원술의 본색을 꿰뚫어봤습니다. 원술은 허영심이 강하고 지략이 없으며 결단력이 없고 큰일을 도모할 때 몸을 사리는 자입니다. 만약 우리가 주력군 태반을 이끌고 응전하면 원술은 필시 신중하고 조심스러워져 전황이 되레 소모전에 빠질 가능성이 높습니다. 반대로 우리가 2만도 안 되는 군사를 거느리고 남하하면 원술은 승산이 있다고 확신해 서둘러 승부를 보려고 할 것입니다. 이때 조금이라도 손해를 본다면 원술은 체면이 크게 깎여 복수에 더욱 열을 올릴 테니 전황은 아군이 원하는 속전속결로 흘러갈 수 있습니다."

"노부도 군사의 의견에 찬동합니다."

이때 아들과 대립한 진규가 끼어들며 말을 이었다.

"노부가 젊었을 때 일찍이 원술과 교유한 적이 있어서 그의 사람됨을 잘 알고 있습니다. 군사의 말씀이 일 푼도 틀리지 않으며, 약자에게는 강하고 강자에게는 비굴한 위인입니다. 주공께서 만약 적은 군사를 거느리고 출전하면 원술은 분명 안하무인이 돼 경솔하게 공격에 나설 것입니다. 반면 군사가 많으면 필시 겁을 먹고 진공을 멈추어 외려 아군이 발목을 잡히고 맙니다."

부친이 반대하고 나서자 진등은 차마 의견을 제시하지 못하고 시선을 도응에게 돌려 그의 결정만 기다렸다.

도응은 진규 등의 얄팍한 이해타산을 잘 알고 있었다. 하지만 이제 막 서주를 계승한 도응으로서는 사족들의 지지가 절대적으로 필요했다.

동시에 노숙과 진규의 말처럼 원술이 어떤 자인지 잘 알고 있었기에 거듭 숙고한 후 드디어 결정을 내렸다.

"한유(漢瑜) 공과 자경의 말이 내 뜻과 꼭 부합하오. 나는 1만 5천 군사를 거느리고 죽읍으로 가 원술군과 응전하고, 나머지 병력은 서주의 주요 성지와 요해처를 굳게 지키기로 합시다!"

한유는 진규의 자다.

"주공, 현명하신 판단입니다."

진규 등 지방 사족들은 도응의 결정에 허리를 숙여 사례했다.

이들로서는 병력을 대거 차출하지 않아도 돼 근거지의 안전을 확보하고, 또 군수물자 운송에 들어가는 막대한 비용을 아끼게 되었으니 기쁘지 않을 수 없었다.

이어 진등이 공수하며 말했다.

"주공께서 내리신 결정이니 신도 반대하지 않겠습니다. 다만 원술의 부대가 오합지졸이라고 하나 그 수가 절대적으로 많습니다. 신중하게 대처하시길 바랍니다."

도응은 진등의 배려에 감사를 표한 연후에 진규에게 고개를 돌려 말했다.

"한유 공, 그대는 원술과 오랜 친구라 그의 본성과 성격을 잘 알 것이오. 하여 이번 출정에 동행해 참모를 맡아주시오."

"주공의 명에 기꺼이 따르겠습니다. 노부의 차자인 진응(陳應)이 전에 여러 차례 회남으로 남하해 원술과 노부의 서신을 전한 일이 있습니다. 원술과도 자못 낯이 익어서 함께 데려간다면 도움이 될 것입니다."

도응도 크게 기뻐하며 진규의 청을 받아들였다.

계획이 확정되자 도응은 노숙과 진등의 도움 아래 각 요해지에 병력과 장수를 적절히 배치했다.

이어 죽읍에는 먼저 3천 군사를 보내 방어 시설을 꼼꼼히 점검하고 대영을 차리라고 명한 후, 도응이 친히 1만 2천 군사를 이끌고 남하하기로 결정했다.

이 안에는 최정예 군자군은 물론 풍우군, 장패의 낭야군이 포함돼 있었고, 노숙, 진규, 허저, 장패, 서성, 진도 등이 함께 출정했다.

도상과 진등, 조표는 팽성을 지키며 각지의 양초 보급을 총괄하고, 진의는 5천 군사를 이끌고 소패에서 상읍으로 남하해 그곳의 수장이 거느린 2천 군사와 함께 성을 지키며, 소관은 허저의 형 허정이 2천 군사를 이끌고 진주했다.

기타 성지와 요지는 아무 조정 없이 기존대로 방위 업무를 맡겼다.

군사 배치가 마무리되자마자 남쪽에서 급보가 날아왔다. 원술이 이미 13만 대군을 거느리고 회하를 건너 하루에 50리씩 북상하고 있다는 것이었다.

도응은 더 이상 지체할 수 없어 도상 등과 작별 인사를 나눈 후 즉각 군사를 이끌고 죽읍으로 남하했다.

* * *

사실 원술의 이번 서주 북벌은 신하들의 의견을 배척한, 원술의 독단적인 결정이었다.

원술의 종제인 원윤과 심복 장훈, 교유 등은 북벌에 단호히 반대했다. 이들은 회음의 패배로 군대가 크게 꺾이고 사기가 저하된 데다 여포의 배신으로 외원(外援)마저 끊겨 승산이 높지 않다고 여겼다.

이에 휴양생식하며 민생을 돌본 연후에 기회가 무르익었을 때 복수에 나서자고 권유했다.

그러나 원술의 귀에는 아무 말도 들어오지 않았다. 그에게 있어서 회음의 원한을 갚고 북벌 대계를 이루는 데 회남의 민생쯤이야 희생한들 무슨 대수겠는가.

원술이 출병을 결정했을 때, 마침 기쁜 소식이 전해졌다.

생사가 불명하던 주유와 기령이 서주에서 도망쳐 수춘으로 돌아온 것이다.

원술은 속으로 크게 기뻤지만 일부러 벽력같이 대로하며 회음 패배의 책임을 물어 기령의 목을 베라고 명했다.

이 명에 뭇 신하들이 깜짝 놀라 무릎을 꿇고 간청한 덕에 원술은 마지못한 척하며 기령의 목숨을 살려주었다. 그 대신 이번 출정에서 대공을 세워 반드시 속죄하라고 엄명을 내렸다.

한편 주유는 기령이 구명지은(救命之恩)을 갚기 위해 회음 패배의 책임을 다 뒤집어쓴 데다 원술도 재능 있는 사위를 아껴 아무 죄도 묻지 않고 이번 출정에 동행하라고 명했다.

주유는 도응과 다시 한 번 겨룰 기회가 찾아오자 이번 전쟁이 승산이 높지 않은 싸움이란 것 따위는 다 잊고 어떻게 도응과 맞서야 할지 벌써부터 궁리에 들어갔다.

며칠 후, 원술의 13만 대군이 대택향(大澤鄕)에 이르러 영채를 차리고 하룻밤 휴식을 취할 때 전방에서도 소식이 날아들었다.

친히 1만 2천 군대를 이끌고 남하한 도응이 미리 죽읍에 진주하고 있던 3천 군사와 회합해, 총 1만 5천 군대가 죽읍에 주둔하며 수수에 의지해 원술 대군의 진로를 가로막고 있다는 것이었다.

이 소식을 들은 원술은 박장대소를 터뜨리며 아주 거만하게 소리쳤다.

"하하, 도응이 겨우 1만 5천 군대로 내 13만 대군을 막겠다는 것인가! 정말 가소롭기 짝이 없구나!"

그러자 양굉이 재빨리 원술의 비위를 맞추며 알랑거렸다.

"지당하신 말씀입니다. 신이 보기에 주공께서 속히 진군한다면 죽읍을 단숨에 접수하고, 얼마 걸리지 않아 서주성까지 취한 후 반역무도한 도겸을 부관참시할 수 있을 것입니다."

이 말에 원술이 고개를 끄덕이며 양굉을 칭찬하고 다시 큰소리로 웃자 곁에 있던 많은 문무 관원들도 원술을 따라 억지웃음을 지었다. 하지만 일부 눈살을 찌푸리고 있던 관원 중에 대장 교유가 앞으로 나와 공수하며 말했다.

"주공, 말장이 보기에 성급하게 공격에 나섰다간 낭패를 당하기 십상입니다. 도응이 이미 수수에 의지해 영채를 차려 필시 방비가 견고할 것입니다. 이런 적을 치는 건 득보다 실이 많습니다."

이 말에 고무된 듯 전 연주자사 금상(金尙)도 앞으로 나와 원술에게 예를 갖추고 말했다. 그는 연주에서 조조에게 쫓겨나 원술 진영으로 투항했다.

"주공, 교유 장군의 말이 맞습니다. 아군은 비록 수는 많으나 적군보다 용맹하지 않고, 적군은 비록 정예롭다 하나 후방에 적이 많아 아군만큼 형세가 안정적이지 않습니다. 아군은 양초가 풍족하고 후방이 든든하니 천천히 지키기만 해도 적 후방에서 변고가 발생해 적은 싸우지 않고도 무너질 것입니다. 아군이 급하게 공격에 나서면 적군의 계략에 떨어질까 염려되니 주공께서는 다시 한 번 살피시길 바랍니다!"

"입 닥쳐라!"

원술은 발연대로하며 꾸짖었다.

"도응이 겨우 1만 5천 군대로 앞길을 막는데 기다리기만 하다가 언제 기회가 오겠느냐? 또 만천하에 서주를 공격하겠다고 공언한 내 체면은 뭐가 되겠느냐? 내일은 60리를 행군하여 해가 떨어지기 전에 반드시 죽읍에 당도할 것이다! 진기에게도 사흘 내에 상읍에 당도하고, 열흘 내에 상읍을 함락시키라고 전하라. 만약 기일이 지연된다면 군법으로 다스릴 것이다!"

"주공—!"

교유와 금상이 깜짝 놀라 동시에 비명을 질러댔다.

"내 뜻은 이미 정해졌으니 더는 얘기하지 말라! 다시 한 번 군심을 어지럽히는 자는 목을 베리라!"

교유와 금상이 하는 수 없이 뒤로 물러나자 기령이 옆에 있는 주유의 팔을 툭툭 치며 낮은 목소리로 말했다.

"공근, 내가 보기에도 교유와 금상의 말이 맞는 것 같네. 우리 군대가 아무리 많다고 하나 실제로 전투를 치를 수 있는 병사는 기껏해야 만 명뿐이네. 전투가 벌어지면 패배는 자명하다고. 자네도 나와 생각이 같다면 주공께 말씀 좀 드려보게. 자네는 주공이 아끼는 사위라 분명 채납해 줄 것이네."

주유는 기령을 힐끔 쳐다보고는 아무 말도 없다가 잠시 후 앞으로 나가 말했다.

"악부의 말씀이 심히 옳습니다. 도응이 만여 명의 군대로 우리 20만 대군의 진로를 가로막는 건 그야말로 사마귀가 수레바퀴를 막는 격입니다. 하지만 제가 보기에는 먼저 교유 장군을 수수 남쪽 기슭에 보내 영채를 차리게 하고, 악부께서는 대군을 거느리고 이곳을 잠시 선회한 연후에 북방으로 진공해도 늦지 않을 것입니다."

원술이 의아해하며 물었다.

"그게 무슨 소린가?"

"악부께서는 이곳이 어딘지 잊으셨습니까?"

"이곳은 대택향 아닌가?"

"맞습니다. 이곳은 바로 대택향입니다. 4백 년 전, 진승(陳勝)

과 오광(吳廣)이 바로 이곳에서 기의하여 진나라의 폭정을 무너뜨렸습니다. 그 후 천하는 비록 고조께서 차지하셨지만 봉기를 가장 먼저 일으킨 이들의 공이 사라지지는 않습니다. 지금 한나라도 4백 년에 이르러 천운이 다하고 해내(海內)가 혼란에 빠졌습니다. 사세삼공인 악부께서는 만민이 우러르는 데다 참언(讖言)에 '한을 대신할 자는 마땅히 도고(塗高)다'라고 했습니다. 악부의 자는 공로(公路)니 '로'와 '도'는 서로 통합니다. 여기에 전국옥새까지 가지고 계시니……."

주유가 여기까지 말하고 일부러 잠시 뜸을 들이자 원술은 고개를 끄덕이며 재촉했다.

"사위의 말이 일리가 있구나. 계속해서 말해보아라."

"도응은 손가락 한 번만 튕기면 멸망시킬 수 있는데, 왜 이 대택향에서 며칠간 머물며 진승과 오광에게 제사를 지내지 않으십니까? 그들에게 관직과 봉록을 추봉(追封)하고 진에 항거한 공을 널리 밝힌다면 악부의 겸허함이 드러나고 온 천하가 악부를 우러를 것입니다."

이 말에 원술은 크게 기뻐 손바닥을 치면서 말했다.

"사위의 말이 옳도다! 도응은 족히 염려할 바가 못 되니 북상을 서두르지 않고 진승과 오광에게 먼저 제사를 올릴 것이다. 교유는 2만 군사를 이끌고 북상해 수수 남쪽 기슭에 영채를 차린 후 도응과 강을 사이에 두고 대치하라. 내 대군이 이르러 도응을 공격해도 늦지 않다."

"명 받들겠습니다!"

교유는 뛸 듯이 기뻐하며 원술에게 공수한 후 수수로 떠나러 막사를 나왔다.

"천명을 받은 악부를 도응 놈이 감히 어찌할 수 있겠습니까."

주유는 원술을 한껏 치켜세우며 입가에 음험한 미소를 지었다.

주유는 원술의 비위를 맞추기로 마음먹은 김에 예전 진승과 오광이 꾸몄던 일을 그대로 흉내 냈다.

원술이 진승과 오광에게 제사를 올리는 사이, 주유는 사람을 시켜 주사(朱砂)로 '漢若亡, 仲氏皇(한약망, 중씨황)' 여섯 글자를 쓴 비단을 몰래 물고기 배 속에 넣어놓으라고 지시했다.

한나라가 망하면 중씨가 황제에 오른다는 말이다.

이 물고기는 당연히 원술의 주방으로 보내졌고, 물고기의 배를 가르던 요리사는 비단을 발견한 즉시 원술에게 바쳤다.

황제가 될 야심을 품고 있던 원술은 이를 보고 뛸 듯이 기뻐하며 하늘이 자신에게 한나라를 대신해 칭제하라는 계시가 분명하다고 여겼다.

수하 관원들이 준비가 부족하다는 이유로 기를 쓰고 말리지 않았다면 원술은 어쩌면 진승, 오광과 마찬가지로 대택향에서 즉위식을 거행했을지도 몰랐다.

주유는 이 틈을 타 원술에게 다시 이레간 제천의식을 거행해 하늘의 은혜에 답례하라고 권했다.

원술은 생각할 것도 없이 주유의 말을 따랐다. 그는 또 주유의 권유로 교유에게 2만 병력을 더 증파한 후 온 정신을 제천의식에 집중했다.

얼마 전까지만 해도 당장 서주로 쳐들어가겠다던 계획은 온데간데없이 사라져 버렸다.

* * *

주유가 계략으로 원술을 대택향에 묶어놓자 이번에는 오히려 도응이 안달이 났다.

원술군 대장 교유는 군사를 이끌고 수수 남쪽 기슭에 도착한 후, 서주군의 도발에도 전혀 신경 쓰지 않은 채 곧장 토목공사에 들어갔다.

이수난공(易守難攻)의 고황산(高皇山) 일대에서 밤낮으로 공사를 서둘러 견고한 군영 세 곳을 건설하고, 군영을 두르는 이중 참호를 팠으며, 곳곳에 녹각 차단물을 설치해 장기전의 태세를 갖추었다.

도응이 여러 차례 군사를 보내 싸움을 걸었지만 교유는 목책 안에서 강궁을 발사할 뿐 밖으로 나와 응전하지 않았다.

전황이 예상과 다르게 흘러가자 초조해진 도응은 다급히 노숙과 진규 등을 대영으로 불렀다. 이때 진규가 계책을 올렸다.

"주공, 사항계(詐降計)를 써보심이 어떨까요? 노부와 원공로는 오랜 친구라 노부가 나서서 거짓 항복한다면 원술을 유인할 수 있습니다."

도응도 처음에는 마음이 동했으나 잠시 숙고해 본 후 고개를 내저었다.

"지금 상황에서는 원술이 걸려든다는 보장이 없습니다. 조금만 더 기다려 봅시다. 원술 대군이 전장에 이른 연후에 이 계책을 활용할 기회가 오겠지요."

열흘 넘게 마냥 기다리기만 하던 도응은 열둘째 날 정오에 상읍에서 교전이 펼쳐졌다는 소식을 들었고, 여유만만하게 진군하던 원술 대군도 마침내 교유가 설치한 고황산 대영에 도착했다.

영채가 안정된 모습을 본 원술은 복수에 마음이 급했던 탓에 당장 대군을 이끌고 출격해 서주군과 결전을 펼치고자 했다.

문무 관원 대부분은 이제 막 대군이 다다랐으니 적황을 살핀 연후에 공격에 나서도 늦지 않을 것이라며 원술을 만류했다.

다만 양굉과 주유만이 아군의 사기가 하늘을 찌르는 지금이야말로 적을 대파할 적기라며 쌍수를 들고 공격에 찬성했다.

원술은 이들의 말에 기분이 한층 더 고무되어 관원들의 의견을 물리치고 즉시 군대를 이끌고 수수로 달려갔다.

영채를 나갈 때쯤 기령이 주유의 옷깃을 잡고당기며 목소리를 낮춰 말했다.

"공근, 제정신인가? 아군은 먼 길을 달려와 지친 반면, 저들은 미리 전장에 도착해 만반의 준비를 갖추고 있네. 이런 상황에서 출병하면 패배는 자명한 일 아닌가?"

이에 주유가 미동도 하지 않고 대답했다.

"장군의 말씀이 맞습니다. 지금 출병하면 확실히 길보다 흉이 많습니다. 하지만 지금의 작은 패배가 훗날의 대패보다는 훨씬 낫습니다. 주공의 성격을 모르십니까? 한 번 결정한 일을 누가 감히 되돌릴 수 있겠습니까? 지금은 주공의 화를 건드느니 차라리 잠시 명에 따르십시오. 이번 전투에서 패배해 주공이 냉정을 찾았을 때, 신중하게 군대를 동원하라고 권하는 것이 훨씬 용이합니다."

기령은 그제야 주유의 의도를 깨닫고 잡은 옷깃을 놓으며 그의 식견에 탄복했다. 주유 역시 미소를 띠며 괜찮다는 표정을 지어 보였다.

잠시 후 원술은 친히 군대를 이끌고 수수 강가에 다다라 자세히 북쪽 기슭을 살펴보았다. 그런데 과연 관원들의 말대로 서주군은 이미 수수에 의지해 대량의 방어 시설을 설치해 놓고 있었다.

서주군이 원술군의 북상 요해처를 꼭 틀어막고 영채 곳곳에 함정을 설치한 탓에 정면공격은 매우 어려워 보였다.

이 광경을 지켜보던 원술은 서서히 냉정을 찾기 시작했다. 이 전쟁은 절대 생각만큼 쉽지 않으며, 도응도 예상만큼 만만한 상대가 아니라는 생각이 들었다.

이때 원술이 출진했다는 소식을 들은 도응도 친히 군사를 거느리고 응전하러 나갔다. 양군은 강을 사이에 두고 진세를 펼쳤다.

황제를 참칭할 뜻이 있었던 원술은 천자가 타는 여덟 마리 말이 끄는 용로(龍輅)를 타고, 양 옆에 용봉 정기(旌旗)를 펄럭이며 장수들을 이끌고 수수 다리 남단으로 향했다.

그는 역시나 참칭의 징표인 금도(金刀)로 건너편의 도응을 가리키며 큰소리로 꾸짖었다.

"황구소아 놈아! 회하 둑을 무너뜨려 아군을 전멸시킨 네놈을 징벌하기 위해 내 친히 천병을 이끌고 왔으니 얼른 말에서 내려 항복하라!"

도응 또한 장수들을 거느리고 다리 북쪽으로 가 채찍으로 원술을 가리키며 욕을 퍼부었다.

"부끄러움을 모르는 늙은 놈이 옥새를 독차지한 것도 모자라 남의 땅까지 침범하고도 어디서 큰소리냐! 하나만 묻겠다. 황제께 바치라고 준 전국옥새를 왜 아직까지 돌려주지 않는 것이냐? 행실이 부덕하고 염치를 모르며 참월의 하극상을 저지른 놈이 무슨 낯짝으로 세상을 산단 말이냐!"

도응의 욕지거리에 원술은 펄펄 뛰며 격노해 뒤를 돌아보고 소리쳤다.

"누가 저 도응 놈을 사로잡아 오겠느냐!"

그러자 대장 악취(樂就)가 말을 달려 나와 창을 비켜들고 다리 위에 서서 외쳤다.

"도응 놈아, 내 창을 받아라!"

악취의 말이 채 끝나기도 전에 허저가 칼을 들고 튀어나와 곧장 다리 위로 달려가 악취를 맞이했다.

악취가 창으로 허저의 가슴을 찔렀지만 허저는 왼손으로 다가드는 창을 잡고 오른손에 들고 있던 큰 칼로 악취의 목을 베었다. 이어 허저는 칼을 높이 들고 원술 진영을 향해 노호했다.

"또 누가 감히 나와 맞서겠느냐! 누구든 나와서 통쾌하게 싸워보자!"

원술군 장수들은 악취가 단 일 합에 목이 달아나는 것을 보고 겁에 질려 아무도 앞으로 나서지 못했다. 그러자 허저는 아예 원술이 탄 수레를 향해 곧장 말을 짓쳐 달려갔다.

이를 본 원술은 혼비백산이 돼 장수들에게 빨리 앞으로 나가 허저를 막으라고 재촉했다.

이에 두 장수가 허저에게 달려들었지만 역시나 단칼에 목이 달아나 버렸다. 원술군 장수들이 연이어 허저를 막아섰으나 일인당천(一人當千)인 허저의 무용을 당해내지 못하고 점점 뒤로 밀리기 시작했다.

허저가 다시 앞을 막아선 원술군 장수 둘을 말에서 떨어뜨리고 포효를 내지르자 지레 겁먹은 원술은 당장 수레에서 내려 뛰어서 도망치기 시작했다.

옆에 있던 주유도 재빨리 말에서 내려 원술을 호위하며 함께 달아났다.

"네 이놈, 어딜 달아나느냐!"

허저는 원술을 벨 기세로 달려들며 큰소리로 고함을 질렀다.

이때 원술의 수레를 지키던 기령과 교유가 함께 허저를 막아섰다.

또한 부장의 신분으로 군사를 통솔하며 뒤에 서 있던 황개와 정보까지 가세하자 원술은 이 틈을 타 재빨리 본진으로 달아났다.

허저가 한꺼번에 네 장수를 상대하며 힘에 부쳐할 때, 진도와 장패가 이미 다리를 건너 허저를 도와 이들과 대적했다.

4 대 3의 싸움이었지만 원술군 장수들은 강적들의 무용을 당해내지 못하고 말머리를 돌려 본대로 달아났다.

이와 동시에 천지를 진동하는 북소리가 울리자 낭야군이 위주가 된 서주군 보병은 일제히 함성을 지르며 수수 다리와 임시로 설치한 네 군데 부교를 건너 돌격해 들어갔다.

기세등등한 적의 공격에 원술군은 자중지란에 빠져 누구랄 것도 없이 먼저 달아나기 바빴다.

서로 밟고 밟히며 사상자가 속출하자 원술은 군대를 지휘할 마음을 잃고 곧장 고황산 대영을 향해 달아났다.

이때에 이르러서야 교유의 노력이 빛을 발하기 시작했다.

원술군은 고지대에 위치한 지형적 우세를 바탕으로 연신 강궁을 날려 서주군의 돌격을 막고 우군의 퇴군을 엄호했다.

게다가 기령, 교유, 황개, 정보 등이 뒤에 처져 적의 추격을 막아서자 원술군은 모두 대영으로 몸을 피할 수 있었다.

이들이 영문을 걸어 잠그고 견고한 방어 시설에 의지해 영채를 사수하자 서주군은 고황산 위로 한 발자국도 올라갈 수 없었다.

이에 서주군은 공격을 멈추고 군대를 물러 수수가로 돌아왔다.

이번 전투에서 서주군은 적의 수급 3천여 구를 베고, 적장 20여 명을 죽였으며, 4천 명이 넘는 포로를 사로잡았다.

또한 수수 남쪽 기슭에 설치된 영채를 빼앗고, 무수한 전마와 무기를 얻는 전과를 올렸다.

*　　　*　　　*

고황산 대영으로 가까스로 몸을 피한 원술은 놀란 가슴이 아직까지 진정되지 않았다.

그는 한숨을 내쉬며 수심에 가득한 얼굴로 장수들에게 말했다.

"도응의 대오가 이렇게 막강할지 꿈에도 생각 못 했네. 유요와 비교한다면 열 배는 더 강해 보이는군. 지금 아군의 사기가 저하되고 군사들은 전의를 상실했으니 적의 예봉을 피해 잠시 물러났다가 다시 군대를 정비해 복수에 나설까 하는데, 제장들의 생각은 어떠한가?"

출병 때만 해도 기세가 하늘을 찌를 듯하더니 고작 패배 한 번에 원술은 호랑이 앞에서 꼬리를 마는 강아지가 돼버렸다.

장수들은 주군의 변덕에 무슨 말을 해야 좋을지 몰라 망설이고 있었다. 오직 양굉만이 원술의 비위를 맞추며 응대했다.

"주공의 말씀이 옳습니다. 전에 원윤 장군 등이 말한 대로 아군은 해마다 전쟁을 치러 민생이 피폐해졌으니 전쟁보다는 휴양생식이 우선입니다. 힘을 기른 후 중원의 정세 변화를 지켜보다가 적시에 출병해 역적 토벌에 나선다면 북방 통일의 염원을 이룰 수 있습니다."

원술이 이 말에 크게 만족해하며 막 입을 열려고 할 때, 멀리서 누군가 다급하게 소리를 질렀다.

"악부, 절대 퇴병은 불가합니다! 퇴병은 안 됩니다!"

원술이 고개를 들어보니 주유가 황개와 정보의 부축을 받으며 안으로 들어오고 있었다.

주유는 원술을 보호하며 도망치다가 그만 돌부리에 걸려 넘어져 부상을 입고 말았다. 그런데 달아나는 데 급급했던 원술이 주유를 내팽개치고 혼자 본대로 귀환하는 통에 주유는 절룩거리는 다리를 이끌고 천신만고 끝에 적군의 칼을 피했다.

원술은 미안한 마음이 들었는지 측은한 표정으로 주유를 바라보며 물었다.

"대체 그건 무슨 소린가?"

"악부, 아군에게는 세 가지 승리할 이유가 있고, 적에게는 세 가지 패배할 이유가 있습니다. 아군은 병력이 많고 양초가 풍족하여 군사가 적고 속전속결을 바라는 도응과 소모전을 치를 수 있는 것이 첫 번째 이유입니다. 또 아군은 후방이 견고합니다. 비록 유요가 버티고 있다고 하나 족히 염려할 바는 못 됩니다. 하지만 도응의 후방은 강적들이 즐비해 가만히 기다리기만 해도 필시 변고가 일어날 것입니다. 아군이 이 틈을 타 적을 기습할 수 있으니, 이것이 두 번째 이유입니다."

주유가 통증이 이는 다리를 붙잡고 말을 이었다.

"세 번째는 아군이 지세가 험요한 고황산 대영을 지키기만 하면 도응은 나아가지도 물러나지도 못하는 지경에 빠집니다. 도응이 공격해 오면 지형적 우세를 바탕으로 대응하고, 도응이 물러나면 이 틈을 타 뒤를 추살하면 됩니다. 따라서 악부께서는 고황산 대영을 굳게 지키며 소모전을 펼친다면 도응은 세 달 안에 필시 후방에 변고가 발생해 승리를 취할 수 있습니다."

기령과 교유, 금상도 주유의 견해에 동조했다.

"주공, 공근의 말이 일리가 있습니다. 아군은 군사가 많고 양초가 풍족해 성을 굳게 지키며 가만히 기다리기만 하면 됩니다. 후방에 우환이 많은 도응이 죽읍에서 시간을 오래 끌수록 형세는 아군에게 유리해집니다."

원술은 장수들의 말을 듣고 한참 동안 고민하더니 돌연 칼을 뽑아 들고 외쳤다.

"사위의 말이 백번 옳다. 다시 퇴군하자고 말하는 자가 있다면 이 칼이 용서치 않으리다!"

"주공, 현명하신 판단입니다!"

원술군 제장들은 일제히 공수하고 대답했다.

방금 전까지만 해도 원술의 퇴병 결정에 아양을 떨며 찬동을 표했던 양굉은 재빨리 낯빛을 바꾸고 주유에게 빌붙었다.

"공근은 그야말로 하늘이 내린 기재입니다. 귀신도 헤아릴 수 없는 신기묘산의 재주에 저도 진심으로 탄복했습니다. 훗날……."

하지만 주유는 소인배와 낯을 마주하는 것이 싫어 냉랭한 표정을 지으며 고개를 홱 돌려 버렸다.

이를 본 양굉은 자신을 경멸하는 주유의 행동에 크게 분개해 이를 갈며 속으로 중얼거렸다.

'네깟 놈이 날 무시해? 그래, 조금만 기다려라. 이 치욕은 반드시 몇 배로 되갚아주고 말겠다!'

*　　　*　　　*

수수 전투에서 패배한 원술은 주유 등의 건의를 받아들이고 마침내 수성 작전에 돌입했다.

이에 주유는 고황산 대영 방어를 한층 더 강화했다. 기존의 참호와 목책 외에 담을 쌓아 영지를 보호했으며, 참호를 더욱 깊이 파고 녹각 차단물을 다량 설치하여 서주군의 정면공격을 어렵게 만들었다.

이와 동시에 투석기로 산을 공격하지 못하도록 대영 3백 보 바깥에 다시 참호를 파고 계곡물을 끌어와 안을 채웠다.

원술군이 영채를 굳게 닫고 장기전에 대비하자 도응은 여러 차례 군사를 파견해 싸움을 걸어왔다.

하지만 원술은 두문불출하며 밖으로 나오지 않았다. 서주군이 아무리 욕을 퍼부으며 도발해 와도 원술군은 여전히 꿈쩍하지 않았고, 몇 번 펼친 공격도 원술군의 강궁에 막혀 물러설 수밖에 없었다.

하릴없이 대치한 지 열흘이 넘어가자 후방이 걱정된 도응은 속이 까맣게 타들어갔다.

답답한 나머지 희생을 감수하고서라도 정면 돌파를 시도해 볼까도 생각했다.

그러나 병력 수에서 워낙 차이가 나는 탓에 공격이 실패했을 경우 그 후과는 상상하기조차 어려웠다. 아무리 머리를 짜내도 묘안이 떠오르지 않자 도응은 노숙과 진규를 불러 적을 깨뜨릴 방법을 물었다.

턱에 손을 괴고 고민하던 노숙이 먼저 입을 열었다.

"주공, 적의 양도를 끊는 건 어떻겠습니까? 저들이 아무리 양초가 풍부하다고 하나 후방의 양도가 끊기면 군심이 흐트러져 저절로 물러갈 것입니다."

"나도 그 생각을 안 해본 것은 아니오. 다만 현재 원술군의 양초가 두 달은 너끈히 버틸 수 있어서 양도를 끊는 효과가 미미합니다. 게다가 우리에게 양도를 끊기면 적은 다른 방도를 강구할 터이니 오히려 경각심만 일깨워 주는 꼴이 되고 맙니다."

그러자 옆에 있던 진규가 미소를 짓고 말했다.

"주공, 원술이 영채 안에만 틀어박혀 밖으로 나올 생각을 안

하니 아군으로서도 뾰족한 방법이 없는 상황입니다. 이럴 땐 차라리 피실취허(避實就虛) 책략으로 군대를 나눠 상읍의 원술군을 공격하는 것이 낫습니다."

노숙이 깜짝 놀라며 물었다.

"네? 군대를 나누자고요? 이 계책은 너무 위험합니다. 아군은 원술군에 비해 병력이 턱없이 부족한데, 군대를 나눴다가 원술이 이 틈을 타 쳐들어오면 어찌합니까?"

"원술군이 공격을 가하면 죽읍을 굳게 지키면 그만입니다. 이미 수수 북쪽에 견고한 방어 시설이 완비되어 주공이 돌아오실 때까지 며칠 정도는 너끈히 지킬 수 있습니다. 아군이 일단 상읍의 원술군을 격퇴하면 적의 사기를 떨어뜨릴 수 있는 데다 그곳의 5천 군사까지 차출할 수 있어 원술의 주력군을 견제하는 데 큰 도움이 됩니다."

도응은 진규의 계책에 책상을 치며 반색했다.

"오, 그거 좋은 생각이오. 여기서 허송세월하느니 차라리 군대를 나눠 상읍의 원술군을 공격하는 게 낫겠소. 적을 공파하면 신경 쓸 곳이 줄 뿐 아니라 군대까지 이리로 동원할 수 있으니 그야말로 일전쌍조의 계책입니다."

노숙도 진규의 말에 고개를 끄덕이고 한 가지 건의를 올렸다.

"주공이 군사를 이끌고 상읍을 지원할 때, 원술도 원병을 출격시키면 아군의 힘은 철저히 분산되고 맙니다. 신에게 좋은 생각이 하나 있습니다. 주공께서는 먼저 유비가 동해를 습격해 구원을 떠난다고 소문을 퍼뜨리십시오. 그러면 원술은 필시 우리의 유인 작전이 아닐까 의심해 함부로 공격에 나서지 못할 것입니다. 이때 주공은 오현까지 북상했다가 돌연 방향을 서쪽으로 틀어 지름길로 상읍을 구원한다면 미처 방비하지 못한 적을 쉽게 물리칠 수 있습니다."

도응은 손뼉을 치며 노숙의 계책을 채납하고 사람을 시켜 노숙이 말한 대로 소문을 퍼뜨렸다.

동시에 장패, 노숙, 진규, 진도에게 죽읍을 방어하라 명하고, 자신은 허저, 도기, 서성과 함께 5천 정예병을 이끌고 동해로 구원을 떠나는 척하며 예전 군자군의 훈련 장소였던 오현으로 향했다.

원술군 세작은 이런 움직임을 탐지하고 즉시 고황산으로 달려와 원술에게 보고했다.

*　　　　*　　　　*

원술은 이 소식을 듣고 크게 기뻐하며 당장 전군에 출격 명령을 내렸다. 주유와 교유 등은 한사코 출병을 저지했다. 주유가 앞으로 나와 간했다.

"악부, 이는 분명 도응의 유인책입니다. 아군이 굳게 지키며 응전하지 않자 견고한 영채를 공략하지 못하는 도응이 잔머리를 굴려 아군의 출전을 유도하고 있습니다. 만약 성급하게 출병한다면 필시 도응의 간계에 떨어지게 됩니다!"

원술이 주유의 말에 반신반의하며 주저하는 빛을 띠자 주유에게 멸시당해 복수를 다짐하던 양굉이 이 틈을 타 주유를 흠잡았다.

"공근의 말은 어폐가 있소. 주공께 성을 굳게 지키며 도응의 후방에 변고가 생기길 기다리라고 극력 주장한 건 그대 아니었소? 그런데 지금 변고가 발생했는데, 이를 도응의 유인책이라고 단언하며 주공의 출병을 막는 이유가 무엇이오? 정말 도응의 후방에 변고가 발생해 절호의 기회를 놓친다면 누가 책임지겠소?"

"내가 책임지리다!"

사람 취급도 안 하던 양굉이 트집을 잡자 기분이 상한 주유는 주저 없이 말했다.

"여포나 조조가 도응의 후방을 기습했다면 나는 믿겠소. 심지어 공손찬이 도응과 반목해 전해에게 낭야를 공격하라고 명했다 해도 믿을 것이오. 하지만 유비가 동해를 공격한다는 건 절대 믿지 못하겠소. 유비는 수중에 고작 병사 몇천 명밖에 없는 데다 다른 제후들이 손을 쓰기도 전에 그에게 동해를 공격할 실력이나 배짱이 있다고 보시오!"

"공근, 자신할 수 있습니까?"

양굉은 음흉한 미소를 지으며 주유에게 반문했다. 그러자 주유가 당당하게 대답했다.

"물론이오. 양 대인이 정 내 말을 의심한다면 함께 군령장을 쓰도록 합시다. 만약 유비가 동해를 기습하지 않았다면 주공께 대인의 목을 바치고, 유비가 정말 동해로 갔다면 이 유의 수급을 바치겠소이다!"

양굉은 이 말에 돌연 얼굴이 새파랗게 질려 버렸다. 일찍부터 양굉을 눈꼴 시려하던 문무 관원들은 일제히 양굉에게 군령장을 쓰라고 다그쳤다.

하지만 양굉은 목숨이 아까워 감히 대답하지 못했다. 이를 지켜보던 원술이 답답한 듯 양굉을 꾸짖었다.

"왜 입을 다물고 있는 게냐! 모자란 놈. 모략도 모르면서 다음부터는 쓸데없이 앞으로 나서지 말아라! 그럼 며칠간 저들의 동향을 지켜보기로 하자. 북쪽으로 탐마를 보내 정말 변고가 발생했는지 확인한 후 다시 대책을 논의하기로 한다."

양굉은 그저 예예 하고 물러나왔다. 주유는 아첨이나 떠는 양굉이 대사를 그르칠까 우려해 이참에 원술에게 건의했다.

"진기 장군이 상읍을 공격한 지 오래됐지만 아직까지도 함락하지 못하고 있습니다. 양 대인은 법 집행이 엄격하고 공평무사하여 악부의 신임을 깊이 받고 있는 터라, 그를 감군(監軍)으로 삼아 상읍에 보내 진기 장군의 공성을 재촉하십시오. 그러면 상읍을 취하기란 손바닥을 뒤집는 것보다 쉬울 것입니다."

'저런 쳐 죽일 놈! 내가 진기와 불화하는 걸 빤히 알면서 날 진기에게 보내? 진기의 손을 빌려 날 죽이려는 것이냐!'

주유의 말에 양굉은 또다시 얼굴이 새하얗게 질렸다.

이전에 진기가 여강을 오랫동안 함락하지 못하자 양굉이 이 틈을 타 진기를 모함한 일로 둘은 불공대천의 원수가 되었다.

그런데 자신을 진기에게 보내겠다니!

이는 제 발로 사지에 들어가는 것과 무에 다르랴.

"오, 그거 좋겠구나. 양굉은 당장 상읍으로 가 진기를 독전하라."

양굉이 변명할 틈도 없이 원술은 그 자리에서 결정을 내려 버렸다. 양굉을 증오하던 문무 관원들은 양굉이 주유의 함정에 떨어진 것을 보고 크게 기뻐 일제히 공수하고 대답했다.

"주공, 현명하신 결정입니다. 양 대인이 독전에 나서면 상읍은 손에 들어온 것이나 다름없습니다!"

양굉은 속으로 주유에게 욕을 마구 퍼부었지만 원술의 명을 거역할 방법이 없어, 눈물을 머금고 10여 기를 거느리고서 백 리 밖에 떨어진 상읍 전장으로 향했다.

*　　　*　　　*

한편 상읍에서는 소패에서 5천 군사를 이끌고 내려온 진의가 지리적 이점과 험요한 수수를 이용해 수 배도 넘는 적을 잘 방어하고 있었다.

병력이 우세했던 진기는 성문을 굳게 닫고 나오지 않는 적을 향해 몇 차례 공격을 감행했지만 사상자만 많이 발생한 채 여전히 상읍성 공략에 어려움을 겪었다.

원술의 재촉에 마음만 다급해진 진기는 결국 대영을 아예 수수 북쪽 기슭으로 옮기고 사대문을 동시에 공격할 계획을 세웠다.

이때 마침 양굉이 상읍 전장에 도착했다. 호위병에게 이 사실을 통보받은 진기는 갑자기 열불이 나 책상을 내려치며 노호했다.

"주공은 이 후안무치한 소인 놈을 왜 보냈단 말인가? 재물과 여자나 밝힐 줄 알지, 용렬하기 짝이 없는 놈이 감군이라니! 우리 3만 군대를 사지로 몰아넣으려는 것인가!"

이때 진기의 종제인 진염(陳炎)이 웃음을 띠고 말했다.

"형님, 이는 양굉에게 복수할 절호의 기회입니다. 장수는 밖에 있으면 주군의 명을 받지 않아도 됩니다. 하니 아무렇게나 양굉에게 죄를 뒤집어씌우고 단칼에 목을 베어버리십시오. 이 소인 놈 하나 죽었다고 누가 눈이나 깜빡하겠습니까? 그를 죽인 죄목이 합당하다면 주공께서도 별말이 없으실 것입니다."

진기는 진염의 말을 듣고 손뼉을 치며 기뻐했다. 잠시 후 중군 대영으로 들어온 양굉은 예의 아부를 떨며 지난 원한은 모두 잊자고 진기에게 아양을 떨었다. 하지만 애석하게도 원한이 골수에 사무친 진기는 그럴 마음이 없었다.

그는 양굉의 어떤 아첨에도 냉소로 대답했고, 결국에는 듣다 못해 양굉의 말을 자르고 돌아가 쉬라고 명했다.

진기는 무기를 점검하고 병사들을 다독이면서 어떻게 이 원수에게 복수할지 곰곰이 생각에 잠겼다.

날이 어두워지자 식사를 마치고 장막으로 돌아온 양굉은 만면에 수심이 가득했다. 그는 옷도 갈아입지 않은 채 침상에 누워 이 사태를 어떻게 해결해야 할지 계속 머리만 굴렸다.

"큰일이야. 진기의 표정을 보니 옛 원한을 아직까지 잊지 않은 것이 틀림없어. 이러다가 어느 순간 나한테 죄를 뒤집어씌우면 어쩌지?"

양굉은 심지어 서주군에게 투항할 마음까지 먹었다. 하지만 자신의 이런 행실을 누군가 안다면 살아남을 수 있다는 보장이 없을뿐더러 회남의 부귀영화와 고관대작이 눈에 아른거려 이내 생각을 접었다.

양굉으로서는 살아남는다 해도 부귀영화가 없으면 말짱 헛것에 불과했다.

이에 양굉은 전전반측하며 한숨만 내쉰 채 삼경까지 잠을 이루지 못했다.

그때였다.

"죽여라—!"

삼경 딱따기가 울릴 때, 장 밖에서 천지를 진동하는 함성 소리가 울려 퍼졌다.

처음에 양굉은 서주군이 영채를 습격한 줄 알았다. 그러나 자세히 들어보니 그 함성은 상읍 성지 쪽이 아닌 동쪽에서 들리는 소리였다.

깜짝 놀란 양굉은 급히 침상에서 내려와 장막 밖으로 달려 나갔다.

동쪽에서는 화광이 충천하고 일지 군마가 아군 대영으로 시살해 들어오며 닥치는 대로 사람을 죽이고 막사마다 불을 놓았다.

깜깜한 어둠 속이라 적이 누군지, 군사가 얼마나 되는지도 알 수 없었다. 적이 동쪽에서 쳐들어올지 전혀 예상 못 했던 원술군은 큰 혼란에 빠져 사방으로 정신없이 달아나기 바빴다.

상읍에 오자마자 적에게 영채를 습격당하자 양굉은 어찌해야 좋을지 몰랐다.

하지만 다행히 이 시간까지 깨어 있었던 덕에 그는 재빨리 정신을 차리고 마구간으로 달려가 말에 올라타 북쪽을 향해 달아나기 시작했다.

정신없이 달아나던 양굉이 뒤를 돌아봤을 때, 마침 진기와 진염이 허둥대며 적을 맞이하는 모습이 보였다.

그런데 갑자기 진기 뒤에서 맹장 허저가 달려와 단 삼 합 만에 진기를 말에서 고꾸라뜨리는 것이 아닌가.

수수 전투에서 악취 등 여러 장수의 목을 베고, 고황산 대영문 앞까지 짓쳐들어온 허저의 위용을 직접 목도한 양굉은 마치 허저가 옆에 있는 듯 몸을 벌벌 떨었다.

이 광경을 보고서야 양굉은 비로소 일이 어떻게 된 것인지 깨달았다.

자신과 주유의 예상처럼 도응은 동해로 가지도, 죽읍에 복병을 심어놓지도 않은 채 군사를 이끌고 상읍으로 달려온 것이었다.

양굉은 진기가 허저에게 목이 달아나고 원술군의 참패가 빤한 상황에서 자신의 유일한 살길은 도응에게 투항하는 것이라고 생각했다.

이에 목책을 넘어 빠른 속도로 북쪽을 향해 내달렸다.

양굉이 영채를 나와 화광도, 함성 소리도 없는 북쪽을 향해 채 3리도 가지 않았을 때, 일부 군마가 그의 앞을 가로막았다.

"멈춰라! 한 발자국이라도 더 움직이면 화살을 쏘겠다! 살고 싶다면 얼른 투항하라!"

몇 명인지도 모를 기병이 갑자기 앞을 막아서자 혼비백산이 된 양굉은 얼른 말고삐를 당기고 말에서 내려 무릎을 꿇고 울면서 손이 발이 되도록 빌었다.

"제발 목숨만 살려주십시오! 항복하겠습니다. 전 무장을 하지 않은 문관입니다. 목숨만 살려주시면 뭐든 다 하겠습니다!"

원래 도응은 군자군 경기병 백여 명을 북쪽에 매복시켜 놓고 달아나는 원술군 패잔병을 처리하라고 명해 두었었다.

말을 달려 앞으로 다가간 군자군은 유생 차림에 방건을 쓴 이자가 분명 원술의 고위 관료라고 여겨 당장 그를 포박했다.

이때 또 다른 기병이 횃불을 밝히며 다가오자 그 자리에 있던 군자군 장사들이 일제히 예를 갖추었다.

자신과 똑같은 차림의 준수한 젊은이가 말에서 내리는 것을 본 양굉은 그가 필시 서주 관원이라고 여겨 재빨리 고개를 조아리고 용서를 구했다.

"대인, 대인, 제발 저를 죽이지 말아주십시오. 제 이름은 양굉이고, 자는 중명(仲明)이며, 올해 나이 서른여덟입니다. 원술 휘하에서 장사(長史) 직을 맡고 있습니다. 이번에 원술의 서주 북침을 저는 결사반대했습니다. 하지만 주유란 놈이 원술 앞에서 감언이설로 부추기는 통에 원술은 제 간언을 듣지 않았습니다. 저는 도 사군의 위명을 오래전부터 경외하고 있었습니다!"

그 말에 귀가 쫑긋해진 준수한 청년이 물었다.

"그대는 주유를 아는가?"

"알다마다요. 알기만 하겠습니까?"

준수한 청년은 흥미가 생겨 계속 물었다.

"그럼 그와는 어떤 관계인가?"

"그게……."

양굉은 어찌 대답해야 좋을지 몰라 되레 반문했다.

"외람되지만 대인은 공근과 어떤 사이십니까?"

"친구지. 아주 오랜 친구……."

이 말이 나오기가 무섭게 양굉이 재빨리 대답했다.

"저는 주유를 잘 알고 있습니다요! 그와는 생사지교를 맺은 친형제나 다름없습니다. 우선(羽扇)을 들고 윤건(輪巾)을 쓴 그의 풍모에서는 영웅의 기상이 풍기고, 문무쌍전에 뛰어난 모략은 따라올 자가 없습니다. 그와는 피를 나눈 형제보다 사이가 가까우니 제발 저를 죽이지 말아주십시오!"

그러자 갑자기 준수한 청년 뒤에 서 있던 또 다른 젊은이가 불같이 화를 내며 소리를 질렀다.

"제기랄, 주유 놈의 수족 같은 저 친구 놈을 저에게 넘겨주십시오. 저놈을 요절내서 주유에게 서주와 적대하면 어찌 되는지 똑똑히 보여주고 말랍니다!"

"헉!"

양굉은 깜짝 놀라며 다급히 말을 바꿨다.

"대인, 제 말을 끝까지 들어보십시오. 제가 비록 주유를 잘 알고 있지만 실제로는 일찍부터 그를 뼛속 깊이 증오해 왔습니다. 방금 전 주유와 형제 같다고 한 말은 살기 위해 거짓을 고한 것에 불과합니다!"

그러더니 양굉은 다시 한 번 머리를 조아리고 흐느끼는 목소리로 말했다.

"사실 주유는 저를 가장 미워하고 있습니다. 저를 철천지원수로 여겨 이번에 상읍 감군으로 보낸 것도 실은 진기의 손을 빌려 절 죽이기 위해서였습니다. 저는 주유뿐만 아니라 진기와도 물과 불 같은 사이입니다. 이는 원술 휘하에 있는 자라면 누구나 아는 사실입니다. 포로를 잡고 물어보십쇼. 저 양굉이 진기와 원수인지 아닌지 말입니다. 이는 절대 거짓이 아닙니다."

또 다른 젊은이가 화를 내며 다그쳤다.

"네놈은 주유와 대체 어떤 사이냐? 방금 전까지는 수족처럼 친하다더니 이제 와 불구대천의 원수라고?"

"목숨을 건지려고 다 대인들의 장단에 맞춘 것뿐입니다. 하늘에 맹세하겠습니다. 전 정말 주유와 불공대천의 원수입니다. 이번에 원술이 절 상읍 감군으로 파견한 것은 바로 주유의 차도살인 계략으로 진기의 손을 빌려 절 없애려 한 것입니다."

준수한 청년이 호기심이 생겨 다시 물었다.

"그럼 그대는 어떻게 주유와 원한을 맺게 되었는가?"

"그건……."

양굉은 잠시 주저하더니 어쩔 수 없다는 듯 이맛살을 찌푸리고 저간을 사정을 솔직하게 몽땅 털어놓았다. 또 다른 젊은이가 이 말을 듣고는 침을 퉤 뱉으며 준수한 청년에게 말했다.

"부끄러움을 모르는 저런 소인배를 살려두어서 어디에 쓰겠습니까? 당장 죽이시지요."

"아이고, 안 됩니다요! 제발 살려주십시오!"

양굉의 울부짖음에 준수한 젊은이가 고개를 끄덕이고는 미소를 짓고 말했다.

"아니다. 죽여서는 안 된다. 왠지 이자가 마음에 드는구나. 여봐라, 양 대인의 포박을 풀어주고 후방 영채로 안내해 술과 고기를 대접해라."

주위의 서주군 병사들이 명을 받고 양굉의 포박을 풀어주었다.

구사일생으로 목숨을 건진 양굉은 연신 고개를 조아리며 감사한 후 만면에 아첨의 빛을 띠고 물었다.

"감히 대인의 성과 이름을 물어도 되겠습니까? 대인의 큰 은덕에 보답하기 위해 제가 도 사군을 뵙고 원술의 군사기밀을 낱낱이 알려 공을 세우도록 돕겠습니다요."

준수한 청년은 그저 미소만 지으며 친히 양굉을 부축해 일으켜 세우고 대답했다.

"그럴 필요 없소. 내가 바로 도응이오. 양 대인은 얼른 일어나시오."

"네? 대인께서 바로 도 사군이시라고요? 사군의 대명을 오래전부터 익히 듣고 경모해 왔는데 오늘 이렇게 뵙게 되어 죽어도 여한이 없습니다!"

"과찬입니다. 저야말로 양 대인의 이름을 일찍부터 들어왔는데 이렇게 만나게 되어 얼마나 다행인지 모릅니다. 자, 그만 일어나서 술잔이나 기울이러 갑시다. 오늘밤은 불취불귀(不醉不歸)하며 양 대인의 고견을 경청해야겠습니다."

第三章

아, 주유여!

사실 상읍 전투에서 정예병이 출전한 서주군이 진기의 원술군을 격퇴하는 건 의심의 여지가 없었지만 시간이 얼마나 소요될지는 장담하기 어려웠다.

그런데 생각지도 못하게 서주군이 지름길을 따라 상읍 전장에 당도했을 때, 진기는 상읍성 공략을 서두르기 위해 견고한 영채를 버리고 수수 북쪽 기슭으로 대거 군대를 옮긴 상태였다.

이는 도응에게 뜻밖의 행운이었다. 도응은 강을 건널 필요도 없이 속전속결로 직접 새로 세운 원술군의 영채를 공격하면 그만이었으니 말이다.

도응은 뛸 듯이 기뻐하며 즉각 동쪽 소로를 통해 아무런 방비도 없는 원술군 영채로 돌격해 들어갔다.

맹장 허저는 단 삼 합 만에 원술군 장수 진기를 죽이고, 상읍 수장 진의도 불시에 성을 나와 안팎으로 원술군을 맹렬히 협공했다.

이번 전투에서 원술군은 3만 군사 중 채 만 명도 살아 돌아가지 못하는 참패를 당하고 말았다. 진기의 종제인 진염은 이들 패잔병을 이끌고 황급히 죽읍으로 달아났다.

고황산 대영에서 이 소식을 전해들은 원술은 벽력같이 대로하여 진염의 목을 베 문죄한 후 즉각 죽읍성을 공격하라고 명했다.

장패와 진도 등 서주군 장수들은 험요한 수수와 견고한 방어 시설에 의지해 대거 몰려오는 원술 군대를 악전고투하며 막아냈다.

원술군이 비록 숫자가 많다고 하나 대부분은 징집된 일반 백성이라 정예병이 지키는 죽읍 방어선을 뚫기가 어려웠다.

원술군이 몇 차례 강을 건너고 후퇴하기를 반복하며 양군은 좀처럼 승부를 가리지 못하고 있었다.

그런데 바로 이때 다들 죽은 줄로만 알았던 양굉이 뜻밖에 상읍에서 살아서 돌아온 것이 아닌가.

양굉은 온몸이 피투성이가 되고 몸 곳곳에 상처를 입어 몰골이 말이 아니었지만 도중에 수습한 패잔병 천여 명까지 함께 이끌고 돌아왔다.

원술은 부상을 입고 돌아온 양굉을 보자 측은한 마음이 들었다.

이번 참패가 양굉과는 전혀 무관한 데다 패잔병 천여 명까지 수습해 온 정성을 생각해 원술은 얼마 전까지만 해도 가장 아끼던 이 총신을 나무라지 않았다.

그저 몇 마디 말로 안위한 후 치료를 받게 했다. 주유 등은 어안이 벙벙해져 그저 하늘의 무심함을 탓할 뿐이었다.

그런데 양굉이 의외로 평소 행실과 달리 바로 의원에게 달려가 치료를 받지 않고 원술에게 머리를 조아리며 말했다.

"주공, 아군이 상읍에서 불행한 일을 당해 도응의 정예병과 상읍에서 차출한 군대가 분명 수수를 따라 남하해 죽읍에 증원될 것입니다. 바라옵건대 대비를 철저히 하여 진기의 전철을 밟지 마십시오."

"알겠다. 공근이 일찌감치 진언해 내 이미 뇌박에게 1만 군대를 이끌고 전장 좌익으로 가 적을 막으라고 명했다. 그러니 자네는 너무 걱정 말고 돌아가 치료나 잘 받도록 해라."

원술의 대답에 양굉은 공수하고 물러나 상처를 치료하러 나갔다.

이어 군대를 총동원해 죽읍 공격에 나선 원술은 수적 우세를 바탕으로 서주군의 전투력 우세를 상쇄하며 소모전을 펼쳤다.

교유가 거느린 만여 명의 백전노장과 공을 세워 속죄하려는 기령이 황개와 정보를 이끌고 필사적으로 맹공을 가하자, 죽읍을 지키는 장패와 진도 등도 방어하기가 여간 까다로운 것이 아니었다.

이에 수수 방어선이 몇 차례나 돌파를 당해 원술군이 서주군 대영 문 앞까지 쳐들어오기도 했다.

다행히 방어 시설이 견고하게 구축돼 있는데다 지리적 이점을 십분 활용한 덕에 원술군의 진공을 가까스로 막아낼 수 있었다.

그러나 이대로 가다간 성이 언제 무너질지 누구도 장담하기 어려웠다.

원술이 총공세에 나선 지 나흘째 되던 날, 도응은 정예 군대를 거느리고 죽읍 전장으로 돌아왔다.

뇌박이 군사를 이끌고 이들의 길목을 막아섰지만 선봉에 선 허저가 두려워 감히 앞으로 나서지 못한 채 진을 치고 적을 맞이했다.

이때 실전에 처음 투입된 풍우군이 대단한 위력을 발휘했다.

일자로 늘어선 방패 부대가 뇌박 전방의 화살을 막고, 전원 궁노병으로 구성된 풍우군이 방패 뒤에 숨어 교대로 세 발 연사 화살을 날려댔다. 이는 일찍이 진나라가 전국을 통일하는 데 크게 기여했던 연노(連弩)를 본떠 도응이 만든 것이다.

원술군을 향해 풍우전이 비 오듯 쏟아지자 뇌박군도 이에 맞서 필사적으로 우전을 발사했다. 하지만 급히 출정하느라 준비가 미흡했던 탓에 뇌박군은 화살이 다 떨어져 순식간에 수세에 몰리고 말았다.

이 틈을 타 오른쪽으로 우회한 군자군이 화살을 쏘며 돌진해 들어가고, 왼쪽에서는 허저가 보병 부대를 이끌고 시살해 들어갔다.

사상자가 속출한 뇌박군은 더 이상 서주군을 당해내지 못하자 다급히 고황산 대영을 향해 달아났다.

도응도 이들을 더는 추격하지 않고 신속히 전장을 정리한 후 계속 동쪽으로 내려가 죽읍성 안으로 들어갔다.

서주군 정예병이 모두 돌아온 데다 상읍에서 차출한 진의의 대군까지 증원됨에 따라 죽읍 전장은 다시 교착 상태에 빠졌다.

서주군 방어선을 공파하기 어렵다고 판단한 원술은 주유의 건의를 받아들여 선제공격을 포기하고 방어 태세로 전환했다.

도응이 여러 차례 군대를 보내 싸움을 걸었지만 원술은 아무런 대응도 하지 않고 이를 무시해 버렸다. 이로써 전쟁은 다시 서주군에게 불리한 소모전 양상으로 바뀌게 되었다.

*　　　　*　　　　*

이렇게 하릴없이 시간만 흐르며 양군이 대치한 지도 어느덧 한 달이 다 되어갔다.

이때 도응이 원술에게 사신을 파견해 편지와 함께 선물을 보냈다.

원술은 사신이 전달한 도응의 편지를 자세히 읽어보더니 갑자기 얼굴이 철색으로 변해 버렸다. 도응의 편지에는 이렇게 씌어 있었다.

명공은 사세삼공의 귀족 가문으로 회남의 무리를 통솔하면서도 갑옷을 입고 무기를 들고서 자웅을 겨룰 생각이 없고, 오로지 영채에 처박혀 칼과 화살을 피하고만 있으니 어찌 아녀자와 다를 바가 있으리오!

지금 사람을 보내 건괵(부녀자의 머리 수건)과 소의(素衣)를 바치니 출전하지 않으려면 절하고 이 선물을 받아주시오.

만약 부끄러운 마음이 남아 있다면 대장부답게 당당히 무리를 이끌고 나와 한 번 겨뤄봅시다.

사신은 원술의 표정을 살피고는 그 자리에서 선물 상자를 열었다.

그 안에서 여인의 옷 한 벌이 드러났다. 이어 사신이 거만하고 방자하게 원술에게 말했다.

"명공, 우리 주공께서 명공이 염치를 안다면 당장 싸움을 약속하고 자웅을 겨루자고 전하라 하셨습니다. 하지만 끝까지 부끄러움을 모른다면 이 아녀자의 옷을 받아주십시오. 그러면 우리 주공께서도 더는 싸움을 걸지 않겠습니다."

"도응 놈이 무례하기 짝이 없구나! 감히 누구를 희롱하는 것이냐!"

원술은 사마의(司馬懿)처럼 이를 그냥 웃어넘기지 않았다.

그는 분을 못 참고 펄쩍펄쩍 뛰며 도응에게 욕을 퍼붓더니 큰소리로 명했다.

"여봐라, 이 미친놈을 끌어내 당장 참수하라! 그리고 최대한 빨리 병마를 소집해 두어라. 내 꼭 도응 놈과 결판을 내고 말리다!"

장중 호위병들이 일제히 달려 나와 서주 사신을 끌고 나가려 하자, 서주 사신은 조금도 두려운 빛이 없이 광소를 터뜨리며 원술을 계속 자극했다.

원술은 분노가 폭발해 고함을 지르며 당장 출격을 준비하라고 명했다.

이를 지켜보던 주유와 교유, 기령, 금상 등은 마음이 다급해져 일제히 앞으로 나와 권했다.

"주공, 잠시만 화를 가라앉히십시오. 이는 도응 놈의 격장지계(激將之計)입니다. 절대 도응의 속임수에 떨어지시면 안 됩니다. 이대로 출전하면 그의 함정에 빠지고 맙니다."

"입 닥쳐라!"

원술은 이미 미쳐 날뛰기 직전이었다. 그는 두 눈이 시뻘겋게 충혈돼 소리쳤다.

"사세삼공의 후예인 내가 어찌 아녀자라는 말을 듣는 치욕을 참을 수 있단 말이냐! 내 뜻은 이미 결정됐다. 당장 출병해 도응과 결사전을 벌일 것이다. 더 말하는 자가 있다면 목을 베리라!"

원술이 분노가 극에 달해 앞뒤를 가리지 않자 주유로서도 더는 손쓸 방도가 없었다.

그저 이번 전쟁의 패배만이 눈앞에 아른거릴 뿐이었다. 그런데 바로 이때 문관 대열에서 갑자기 한 사람이 튀어나왔다.

그는 바로 상읍에서 구사일생으로 살아 돌아온 양굉이었다.

양굉은 성큼성큼 서주 사자 앞으로 걸어가 아녀자의 옷을 집어 들었다.

그러고는 웃옷과 치마를 재빨리 몸에 걸친 다음 비단 허리띠를 허리에 묶고 웃으면서 장중을 향해 물었다.

"주공 그리고 막료 여러분, 길이와 너비가 어떤지 좀 봐주십시오. 제 몸에 꼭 맞지 않습니까?"

나이 불혹에 가까운 양광이 아녀자의 옷을 입은 걸 본 문무 관원들은 입에서 웃음이 절로 새어 나왔다.

격노한 원술도 이 모습을 보고 차마 소리 내 웃진 못했지만 노기는 어느 정도 가라앉았다. 그러나 여전히 노한 목소리로 물었다.

"양광, 대체 이게 무슨 짓인가?"

양광은 여장을 입고 공수한 후 진중하게 대답했다.

"주공, 잠시 벽력같은 노여움을 가라앉히시고 소신의 얘기를 들어주십시오. 도응이 건괵과 소의를 보낸 의도는 누가 봐도 알 수 있습니다. 바로 주공이 출전하도록 격노케 하려는 것이죠. 이는 결국 지금까지 주공의 전술이 타당했음을 증명하는 것이기도 합니다. 귀신같은 주공의 용병에 도응은 막다른 길목에 몰리자 이런 치졸한 수법을 쓸 수밖에 없었던 것입니다. 영명하고 위엄 있는 주공께서 얄팍한 계책에 넘어가신다면 천하 사람들의 웃음거리가 되지 않겠습니까?"

양광이 전혀 예상치 못했던 충언을 내뱉자 주유와 교유 등은 어안이 벙벙해져 서로 얼굴만 바라볼 뿐이었다. 퍼뜩 정신을 차린 주유 등은 이 기회를 놓치지 않고 당장 앞으로 나와 공수하며 간했다.

"주공, 양 장사의 말이 심히 옳습니다. 주공의 정확한 전술에 몸이 단 도응 놈이 피치 못해 이런 얕은꾀를 생각해 낸 것입니다!"

원술의 얼굴에서는 점점 노기가 사라지며 냉정을 되찾기 시작했다.

그러자 양굉이 이번에는 서주군이 보낸 사신을 향해 웃으면서 말했다.

“돌아가 도응에게 전하라. 도응은 이 전쟁이 길어져 서주 후방에 변고가 생길까 심려하는 것이 아니더냐. 하지만 우리 주공께서는 영명하고 지혜로워 절대 속아 넘어가실 분이 아니니다. 우리는 고황산 대영에서 기다릴 테니 성을 공격할 자신이 있다면 언제든지 오너라.”

방금 전까지만 해도 죽음을 불사하던 서주 사자는 낯빛이 변하고 말았다.

양굉은 다시 몸에 걸친 여인의 옷을 잡아 흔들며 원술을 향해 말했다.

“주공, 외람되지만 이 아녀자의 옷을 소신에게 상으로 내려주십시오. 여기에 연지와 물분도 내리신다면 미력하나마 적을 물리치는 데 힘을 보태고 싶습니다. 여인의 옷을 입고 연지를 바르고 건괵까지 쓰고 수수 강가로 나가 사람들 앞에 선다면 도응은 과연 어떤 표정을 지을까요?”

원술은 이 모습을 상상하자 저도 모르게 웃음이 튀어나왔다. 장중에 있던 문무 관원들 역시 배꼽을 잡고 큰소리로 웃음을 터뜨렸다.

양굉이 이 틈을 타 말했다.

"주공, 양군이 다투는 중에도 사신의 목을 베는 법은 없습니다. 더욱이 명문가 후예인 주공께서 이를 행한다면 세상 사람의 비난을 면치 못할 것입니다. 하여 주공께서는 장계취계를 써서 사신을 돌려보내고, 그 김에 소신을 대신해 선물을 내려 감사하다는 답신을 전하게 하십시오. 편지를 받은 도응이 만약 결전을 벌일 담력이 있다면 군사를 휘몰아 이 고황산 대영을 공격할 것이고, 만약 그렇지 않다면 조만간 무기를 버리고 주공께 투항해 구차하게 목숨을 부지하려 할 것입니다. 도응으로서는 조조, 여포, 유비, 원소가 후방을 공격해 죽어서 장사 지낼 땅도 없을까 심려가 클 테니 말입니다."

"실로 묘계입니다. 주공께서는 양 장사의 계책을 채납해 주십시오!"

주유가 가장 먼저 크게 소리치자 교유, 기령, 금상 등도 일제히 양굉의 묘계를 받아들이라고 권유했다.

양굉의 우스꽝스러운 행동에 이미 노기가 가라앉은 원술은 다시 조리 있는 계책을 듣자 고개를 끄덕이며 말했다.

"좋다. 그리 하도록 하자."

양굉의 교묘한 설득으로 원술은 마침내 도응의 격장계를 피할 수 있었다.

계속해서 영문을 굳게 걸어 잠그고 나가 싸우지 않기로 결정함과 동시에 일부러 사신을 후대하고 돌려보내 도응의 화를 돋우었다.

서주 사신이 아무 탈 없이 원술의 답신을 가지고 돌아오자 도응으로서도 속수무책이 될 수밖에 없었다.

한편 양굉은 이번의 간언으로 원술군 내에서 괄목상대의 주인공으로 부각했다.

줄곧 양굉을 증오하던 교유조차 회의가 끝나 자리를 파할 때, 양굉에게 먼저 공수의 예를 갖출 정도였다.

이튿날, 양굉은 다시 원술에게 두 가지 계책을 건의했다.

하나는 고황산에서 동쪽으로 4리 밖에 떨어진 황산(黃山)에 교유를 주둔시키라는 것이었다.

그곳에도 견고한 영채를 건설해 본영과 기각지세를 이루면 서주군이 두 곳 중 어느 곳을 공격하더라도 다른 한쪽 영채에서 배후를 습격해 앞뒤로 협공이 가능했다.

서주군이 이에 대처하기 위해 군대를 둘로 나누면 병력이 부족한 약점이 그대로 노출돼 원술군은 병력이 우세한 장점을 십분 발휘할 수 있게 된다.

양굉의 이 계책은 말할 것도 없이 너무 훌륭하여 지모가 뛰어난 주유도 찬탄해 마지않았다.

십만이 넘는 군대가 고황산 군영에 몰려 각종 문제로 골머리를 앓던 원술은 크게 기뻐하며 즉각 양굉의 건의를 채납했다.

원술은 교유에게 3만 군대를 이끌고 황산으로 가 영채를 세우고 본영과 서로 호응하도록 명했다.

하지만 양굉의 두 번째 건의에는 원술이 이맛살을 크게 찌푸렸다.

그 이유는 양굉이 자신과 앙숙인 조조에게 사신을 보내 동맹을 맺고 도응에게 대적하라고 권했기 때문이다.

원술은 양미간에 힘이 들어가며 물었다.

"조조는 나와 불공대천의 원수인데, 사신을 보내 연락을 취한다고 그가 쉽게 응하겠는가? 게다가 조조는 지금 여포와 교전 중이라 서주를 공격할 여력이 있겠는가?"

이에 양굉이 단호하게 잘라 말했다.

"주공, 염려 마십시오. 조조는 이에 반드시 응하게 돼 있습니다. 조조는 도응을 가장 증오하는 데다 도응이 갑자기 흥기하여 극도로 경계심을 가진 터라 주공께서 먼저 내민 손을 반드시 잡을 수밖에 없습니다. 또한 조조가 일단 서주로 출병하면 남북으로 다급해진 도응이 여포에게 구원을 청할 테고, 변덕이 죽 끓듯 하는 여포는 분명 서주를 구원한다는 구실로 출격해 중간에서 이득을 취하려 들 것입니다. 그러면 도응은 앞뒤로 곤란한 지경에 빠지고 맙니다."

여기까지 말한 양굉은 더욱 단호한 목소리로 말을 이었다.

"여기에 도응을 뼈저리게 증오하는 유비도 있습니다. 유비가 안병부동하는 이유는 군사력이 부족해 도응의 기반을 흔들 수 없기 때문입니다. 그런데 조조가 출병하면 유비는 필시 이 틈을 타 서주를 노릴 것입니다. 이리하여 사로 군마가 서주 5군을 포위 공격한다면 도응의 재주가 아무리 뛰어나다 해도 이를 절대 막아낼 수 없습니다. 그때가 되면 회음의 치욕은 물론 상읍의 복수까지 일거에 설욕할 수 있습니다!"

주유 역시 앞으로 나와 공수하고 원술에게 말했다.

"악부, 양 장사의 이 계책이 심히 절묘합니다! 조조가 주공과는 단지 전장에서 원한을 맺었다지만 서주의 도가는 부친을 살해한 철천지원수입니다. 또한 도응이 연주에서 여포를 지원하고 있어서 주공께서 동맹을 청하면 경중과 완급을 따져 필시 주공의 청에 응할 것입니다. 조조만 움직인다면 유비와 여포도 따라서 어부지리를 얻으려 할 것이니 도응은 더욱 진퇴양난에 빠질 수밖에 없습니다."

"주공, 양 장사의 말이 옳습니다. 이 묘책을 채납해 주십시오!"

교유와 기령, 금상 등도 양굉의 계책에 찬동하며 잇달아 원술에게 간청했다.

이에 원술도 마음이 움직여 말했다.

"그럼 중명의 계책대로 즉시 연주에 사신을 파견해 조조와 연락을 취하도록 하라."

원술의 명이 떨어지자 수하들은 크게 기뻐하는 동시에 양굉을 새로운 눈빛으로 바라보았다.

회의가 끝나고 중군 대영을 나올 때쯤, 양굉이 먼저 주유 곁으로 다가가 웃으며 말했다.

"공근, 우리의 의견이 합치할 날이 올지 꿈에도 생각 못했소. 하하, 정말 대단하지 않소?"

주유 역시 고개를 끄덕이더니 양굉에게 공수하고 진심으로 말했다.

"이 유가 나이가 어리고 경솔하여 대인께 무례하게 군 점 너그러이 용서 바랍니다. 오늘 이후로 맹세코 그런 일은 없을 것입니다."

"다 주공을 위해 한마음 한뜻으로 뭉치려는 것인데, 그깟 논쟁쯤이야 뭐가 그리 대수겠소?"

양굉은 이전의 대립이 마치 아무 일도 아니라는 듯 받아넘기더니 크게 탄식하며 말했다.

"아, 백부 장군이 여기 없는 것이 한스럽기 그지없구려. 그만 있었다면 도응 놈쯤이야 쉽게 물리쳤을 텐데……."

양굉의 말에 곁에서 이를 들은 황개와 정보는 깜짝 놀라는 표정을 지었다.

주유의 눈에서도 한 줄기 빛이 번뜩였다. 그는 곧 목소리를 낮춰 말했다.

"대인은 말조심하십시오. 손책은 회남의 반적입니다. 만약 주공께서 대인의 말을 듣는다면 무사치 못할 것입니다."

"내 말이 틀렸소? 도응이 믿는 것은 맹장과 정예병뿐이오. 만약 백부 장군이 살아 있었다면 무뢰배 허저쯤이야 어찌 상대가 됐겠소? 또 손견 노장군의 백전 정예병까지 건재했다면 무에 두려워 도응 놈과 정면대결을 펼치지 못하겠소?"

주유와 황개, 정보는 속으로 눈물을 흘리며 양굉의 말에 동감을 표했다.

어쨌든 동감은 동감이고, 손책을 배신해 부귀영화와 맞바꾼 주유는 이에 대해 아무 말도 할 수 없었다. 그리고 양굉의 저의도 의심돼 경계하는 눈빛으로 목소리를 낮춰 말했다.

"무슨 뜻으로 그런 말을 하시는 겁니까? 설마 손책의 반적 행위를 폭로한 걸 탓하려는 것입니까? 대인도 주공께서 손책을 정죄할 때 찬동하지 않았습니까?"

"당시 손책 장군은 유명을 달리했는데 그를 위해 아무리 좋은 말을 한다 해도 무슨 소용이 있었겠소? 그리고 내가 주공께 아부나 떤다고 나에게 반감을 가진 걸 잘 알고 있소. 하지만 전에 내가 여강을 오랫동안 함락하지 못한 진기를 철수시키라고 말하지 않았다면, 주공의 직계가 아닌 손책 장군이 어떻게 여강을 칠 기회가 있었겠소?"

주유도 그 말에는 동감한다는 듯 살며시 고개를 끄덕였다. 주유의 안색을 살피던 양광이 이 틈을 타 조용히 말했다.

"공근에게 해줄 말이 하나 있소. 어떤 사람은 재물과 벼슬을 위해 아첨을 떨고, 어떤 이는 대사를 위해 비위를 맞춘다오. 이 말을 기억해 두면 훗날 틀림없이 도움이 될 것이오."

양광은 이 말을 던지고는 뒷짐을 지고 곧장 자기 막사로 돌아갔다.

황개와 정보는 주유에게 다가가 양광이 대체 무슨 말을 했느냐고 물었다.

주유는 한참 동안 아무 말도 없다가 하늘을 보며 탄식했다.

"아, 어쩌면 내가 양 대인을 잘못 보았는지도 모르겠습니다!"

* * *

다시 이틀이 흘러 황산의 영지 구축 공사가 한창 바쁘게 진행되고 있었다.

그날 오후, 양광은 돌연 주유에게 사람을 보내 급히 의논할 일이 있다며 자신의 막사로 불렀다.

양광에 대한 인상이 백팔십도 바뀐 주유는 이를 거절하지 않고 홀로 그의 막사를 방문했다.

안에 들어가 보니 양광이 책상에 앉아 바삐 공문을 처리하는 중이었다.

주유는 앞으로 다가가 공손하게 예를 갖추고 양굉의 이름을 불렀다.

"공근, 왔구려. 어서 앉으시오."

양굉은 바삐 공무를 보느라 고개도 들지 않고 대답한 후 하인들에게 분부했다.

"공근 장군께 차를 내온 연후에 발을 내리고 물러가 있어라. 내 긴히 공근 장군과 군기 대사를 나눠야 하니 절대 아무도 들이지 말라."

장중의 하인이 대답하고 주유에게 차를 따라준 후 물러가 발을 내렸다.

주유는 의아한 생각이 들었지만 양굉의 업무를 방해하기가 미안해서 하는 수 없이 인내심을 가지고 기다렸다. 한참 후 공무를 끝낸 양굉이 붓을 놓고 주유에게 웃으며 말했다.

"오래 기다리게 해서 미안하오. 주공께서 급히 맡기신 일이라 시간을 지체할 수 없었소. 실례를 범했다면 양해해 주시오."

"아닙니다. 그런데 오늘 저를 부르신 연유가 무엇입니까?"

"공근과 꼭 의논해야 할 중요한 일이 있어서요. 아군의 양초가 아직 한 달은 너끈히 버틸 수 있다지만 장기적으로 봤을 때 사전에 준비해 두는 것이 필요하오. 그래서 주공께 수춘에 편지를 보내 원윤 장군과 염상에게 속히 군량을 운송하라고 아뢸 생각이오."

"양 대인의 철두철미한 만전지책에 탄복했습니다. 저 역시 대인을 거들어 주공께서 이 계책을 받아들이도록 진언하겠습니다."

양굉은 고개를 끄덕이고 말했다.

"또 한 가지 일이 있소. 도응이 아군의 양도를 끊지 못하도록 먼저 회하를 따라 배로 향현(向縣)까지 온 후, 다시 향현에서 이리로 군량을 옮길 생각이오. 이렇게 하면 백성의 노고와 시간을 절약할 수 있을 뿐 아니라 양초의 안전도 확보할 수 있소. 공근의 생각은 어떠시오?"

"양 대인의 묘계가 제 생각과 꼭 일치합니다."

주유는 크게 기뻐하면서도 양굉에게 이런 안목이 있었는지 싶어 의아한 마음이 들었다.

"공근, 내 말을 마저 들어보시오. 향현에서 죽읍까지는 근 백 리 길이라 만일에 대비해 유능한 일원 대장에게 군량 운반을 맡겨야 하오. 하여 주공께 황개 장군을 추천할까 하는데… 절대 공근의 우익(羽翼)을 분산시키려는 뜻은 아니니 오해하지 말아 주시오."

"물론이지요. 그야 여부가 있겠습니까?"

이렇게 대답한 주유는 순간 아차 싶어 서둘러 말을 바꾸었다.

"양 대인이 오해하셨습니다. 황개 장군이 어찌 제 우익이란 말입니까? 이 유와 그는 그다지 친하지 않습니다."

양굉이 돌연 엄숙한 표정을 짓더니 침중한 목소리로 말했다.

"공근, 날 속일 생각 마시오. 내가 정말 모른다고 여기는 것이오? 정보와 황개는 한결같이 손씨에게 충성을 다한 자들이오. 그대가 그들에게 공을 세워 속죄하라고 한 것은 우리 주공이 아니라 이미 세상을 떠난 두 손 장군을 염두에 두고 한 말이잖소?"

주유가 얼굴이 새하얗게 질려 아무 말도 못 하자 양굉이 말을 이었다.

"원래 공근이 정보와 황개를 옥에서 꺼낸 건 조력자가 필요했기 때문 아니오? 주공의 병마를 이용해 그대의 벗인 손백부의 원한을 갚으려고 말이오!"

주유는 깜짝 놀라 주먹을 부르르 떨며 양굉의 말에 어찌 대답해야 좋을지 몰랐다. 양굉이 주유를 힐끔 쳐다보더니 담담하게 말했다.

"혹시 날 죽여서 입을 막을 생각인 것이오? 여기는 주공의 대영이라 나를 죽이면 어디로 도망가겠소?"

얼굴이 창백해진 주유는 한참 만에 정신이 돌아와 억지웃음을 짓고 말했다.

"양 대인, 그게 무슨 말입니까? 저는 도무지 이해가 가지 않습니다."

양굉은 두 손을 소매에 넣어 예를 갖추고 차분하면서도 분명하게 말했다.

"이 말이 무슨 뜻인지 그대보다 더 잘 아는 자는 없소이다. 공근, 그대가 손책을 배신한 날, 난 이미 그대가 주공의 손을 빌려 손책의 원한을 씻으려 한다는 사실을 알았소. 주공의 영애에게 장가든 것도 복수하기 편하도록 주공의 신임을 얻으려 한 것 아니오? 그대는 오직 손책에 대한 충성심만 불탈 뿐 주공은 안중에도 없지 않소? 내 이미 그대의 뜻을 꿰뚫어 보고서도 왜 이제까지 비밀을 지킨 줄 아시오?"

"왜입니까?"

"그대의 복수가 어쨌든 우리 주공의 영토를 넓히는 데 도움이 됐기 때문이오. 서주 5군은 부유하고 번화한 땅이라 전량이 풍족해 주공께서 만약 서주를 얻는다면 패업을 이루는 데 크게 도움이 될 것이오. 그래서 일부러 그대를 고발하지 않고 그대의 손을 빌렸던 것이오."

주유는 잠시 멍하니 있더니 잠긴 목소리로 말했다.

"양 대인, 제 진의를 이미 간파하셨다니 계속 비밀로 지켜주십시오. 백부의 원한을 씻는 날 반드시 대인에게 크게 사례하겠습니다."

"사례는 필요 없소. 다만 회남의 창생을 조금만 신경 써주길 바랄 뿐이오. 주공께서 그대의 차도살인 계책에 떨어져 도응, 유요와 개전하는 상황이 벌어졌소. 회남의 논밭에서 이미 삼분의 일을 세금으로 거둬들이고 있는데, 이 전쟁이 다시 두 달간 이어지면 주공은 분명 절반을 세금으로 거둘 것이오. 무려 절반이란 말이오! 공근, 그대의 사적인 복수 때문에 회남의 백성을 굶주림에 빠뜨린다면 어찌 세상에 떳떳할 수 있겠소? 또 장렬하게 목숨을 바친 회남 장사들과 주공께는 뭐라고 변명할 셈이오?"

양굉의 날카로운 비판에 주유는 눈물을 흘리며 목이 메 말했다.

"내 주공에게는 미안하지 않지만 회남의 장사와 백성에게는 죄스러울 따름입니다. 하지만 전 백부의 복수를 위해 무슨 짓이라도 저지르기로 마음먹은 지 오랩니다. 양 대인께서는 큰 자비를 베푸시어 주공에게는 절대 이를 비밀로 지켜주십시오."

"그 문제는 조금 더 생각해 보기로 하겠소. 그런데 마지막으로 한 가지만 더 묻고 싶은 게 있소. 그대가 주공께 고황산을 굳게 지키라고 계책을 올린 건 도응의 주력군을 붙잡아두어 다른 제후들이 서주의 후방을 급습하게 하려는 의도잖소? 하지만 아군이 도응과 양패구상한 후 서주를 다시 취할 여력이 없어지면 다른 제후들이 어부지리를 취할지도 모르는 일 아니오? 그때가 되어 주공께서 그대를 문책하면 어찌할 생각이오?"

주유는 여전히 흐느끼는 목소리로 대답했다.

"그 점은 저도 생각하고 있었습니다. 도응 놈을 죽여 백부의 피맺힌 원한만 갚는다면 스스로 목을 찔러 주공께 사죄하겠습니다."

양굉이 갑자기 웃음을 터뜨리며 말했다.

"공근은 안심하시오. 그대를 도와줄 분이 있으니 굳이 그대의 손을 쓰지 않아도 되오."

"누가 절 돕는단 말입니까?"

"내가 여기 있다—!"

이때 양굉의 장막 뒤에서 돌연 익숙한 노호성이 울려 퍼졌다.

그러더니 무수한 호위병이 만면이 철색으로 굳은 원술을 호위하며 안으로 뛰어 들어왔다. 주유는 아연실색해 아무 말도 할 수가 없었다.

원술의 얼굴에는 이내 섬뜩한 미소가 드러났다.

"양 장사가 이 좋은 구경거리를 꼭 보라고 했기에 망정이지, 아니었으면 내 사위가 이런 호인인지 꿈에도 몰랐겠는걸."

주유는 하늘이 노래지며 무의식적으로 양굉에게 고개를 돌렸다.

양굉의 얼굴에는 전과 다름없는 아부의 빛이 드러났다. 이를 본 주유는 머릿속으로 갑자기 몇 가지 의문이 스쳐 지나갔다.

닭 잡을 힘조차 없는 문약한 서생이 어떻게 상읍 전투에서 살아 돌아왔을까?

왜 양굉이 똑같이 상읍에서 도망친 진염보다 이틀이나 늦게 돌아온 것일까?

전에는 아첨이나 떨기 바빴던 양굉이 어떻게 갑자기 군사에 정통해진 것일까?

남을 모함하고 비방할 줄밖에 모르던 양굉이 어떻게 이처럼 정교한 함정을 파 내 입에서 진실을 말하도록 유도한 것일까?

여기까지 생각이 미치자 그의 머릿속에 단 한 사람의 이름이 떠올랐다.

"도웅, 네… 네놈이… 이런 간계를… 악!"

주유는 악이 바쳐 채 말을 잇지 못하고 피를 토하며 그 자리에서 혼절해 버렸다.

원술 역시 눈이 뻘게져 분을 참지 못하고 씩씩거렸다.

반년여 동안 반군 항장을 참군으로 발탁하고, 게다가 사위로 삼아 태산 같은 은혜를 베풀었거늘! 자신에게 보답할 생각은 하지 않고 오히려 반도인 손책의 복수를 꿈꿨다니!

원술은 주유에게 속았다는 생각에 분통이 터져 미친 듯이 소리를 질러댔다.

"저놈을 당장 끌어내 목을 베라! 그리고 시신을 토막 내 산속에 갖다 버려 들개 밥으로 던져 주어라!"

원술의 심복 호위병들은 아직까지도 정신을 잃고 깨어나지 못한 주유를 즉각 밖으로 끌고 나갔다.

원술은 여전히 분이 풀리지 않았는지 아예 친히 형장으로 성큼성큼 발걸음을 옮겼다.

주유가 중군 대영의 공터로 끌려오자 무수한 원술군 장사들은 이를 의아한 눈빛으로 바라보았다.

원술의 명이 떨어지자 도부수들은 단칼에 주유의 수급을 벤데 이어 주유의 사지까지 모두 잘라 버렸다.

이 광경을 지켜보던 사람들의 비명 소리에, 기령과 금상 등이 달려왔지만 이미 상황은 종료된 상태였다. 주유의 목은 이미 땅에 떨어졌고, 피는 분수처럼 쏟아져 나와 사방에 흩뿌려졌다.

주유를 아끼던 기령은 안타까운 마음에 대성통곡했고, 금상 등도 발을 동동 구르며 어찌할 바를 몰랐다.

하지만 원술은 얼굴이 철색으로 굳어 연신 소리를 질러댔다.

"뭘 꾸물대고 있느냐? 빨리 저 반적 놈의 시체를 난도질하라!"

"잠시만 기다려라!"

금상은 도부수에게 소리치더니 원술 앞으로 달려가 공수하고 물었다.

"주공, 공근이 참군한 이래로 여러 차례 양책을 간언하고 공로를 세웠는데 어째서 그의 목을 벤 것입니까?"

"양굉, 저 반적 놈이 무슨 대역무도한 짓을 저질렀는지 전군 앞에서 빨리 알려라! 빨리!"

원술이 양굉을 가리키며 노호하자 양굉이 급히 앞으로 나왔다.

양굉은 주유가 원술의 손을 빌려 반적 손책의 복수를 기도하고, 또 원술군의 이익은 전혀 고려하지 않은 채 오로지 전쟁에만 몰두한 죄행을 낱낱이 밝혔다.

기령과 금상 등은 이 얘기를 듣고 깜짝 놀라 더는 아무 말도 하지 못했다.

원술은 이들을 바라보고도 분노의 일성을 터뜨렸다.

"들었느냐? 너희들이 평소에 두둔한 이 반적 놈이 어떤 짓을 저질렀는지 말이다! 만약 양굉이 이놈 스스로 진실을 불게 하지 않았다면 난 이 사실을 꿈에도 몰랐을 것이다!"

기령과 금상 등은 고개를 푹 숙인 채 아무 대꾸도 하지 못했다.

그런데 이때 갑자기 군사들 틈에서 노호성이 울려 퍼졌다.

눈이 뻘겋게 충혈돼 칼을 들고 달려 나온 이는 다름 아닌 황개와 정보였다.

이들이 원술과 양굉을 향해 곧장 짓쳐들어오자 원술은 대경실색했다.

원술은 호위병에게 당장 앞으로 나가 응전하라 명하고 뒤로 몇 걸음 물러났다. 기령 역시 깜짝 놀라 군사를 이끌고 정보에게 다가가며 소리쳤다.

"정보와 황개는 당장 멈춰라! 어디서 감히 주공을 해하려는 것이냐!"

정보는 이에 전혀 아랑곳하지 않고 응수했다.

"비켜라! 내 원술과 양굉 놈을 죽여 소장군과 주유의 복수를 해야겠다!"

기령은 정보가 아무리 자신의 목숨을 구해준 은인이라고 하나 원술에게 달려드는 것을 용납할 수는 없었다. 이에 정보의 앞을 가로막았지만 분기탱천한 정보의 칼에 어깨를 베이고 말았다.

기령이 비명을 지르며 쓰러지자 정보는 칼을 휘두르며 원술을 향해 돌진했다.

"원술 놈아, 이건 공근의 목숨값이다!"

다급해진 양굉은 병사들에게 고함을 질렀다.

"화살을 쏴라! 빨리 화살을 날려라!"

이미 원술을 보호하러 달려온 병사들이 일제히 정보를 향해 화살을 발사했다.

삽시간에 정보의 몸은 고슴도치로 변했다. 하지만 그는 칼로 몸을 지탱하며 쏟아지는 우전 속에서도 앞으로 몇 걸음을 내디

댔다.

겨우 몸을 바로세운 정보는 이를 꽉 깨물고 원술과 양굉을 가리키며 고함을 질렀다.

"저놈들을 내 손으로 죽이지 못하는 것이 한스러울 따름이다! 주공, 소장군, 그리고 공근! 말장도 곧 뒤를 따르겠습니다!"

그러더니 정보는 입에서 피를 쏟으며 그 자리에서 절명해 버렸다.

한편 홀로 원술군에게 포위된 황개는 대갈일성을 지르며 순식간에 병사 30여 명을 베었다. 하지만 뒤에서 다가온 병사의 장창에 등을 꿰뚫려 그 자리에서 고꾸라지고 말았다.

이를 본 원술군 병사들은 벌 떼처럼 달려들어 황개를 난자했다.

주유와 황개, 정보가 모두 죽었지만 원술은 분이 풀리지 않았는지 이들의 시체를 불태우고 뼈를 빻아 날려 버리라고 명했다. 또한 양굉의 건의에 따라 손책 등과 관련 있는 병사들을 죄다 잡아 죽여 철저히 후환을 없애 버렸다.

하지만 무수한 동료들이 연루돼 목이 잘리는 것을 본 원술군은 군심이 크게 어지러워지고, 위아래 할 것 없이 인심이 흉흉해졌다.

군영 내에서 탈영병이 속출하고 사기가 거의 붕괴 직전에 이르자 주군을 바꾼 양굉은 득의양양해 새로운 주군에게 서둘러

이 낭보를 전했다.

*　　　*　　　*

양굉과 함께 원술군 대영에 잠입한 서주 병사가 주유 등의 죽음 소식을 가지고 돌아오자 죽읍성에서는 환호성이 터져 나왔다. 모두들 도응에게 축하를 건네고 도응의 귀신같은 계략에 찬탄해 마지않았다.

하지만 도응은 옅은 미소만 지은 채 기쁜 기색을 드러내지 않았다.

어찌됐든 걸출한 인재들의 허무한 죽음에 씁쓸한 마음을 지울 수 없었던 탓이다.

이때 장패가 도응에게 건의했다.

"주공, 지금 적의 군심이 어지러워지고 사기가 크게 떨어져 적을 격퇴할 절호의 기회입니다. 이 시기를 놓쳐서는 안 되니 즉각 출격해 단번에 적을 물리쳐야 합니다."

"선고 장군의 말이 내 뜻과 꼭 부합하오."

도응 역시 그 자리에서 결단을 내리고 즉각 작전 명령을 하달했다.

"장패, 진도, 진의는 서주군 8천과 항병 5천을 거느리고 황산 영채에 맹공을 퍼부으시오! 원술군 정예병이 대부분 황산에 집

결해 있어서 이곳만 공파한다면 일거에 전세를 역전시킬 수 있소. 그대들의 임무가 막중하오!"

"명 받들겠습니다!"

장패와 진도, 진의는 일제히 공수하며 대답했다. 도응은 다른 장수들에게도 명을 내렸다.

"서성은 1천 5백 풍우군과 3천 보병을 이끌고 고황산 대영 앞에서 적을 막아라. 적군이 영채를 나와 황산을 구원하러 가지 못하도록 막는 것이 너의 임무다! 도기는 군자군을 거느리고, 중강은 본부 병마 3천을 이끌고 나를 따라 수수 남쪽 기슭에서 후원이 된다! 한유 공과 진응은 잔여 부대를 이끌고 대영을 지키며 전선에 무기 공급을 원활하게 해주시오! 이번 전투에서 원술군 대영을 함락하지 못하면 절대 후퇴는 없소!"

사실 도응으로서는 이번 대전에서 결판을 봐야 하는 이유가 있었다.

서주군과 원술군이 죽읍 전장에서 대치한 지 한 달이 넘어가자 후방에서도 슬슬 제후들이 움직이기 시작했기 때문이다.

먼저 조조는 노국군에 병력을 대거 증파했다.

노국에 주둔한 유비는 몇 차례나 서주 변경을 침범해 말썽을 일으키고, 한 번은 서주군의 허실을 탐지하기 위해 동해군 내지까지 깊숙이 쳐들어가기도 했다.

또한 여포는 조조와 유비의 견제가 약화되자 외려 주력군을 창읍에 모아놓고 관망하는 자세를 취하며 도응으로부터 원병을 보내달라는 연락이 오기만 기다렸다.

이처럼 후방의 형세가 위급하다 보니 도응도 달리 선택의 여지가 없었다. 병력은 비록 열세에 처해 있지만 적의 군심이 불안한 기회를 노려 이 전투 한 번으로 무조건 승부를 봐야만 했다.

반 시진 후 서주군이 모든 출전 준비를 마치고 도열하자 도응은 비장한 목소리로 외쳤다.

"우리는 원술군과 한 달간이나 싸움을 질질 끌었다. 이제 이 싸움을 끝낼 때가 왔다! 적이 군사가 많다고 하나 대부분은 오합지졸에 불과하다. 제군들의 전투력이면 일당십, 아니 일당백도 가능하니 적진을 마음껏 유린하라! 빨리 승전을 거두고 가족이 기다리는 서주로 돌아가자! 적을 대파하면 모두에게 큰상을 내릴 것이다! 진격하라!"

도응의 외침에 사기가 크게 고무된 서주군 병사들은 일제히 고함을 지르며 영문을 나와 수수를 건너 적진을 향해 돌격해 들어갔다.

서주군의 우렁찬 함성 소리에 놀란 원술군은 재빨리 고황산 영문을 닫아걸고 우전을 대량으로 준비해 두었다. 황산에 주둔한 원술군도 교유의 지휘 아래 즉각 방어 태세에 돌입했다.

교유는 이번 서주군의 주공 목표가 고황산 대영이길 바랐다.

건설하기 시작한 지 나흘밖에 안 된 황산 영채는 공사가 아직 마무리되지 않아 고황산만큼 완벽한 방어력을 갖추지 못했기 때문이다.

하지만 교유의 바람과 달리 수수를 건넌 서주군은 군대를 둘로 나눠 오히려 많은 병력이 황산 쪽으로 맹렬히 돌진했다.

다급해진 교유는 돌격하는 서주군을 향해 화살을 발사하라고 명하고, 목책에는 긴 창을 빽빽이 꽂아두어 서주군의 접근을 막았다.

진의는 상읍에서 포로로 잡은 항병 5천을 화살받이로 삼아 방패를 들고 영채 가까이 다가가도록 명했다.

항병들은 참호를 메우고 녹각 차단물을 부수며 산 중턱까지 올라갔지만 마침 산 위에서 화살과 목석이 비 오듯 쏟아지자 두려운 마음에 감히 앞으로 나가지 못했다.

진의는 크게 노해 도망치는 병사 수십 명의 목을 베고 계속해서 전진하라고 다그쳤다.

2천 명에 가까운 항병의 희생으로 교유군 영채 근처까지 다다르자 이번에는 진도 휘하의 정예병이 즉각 산 위로 돌진했다.

이들은 목책과 목책 뒤의 수비군을 향해 일제히 비화창을 쏘아댔다.

교유군은 생전 처음 본 비화창에 크게 놀라 갑자기 혼란에 빠지면서 서주군에게 연이어 목책 방어선을 돌파당하고 말았다.

이 틈을 타 군영으로 돌진한 서주군이 교유군과 사투를 벌일 때, 산 아래 있던 장패도 군사를 휘몰아 몇 배나 되는 적을 향해 그대로 돌격해 들어갔다.

교유 휘하의 수비군은 3만에 이르렀지만 급조한 병사들이 대부분이라 잘 훈련된 진도와 장패의 정예군을 막아내기에는 역부족이었다. 게다가 사기까지 충천한 서주군이 맹렬히 달려들자 교유군은 점점 뒤로 밀리기 시작했다.

하는 수 없이 교유는 영채를 사수하는 한편 고황산 대영에 끊임없이 사람을 보내 구원을 요청했다.

한편 원술도 서주군의 주공 목표가 고황산이 아닌 황산 영채임을 알고 대장 진란에게 2만 군사를 거느리고 산을 내려가 황산을 구원하라고 명했다.

하지만 진란의 군대가 채 산을 내려가기도 전에 산기슭에서 갑자기 서주 풍우군이 튀어나왔다.

풍우군의 기습적인 화살 세례에 원술군은 사상자가 속출하며 잇달아 다시 산 위로 달아났다.

진란도 이들을 뚫기 어렵다고 판단해 하는 수 없이 대영으로 돌아왔다.

원술은 겁을 먹고 돌아온 진란을 크게 꾸짖은 후 다시 뇌박에게 산을 내려가 풍우군과 대적하라고 명했다.

풍우군의 위력을 똑똑히 지켜본 뇌박은 핑계를 대고 사양했지만 원술의 살해 위협에 미간을 찌푸린 채 군사를 이끌고 산을 내려갔다.

하지만 풍우군 앞에 널린 시체와 쏟아지는 화살에 뇌박군은 다리가 후들거려 산허리에서 더 이상 감히 내려가지 못했다.

이 모습을 보고 원술은 답답한 마음에 발을 동동 굴렀지만 어찌 해볼 도리가 없었다.

이때 금상이 원술에게 계책 하나를 바쳤다. 방패를 일자로 넓게 늘어놓고 풍우군의 화살을 막으며 서서히 앞으로 다가가 풍우군과 근접전을 벌이면 방어를 뚫을 수 있다고 건의했다.

원술은 크게 기뻐하며 뇌박에게 당장 이를 실행에 옮기라고 명했다.

그러나 뇌박군이 방패를 들고 다가오자 풍우군은 즉시 후방으로 철수하고 서성이 거느린 3천 보병이 앞으로 나섰다.

이들이 곧장 뇌박군에게 달려들어 육박전을 벌일 때, 옆쪽에서 갑자기 허저가 군사를 이끌고 튀어나오자 뇌박군은 대패해 다시 고황산 대영으로 도망쳤다.

악전고투 끝에 저녁이 되자 황산 위의 교유군은 점점 패색이

짙어져 갔다.

교유의 주력군이 방어 시설에 의지해 필사적으로 적을 막아 냈지만 나머지 병사들은 싸울 마음을 잃고 서주군이 없는 곳을 찾아 달아나기 바빴다.

마음이 초조해진 교유는 계속해서 서쪽을 바라보며 대영의 원군이 빨리 도착하기만을 바랐다.

멀리서 황산이 위기에 빠진 것을 본 원술은 마지막 도박을 걸어보기로 했다.

정보의 칼에 맞아 부상당한 기령에게 1만 군사를 이끌고 산 아래 포위를 뚫도록 명한 것이다.

지금으로서는 믿을 만한 장수가 기령밖에는 없었다. 또한 병사들에게도 황산의 교유를 구하기만 하면 쌀 2휘를 상으로 내리겠다고 약속했다.

기령은 몸에 부상을 입고서도 선봉에 서서 방패를 들고 풍우군을 향해 뚜벅뚜벅 나아갔다.

기령이 마침내 풍우군의 스무 걸음 앞까지 전진해 칼을 높이 들고 돌격을 외치려 할 때, 그만 기도 차지 않을 상황이 발생했다.

기령을 따르던 그 많은 원술군이 풍우군의 기세에 놀라 여기저기 뿔뿔이 흩어져 버리고, 심지어 서주군에게 아예 항복하는 병사까지 생긴 것이다.

이에 기령 곁에는 겨우 친병 백여 명밖에 남지 않았으니 어찌 1천 5백 강궁의 밀집 사격을 당해낼 수 있단 말인가.

이들은 풍우군이 난사하는 화살에 고슴도치가 되어 그 자리에서 모두 비참한 죽음을 맞았다.

홀로 방패를 들고 풍우군에게 달려들던 기령 역시 화살 여러 발에 몸이 꿰뚫려 전사하고 말았다.

이 광경을 바라보던 원술과 휘하 장수들은 누구도 감히 산을 내려가 서주군과 대적할 엄두를 내지 못했다. 원술은 그저 고황산 대영에서 발을 동동 구르고 장탄식을 터뜨리고는 주유가 자신을 이런 곤경에 빠뜨렸다며 쉴 새 없이 욕을 퍼붓기 바빴다.

냉병기 시대의 전투는 사기와 투지가 매우 중요하다.

이렇다 보니 황산을 접수하지 않으면 절대 군대를 거두지 않겠다고 결심한 서주군을, 그것도 오합지졸인 원술군이 당해내기란 쉽지 않았다.

교유는 황산 영채에서 이경에 이르기까지 고전을 면치 못하고 있었다.

하지만 고황산에서는 병사 하나 구원 올 기미가 보이지 않고, 황산의 병사들도 사상자와 탈영병이 속출하자 교유는 전의를 완전히 상실해 얼마나 되는지도 모르는 패잔병을 거느리고서 영채를 버리고 달아났다.

그는 남쪽으로 산을 내려가 아예 수춘을 향해 곧장 내달렸다.

장패와 진도는 영채에 남아 있던 잔여 적군을 몰살하는 한편 군대를 나눠 교유를 추격했다.

이로써 서주군은 수많은 원술군을 죽이고 황산 영채를 접수하는 대전과를 올렸다.

황산의 대승 소식이 전해지자 도응은 재빨리 허저에게 3천 본부 정예병을 이끌고 교유를 추살하라고 명했다. 혹시 이들이 고황산으로 방향을 전환하는 걸 막기 위함이었다.

허저는 명을 받고 신바람이 나 곧장 출격에 나섰다.

이때 곁에 있던 도기가 불만이 가득한 목소리로 투덜거렸다.

"형님, 적의 추살을 왜 제게 맡기지 않는 것입니까? 군자군은 전원 기병이라 속도가 매우 빨라 추격전에서는 발군입니다. 게다가 이번 죽읍 전투에서 군자군은 출전할 기회가 거의 없었잖습니까?"

도응은 고개를 젓고 미소 지으며 말했다.

"군자군의 화살은 깜깜한 밤중에 그다지 위력을 발휘하지 못해 오히려 중강의 보병보다 효과가 떨어진다. 너는 돌아가 군자군의 체력을 보충해 두고 기다려라. 그렇지 않으면 내일 아침 어찌 원술군 주력 부대를 추살하겠느냐?"

이 말에 도기가 어안이 벙벙해져 물었다.

"내일 아침이요? 원술에게는 여전히 수만 군대가 남아 있는데 어째서 내일 아침에 퇴병을 한다는 것입니까?"

"원술은 겉으로는 강해 보이지만 실제로는 담력이 약하고, 약자 앞에서는 강하지만 강자를 두려워한다. 아군이 황산 영채를 공파한 걸 보고서 필시 고황산 대영도 무너지지 않을까 염려해 오늘밤 아군이 군대를 거두면 영채를 버리고 달아나게 되어 있다. 설사 그가 도망치지 않더라도 그에게 퇴병을 권할 자가 있으니, 너는 아무 염려 말고 군자군을 준비시켜 두어라. 내일 원술군 추살은 전적으로 네 몫이다."

도기는 그제야 무슨 말인지 깨닫고 환한 웃음을 지어 보였다.

그는 도응에게 공수하고 물러나와 군자군 대오를 정비하러 갔다.

도응은 시선을 화광이 충천한 황산 영채로 돌렸다. 그런데 언제나 자신만만하던 그의 얼굴에 근심스런 표정이 드러나며 중얼거렸다.

"또 사상자가 얼마나 발생했을꼬? 원술군 같은 오합지졸과의 정면대결도 이리 힘겨운데 조조나 여포와 맞부딪치기는 아직 시기상조겠지? 빨리 서주군의 전투력을 높이고 정예병을 키워야 할 텐데……."

第四章

정예병을 키워라!

황산 전투는 삼경이 되어서야 비로소 마무리되었다.

원술군 패잔병이 사방팔방으로 달아났지만 날이 이미 어두워진 데다 서주군도 몹시 지쳐 더 이상 추격은 무리였다.

이에 도응은 즉각 서주군에게 포로를 압송해 죽읍 대영으로 철수하라고 명했다. 황산 정상에는 맹렬히 타오르는 불길만 남아 주변을 환하게 밝히고 있었다.

서주군이 철수하자 원술은 중군 대영으로 문무 관원들을 불러 대책 회의에 들어갔다.

다음 작전을 논하는 자리였지만 그의 목소리에는 힘이 전혀 없었다.

“아군이 연전연패해 기령과 진기 등 내 심복 장수들이 잇달아 사망하고, 교유는 생사조차 불명한 상황이오. 게다가 병사들마저 전의를 상실해 더 이상의 전쟁은 아무 의미가 없을 것 같소. 그래서 오늘밤 영채를 철수해 수춘으로 돌아가 병마를 재정비한 후 다음에 복수를 노리려고 하오.”

그러자 양굉이 부화뇌동하며 알랑거렸다.

“영명하신 판단입니다. 서주군에 대한 복수는 십 년이 걸려도 늦지 않을 것이니 잠시 수춘으로 퇴각하는 것이 상책입니다.”

이때 원술이 패국상으로 임명한 서소(舒邵)가 앞으로 나와 단호하게 반대했다.

“불가합니다! 주공, 절대 퇴병은 안 됩니다. 아군이 연전연패했다고 하나 아직 7, 8만 군대가 남아 있고 양초도 넉넉합니다. 반면 도응은 연전연승했지만 병력이 모자라고 후방이 안정되지 않았습니다. 이대로 버티기만 하면 아군에게 충분히 승산이 있습니다!”

금상 역시 퇴병에 반대하며 원술에게 아뢰었다.

“서 대인의 말이 옳습니다. 오늘 도응이 황산을 공격한 건 아군의 군심이 흐트러지고 교유 장군의 영채가 안정되지 않았음을 눈치챈 이유도 있지만 후방의 숨은 우환이 드러나 속전속결을 원했기 때문일 가능성이 높습니다. 서주군도 황산 전투에서 피해가 커 고황산 대영으로 진격할 여력이 없으니, 도응과 이대로 대치하면 한 달이 채 못 돼 패배를 승리로 바꿀 수 있습니다."

"그런가? 우리에게도 승산이 있다는 말이지……."

원술이 심적 동요를 일으키자 양굉이 재빨리 말을 가로챘다.

"두 분은 어째서 주유 반적 놈과 똑같은 말을 하십니까? 아군이 도응과 오랜 기간 대치하면 도응의 후방에 변고가 발생할 가능성이 높은 건 사실입니다. 하나 아군과 서주군이 양패구상한다면 다른 제후들에게 좋은 일만 시켜주는 꼴 아닙니까?"

이 말에 금상이 분노를 터뜨렸다.

"다른 제후들이 이익을 취한다 해도 절대 도응 놈을 놓아줄 순 없소! 작년의 광릉과 지금 상읍, 황산, 수수 몇 차례 전투에서 아군이 입은 피해를 생각해 보시오. 게다가 서주 같은 풍족한 땅을 기반으로 삼은 도응이 이후 제후들과 동맹을 맺는다면 복수는커녕 도응 놈의 침략을 걱정해야 할 판이 되오!"

서소도 이에 맞장구를 쳤다.

"주공, 원휴(元休)의 말이 맞습니다. 도응은 시대의 간적이라 일찍 도모하지 않는다면 필시 후환이 생길 것입니다. 아군의 태평과 평안을 위해 지금까지의 노력을 허사로 만들지 말아주십시오. 도응만 제거한다면 주공께서는 이후로 베개를 높이 베고 주무실 수 있습니다."

원휴는 서소의 자다. 양굉이 음침한 미소를 띠며 이들의 말에 반박했다.

"두 분의 말씀은 모두 틀렸소이다. 도응을 멸한다고 주공께서 베개를 높이 베실 수 있을까요? 이후 누가 서주를 차지하든 그들이 주공과 영원히 우호를 유지하며 반목하지 않는다고 보장할 수 있습니까? 그렇지 않다면 굳이 전량과 군대를 낭비하며 도응과 결사전을 벌여 남 좋은 일만 시켜줄 필요가 있겠습니까?"

양굉은 금상과 서소가 채 말을 꺼내기도 전에 재빨리 원술에게 말했다.

"주공, 소신은 군사에 대해 무지하지만 전쟁은 이익을 최우선으로 한다는 것쯤은 알고 있습니다. 지금 아군이 연달아 패배하고 사기가 크게 떨어져 서주를 병탄할 힘이 남아 있지 않습니다. 이런 상황에서 휘하 장수들을 희생하고 회남의 전량을 소모하며 남이 어부지리를 취하도록 돕는다면 세상의 웃음거리가 되지 않을까 걱정입니다."

사리사욕에 어두운 원술은 양굉의 일장 연설에 크게 감동해 고개를 끄덕였다.

"네 말이 옳다. 헛되이 전량과 병력만 낭비하다간 남 좋은 일만 시켜주고 내게 돌아오는 이득은 하나도 없을 것이다. 하루라도 빨리 퇴각해 병마를 정돈한 후 복수를 노리는 편이 낫다!"

"주공의 현명하신 결정에 소신은 크게 탄복했습니다."

다급해진 금상과 서소가 잇달아 간했다.

"주공, 불가합니다. 지금 철병하면 이제까지의 노력이 물거품이 되고 호랑이를 키워 후환만 남기게 됩니다!"

"두 분은 무슨 연유로 주공의 퇴각 결정에 이토록 결사반대하는 것입니까? 주공과 회남의 이익은 고려하지 않고 도응만 죽이려 달려드는 것이 반적 주유와 꼭 닮았습니다. 전에 두 분은 주유와 교분이 두터웠던데, 혹시……."

"이 소인 놈아, 누구를 함부로 모함하는 것이냐!"

금상과 서소는 크게 분노하여 노호성을 터뜨리고 두 주먹을 불끈 쥐었다.

양굉이 삼각눈을 가늘게 뜨고 아첨이나 떠는 모습에 장중의 모든 관원들이 증오의 시선을 보냈다.

이를 눈치챈 원술이 재빨리 양굉을 꾸짖었다.

"입 닥쳐라! 대사를 논하는데 갑자기 반적 놈 얘기는 왜 꺼내는 것이냐? 그리고 내 생각은 결정됐다. 전군은 즉시 영채를 거두고 수춘으로 철수한다!"

조급한 마음에 금상은 원술 앞에 무릎을 꿇고 간했다.

"주공, 철군은 아니 됩니다! 철군을 하더라도 잠시 시기를 두고 봐야 합니다. 지금 급히 철수하다간 도응에게 추격을 당해

피해가 막심해집니다!"

양굉 역시 다급히 간하며 금상의 주장에 쐐기를 박았다.

"방금 전까지 황산 영채를 공격하느라 피로해진 서주군은 아군을 추격할 힘이 남아 있지 않습니다. 지금이야말로 철군할 절호의 기회입니다. 만에 하나 서주군이 추살해 온다면 신이 목숨을 걸고 추격병을 막아내 주공의 퇴군을 엄호하겠습니다!"

원술은 만족한 미소를 지으며 말했다.

"양 장사야말로 내 진정한 충신일세. 오늘밤 안으로 당장 철군할 것이니 진란과 양굉은 군사를 거느리고 적의 퇴로를 끊어라. 다시 철군을 반대하는 자가 있다면 목을 베리라!"

원술의 추상같은 호령에 문무 관원들은 하는 수 없이 명을 받들었다.

여전히 싸울 여력이 남은 상황에서도 원술은 겁을 집어먹고 양굉의 종용에 따라 철군을 결정했다. 또한 수춘으로 되도록 빨리 돌아가기 위해 휴대가 불편한 무기와 치중을 모두 버리고 달아났다.

원래는 죄 불태울 생각이었지만 양굉이 이에 반대했다. 물자를 남겨놓으면 서주군이 이를 서로 차지하려고 달려들 테니 추격군의 병력을 분산시킬 수 있을 거라는 의견을 내놓았다. 원술은 일리가 있다고 여겨 양굉의 말을 따랐다.

철군 준비를 모두 마친 7만에 이르는 원술군은 날이 채 밝기 전에 견고한 고황산 대영을 버리고 신속히 수춘을 향해 철수했다.

처음에 이들의 철군은 질서정연함을 유지했지만 얼마 지나지 않아 원술군 대오 사이에 뜬소문이 돌기 시작했다.

이미 서주군이 길을 돌아 원술군의 퇴로를 차단하려는 상황에서 원술이 도망갈 시간을 벌기 위해 대다수 군사를 버려둔 채 일부 심복 군대만 이끌고 수춘으로 돌아가기로 했다는 것이다.

물론 이는 양굉이 상읍에서 거느리고 온 병사들을 시켜 퍼뜨린 헛소문이었다. 하지만 원술군이 이를 사실로 여겨 앞 다퉈 선두에 나서려다 보니 대오는 크게 혼란에 빠졌다.

원술도 이 소문을 듣고 벽력같이 노해 그 출처를 밝혀내라고 명하려는 찰나, 후방에서 갑자기 천지를 진동하는 말발굽 소리가 울리고 기치가 휘날리며 군자군이 곧장 시살해 들어왔다.

어슴푸레한 새벽, 멀리서부터 비 오듯 쏟아지는 화살에 원술군은 적이 대체 얼마나 되는지 몰라 상하가 모두 허둥대기 시작했다.

수많은 장수와 사병들이 겁을 먹고 동료들을 밀치며 사방으로 흩어지자 원술군 대오는 거의 붕괴 직전에 이르렀다.

도기는 원래 원술군 후미를 바짝 추격하며 적의 퇴군 속도를 늦추려고 했다.

그런데 화살을 얼마 날리지도 않았는데 원술군이 자중지란에 빠져 도망가기에 급급하자 신이 난 도기는 중기병에게 아예 원술군 진영으로 달려가 적을 유린하라고 명했다.

또한 죽읍 대영에도 속히 전황을 알리고 적이 숨을 돌리지 못하도록 공세를 취해달라고 요청했다. 이에 도응은 친히 5천 군사를 통솔해 추격전에 가세했다.

도응이 전장에 도착해 보니 놀라 허둥대는 원술군은 뿔뿔이 흩어져 달아나기 바빴고, 도처에 그들이 버리고 간 치중과 갑옷, 무기, 깃발이 널려 있었다.

도응은 크게 기뻐하며 즉시 병사들에게 군자군과 호응해 적의 뒤를 추격하라고 명했다.

5천 서주군이 함성을 지르며 달려 나가려 할 때, 멀리 숲 속에서 원술군 복장을 입은 군대가 갑자기 튀어나와 도응 쪽을 향해 곧장 달려왔다.

이에 바짝 긴장한 서주군이 방어 태세를 갖추려 하는데 원술군 대오에서 득의양양한 목소리가 들려왔다.

"주공, 주공! 소신 양굉입니다. 잠시만 기다리십시오!"

도응이 가까이 다가오는 장수를 보니 그는 다름 아닌 양굉이었다.

양굉은 도응 앞으로 급히 달려와 말에서 내려 무릎을 꿇고 예를 갖추었다. 그리고 그의 손에는 머리 하나가 들려 있었다.

"주공, 이 머리는 원술의 대장 진란의 수급입니다. 방금 혼란 중에 소신이 주공께서 붙여주신 서주군과 함께 그의 목을 베었습니다."

또한 원술군이 왜 이렇게 빨리 붕괴했는지 이유를 듣고 도응은 기쁨의 웃음을 터뜨렸다. 이어 말에서 내려 양굉의 손을 꼭 쥐더니 말했다.

"양 대인, 수고 많았소. 이번 죽읍 대첩의 일등공신은 바로 양 대인이오! 내 서주로 돌아가 그대에게 큰상을 내리리다!"

양굉이 공수하고 감사의 뜻을 표하자 도응이 걱정스런 표정으로 물었다.

"그런데 회남에 두고 온 가족은 어찌하오? 얼른 사람을 보내 데려와야 하지 않겠소?"

이에 양굉이 가늘게 미소 짓고 대답했다.

"주공의 배려에 황송할 따름입니다. 하지만 염려하실 필요 없습니다. 소신이 며칠 전에 이미 수춘에 사람을 보냈습니다. 아마 지금쯤 배를 타고 회음으로 출발했을 것입니다."

도응의 입에 잠시 쓴웃음이 걸리더니 이내 그의 철두철미한 대비에 칭찬을 보냈다.

도응은 양굉에게서 자신의 모습을 보는 것 같아 씁쓸한 기분이 들었지만 그의 재주를 내치기 아깝다는 생각에 그를 중용하기로 결정했다. 이런 자를 다루는 것쯤이야 아무것도 아니라는 자신감이 있었기 때문이다.

도응은 그 자리에서 양굉을 서주 장사 겸 무군중랑장(撫軍中郎將)에 봉하고 서주의 대외 업무를 관장하게 했다. 도응의 전용 외교관인 셈이었다. 또한 상금 천 냥과 전답 천 무(畝), 옥벽 열 쌍, 녹읍 5백 호를 하사했다.

양굉은 뛸 듯이 기뻐 도응에게 연신 절을 올리며 감사하다고 말했다.

이때 허저와 진도도 6천여 군사를 이끌고 전장에 도착했다.

도응의 명에 이들까지 추격에 가세하자 안 그래도 붕괴하고 있던 원술군은 더욱 처참하게 무너졌다.

사방이 원술군의 시체로 뒤덮였고 무수한 병사가 무기를 버리고 투항했으며 원술이 버리고 간 물자와 양초가 모두 서주군의 수중에 들어왔다.

가슴이 콩알만 해진 원술은 아예 갑옷과 무기까지 버리고 달아났고, 서주군은 60여 리를 뒤쫓다가 대택향에 이르러서야 군사를 거두었다.

* * *

이번 전투에서만 서주군은 적의 수급 1만 구를 베고 2만이 넘는 병사를 포로로 잡았다.

또한 만여 명이 넘는 병사가 철수 중에 자중지란에 빠져 밟혀 죽었고, 사방으로 도망친 사병도 1만 명 이상이었다.

출정할 때 13만에 이르렀던 대군 중 수춘으로 돌아온 병사는 고작 8천도 되지 않았다.

목숨을 잃은 수하 장수가 여럿에, 빼앗긴 양초와 치중, 전마까지 감안한다면 원술로서는 역사에 남을 패배를 당한 꼴이었다.

다른 제후였다면 이번 참패로 재기가 불가능했을지도 모른다.

하지만 원술에게는 회남의 풍부한 물자와 인력은 물론 상징성이 강한 전국옥새가 있었다.

수춘으로 돌아온 원술은 신하들의 반대에도 불구하고 새로 10만 대군을 모집하고 백성을 수탈해 군량과 무기를 준비하라고 다그쳤다.

물론 이는 모두 도응에게 당한 치욕을 씻기 위함이었다.

서주군은 이번 전투에서 원술의 13만 대군을 대파하고, 각종 무기와 물자를 손에 넣는 결정적 승리를 거두었다. 하지만 도응의 표정은 밝지 못했다. 서주군 역시 피해가 만만치 않았기 때문이다.

황산 전투에서만 3천 명 이상의 손실을 입었고, 각종 전투에서도 3천 명이 넘는 정규군이 사망해 총 7천 명에 가까운 병사들이 전사했다.

이는 이번 전투에 동원한 병사의 삼분지 일에 이르는 숫자였다.

오합지졸인 원술군과의 전투에서도 이런 결과가 빚어졌으니 강적인 조조나 여포의 군대와 정면대결을 펼친다면 참담한 손실을 볼 것이 뻔했다.

"군자군과 풍우군에만 의지해서는 절대 정면대결에서 여포와 조조를 이길 수 없어. 그래, 서둘러 정예병을 키우자. 그것만이 유일한 방법이야."

원술의 13만 대군이 3만도 채 안 되는 서주군에게 궤멸되었다는 소식이 전해지자, 북방의 적들은 크게 실망해 하나씩 군대를 거두기 시작했다.

조조는 곧 노국에 증파한 병력을 철수시켰고, 여포는 남쪽 전선에 치중된 병력을 북쪽으로 돌렸다.

서주 동해군의 합향현(合鄕縣)에 주둔하던 유비도 서둘러 노국으로 돌아왔다. 이로써 서주 북방의 위기는 싸우지 않고도 저절로 해결되었다.

* * *

홍평 2년 7월 상순, 도응은 진의에게 패국을 지키라고 명한 후 군사를 모두 이끌고 팽성으로 돌아왔다.

도상과 진등, 조표는 문무 관원을 거느리고 성 밖 10리까지 나가 개선군을 맞이했고, 연도에는 승전을 축하하러 나온 서주 백성으로 발 디딜 틈이 없었다.

한두 해 전만 해도 외적의 침탈에 갖은 고초를 겪던 서주 백성들은 이제 승전보에 익숙해지자, 절로 격세지감을 느꼈다.

서주의 민생과 경제가 빠른 속도로 회복하고, 군사력은 전보다 훨씬 더 막강해졌으며, 부세(賦稅)도 다른 제후들에 비해 가벼운 것은 모두 서주의 새로운 주인 도응 덕이라며 칭송이 자자했다.

환영 인파의 축하를 받으며 당당하게 개선한 도응은 문무 관원을 거느리고 자사부로 들어갔다.

우선 군사들에게 휴식을 취하며 맘껏 술과 고기를 즐기라고 명한 후, 부중에서도 크게 연회를 열어 이번 죽읍 대첩을 경축했다.

술자리가 어느 정도 무르익자 도응은 노숙, 진등, 장패, 허저, 조표 등 몇몇 심복들을 이끌고 이당(二堂)으로 자리를 옮겨 그간 서주를 둘러싸고 벌어진 일들에 대해 의논했다.

자리를 잡고 앉자 도응이 먼저 물었다.

"원룡, 악부, 요 며칠 북방의 적들에게서 새로운 움직임이 포착됐습니까?"

올해 봄, 여포가 도응에게 딸을 시집보내려 하자 다급해진 조령이 도응을 찾아왔을 때 둘 사이에는 아이가 생겼다.

이에 도응은 원술과 전쟁 중에 조령을 첩으로 맞았다. 이로써 조표는 도응의 장인이 되었다.

조표가 신이 나서 대답했다.

"주공의 대승 소식이 전해지자 유비는 합향에 주둔한 군대를 모두 노국으로 철수시켰고, 여포도 다시 주력 부대를 이끌고 북상하여 동군으로 쳐들어가는 모양새를 취하고 있습니다. 아마도 하내(河內)태수 장양(張揚)과 연계해 조조를 치려는 듯합니다. 돌아가는 사태로 보아 당분간 북쪽 전선은 걱정할 필요가 없습니다."

도응은 만족한 듯 고개를 끄덕이고 다시 물었다.

"여포 쪽에서 서신이나 사자를 보내지는 않았습니까?"

이번에는 진등이 대답했다.

"당연히 있었습니다. 여포의 사자인 왕해가 어젯밤 소패에 도착했다고 하니, 늦어도 내일 아침이면 팽성에 당도할 것으로 보입니다. 손관의 전통에 따르면 또 전량과 무기가 목적인 듯합니다."

이 말에 도응은 버럭 화를 내며 크게 소리를 질렀다.

"흥, 서주가 무슨 자신의 식량 창고라도 되는 줄 안단 말이냐? 가을밀을 준 게 불과 두세 달 전인데, 또 식량을 빌려달라니! 이번에는 절대 어림도 없다!"

조표도 옆에서 역정을 내며 급히 간했다.

"맞습니다. 절대 빌려줘서는 안 됩니다. 지금까지 서주에서 내준 식량만 10만 휘입니다. 갚을 생각은 하지 않고 또 빌려달라니, 여포의 탐심이 실로 끝이 없습니다."

이 말을 듣고 있던 노숙이 침중한 목소리로 말했다.

"여포는 아직 쓸모가 많습니다. 좀 더 심사숙고하십시오. 10만 휘를 이미 보냈는데, 지금 인색하게 굴면 이제까지의 노력이 물거품이 될까 걱정입니다."

진등도 옆에서 거들었다.

"군사의 말이 옳습니다. 소신이 알아본 바에 의하면, 여포는 정말 식량 궁핍 상태에 처해 있습니다. 정도, 산양, 임성 모두 전화가 끊이지 않아 대량의 농지가 훼손돼 여포는 아군의 지원이 없으면 식량을 얻을 길이 막막합니다. 군사에게 배급되는 식량도 아군의 절반밖에 되지 않아, 정말 동군을 치러간다면 아군에게 의지하는 수밖에 없습니다. 설사 동군을 공격하지 않더라도 겨울이 되기 전에 여포 군중에 식량이 끊기고 말겁니다."

이 말에 도응은 더욱 역정을 내며 오래전부터 가졌던 속내를 드러냈다.

"돈도 식량도 없으면서 무슨 군대를 그리 많이 키운단 말인가! 그중 절반만 내게 주면 좋으련만. 나라면 정예병과 용장들을 거두어 후하게 대우했을 텐데……."

노숙과 진등은 도응의 말뜻을 알아차리고 입가에 미소를 지었다. 진등이 목소리를 낮춰 물었다.

"주공께서 여포 같은 맹수를 이처럼 후대하고 그의 딸과 정혼한 건 장래에 그의 병력을 얻기 위한 사전 포석 같아 보입니다."

도응도 속마음을 숨기지 않고 솔직하게 대답했다.

"꼭 그런 것은 아니지만 여포 휘하의 함진영(陷陣營)과 병주 철기, 또 동탁에게서 얻은 서량(西涼) 철기와 비웅군(飛熊軍)을 탐내지 않을 제후가 어디 있겠소?"

이 말에 진등이 웃음을 지을 때, 옆에 있던 허저가 불만 가득한 목소리로 말했다.

"주공, 함진영이니 병주 철기, 서량 철기, 비웅군이 뭐 그리 대단합니까? 말장에게 시간을 좀 주시면 더 강한 군대를 훈련시켜 내겠습니다."

진도 역시 도응의 말에 불복하며 허저의 말에 연신 고개를 끄덕였다.

그러고는 자신에게도 시간을 주면 이들 백전웅사(百戰雄師)보다 훨씬 뛰어난 군대를 양성해 내겠다고 큰소리쳤다.

하지만 도응은 고개를 가로저으며 탄식했다.

"중강, 숙지, 그건 말처럼 쉬운 일이 아니라오. 우선 지금 천하가 크게 어지러워 군사를 훈련시킬 여가가 없을뿐더러 시간이 충분하다 해도 이들보다 강한 군대를 양성해 낼 수가 없소."

자존심이 크게 상한 허저가 씩씩대며 물었다.

"주공은 어찌 그리 단정적으로 말씀하십니까?"

"모두 사실이기 때문에 그리 말한 것이오. 서주는 다른 곳보다 상대적으로 물자가 풍부해 백성의 생계가 어느 정도는 보장이 돼 있소. 따라서 서주에서 모집한 사병은 목숨을 걸고 싸우려는 필사적인 의지가 부족하오. 이번 원술과의 전투에서도 봤듯이, 전투력이 상당히 떨어지는 원술군과의 싸움에서도 삼분지 일에 이르는 사망자가 발생했소. 이는 우리 군대가 정예로움과는 거리가 멀다는 것을 보여주는 반증이오."

그러고는 다시 허저와 진도에게 고개를 돌려 물었다.

"중강, 숙지, 혹시 주의 깊게 봤는지 모르겠지만 죽읍 전투에서 선고 장군의 낭야군이 그대들 군대보다 격전을 치르고서도 왜 사상자는 더 적은지 그 이유를 아시오?"

진도가 대답했다.

"장 장군 휘하의 장사들은 전투 경험이 풍부한 노병들입니다. 하지만 신병이 대부분인 소장과 허 장군의 대오는 전투 경험이 부족해 사상자가 많은 것은 당연합니다."

"전투 경험은 한 가지 요인일 뿐, 더 중요한 이유가 있소. 선고 장군의 군대는 대부분 태산군 출신이오. 태산군은 서주 5군 중에서 가장 빈곤한 땅이오. 황건적의 난 때 막심한 피해를 입은 데다 북쪽에 치우쳐 외적의 침입이 잦아 민생이 도탄에 빠지게 되었소. 그래서 태산군에서 온 사병들은 먹고살기 위해서라도 필사적이 될 수밖에 없는 것이오. 군대에서 쫓겨나면 굶어죽을지도 모른다는 불안감이 전투력으로 승화된 셈이오. 하지만 서주군은 이와 다르오. 그들은 군대를 나와도 돌아가 농사를 지을 고향이 있어서 죽음을 두려워하고 전장에서 목숨을 걸길 꺼려하니 전투력은 자연히 약화되는 것이오."

도웅이 조목조목 근거를 들어 설명하자 허저와 진도는 아무 말도 할 수 없었다.

장패는 의기양양해져 호탕한 웃음을 터뜨리고 말했다.

"주공, 저더러 낭야와 태산으로 돌아가 군대를 모집해 오라는 말처럼 들립니다요. 하하!"

이 말에 당 안에는 웃음꽃이 활짝 피었다. 이후 이런저런 얘기를 나누다 보니 어느덧 날이 어두워졌다.

도웅은 친신들에게 돌아가 쉬라고 명한 후 자신도 서둘러 조령에게 달려갈 생각이었다.

수하들이 작별 인사를 하고 하나둘 자리에서 뜨는데, 노숙과 진등은 그대로 앉아 일어나지 않았다.

이들이 긴히 할 말이 있음을 눈치챈 도응은 사람들이 모두 나가자 무슨 일인지 물었다. 진등이 먼저 공수하고 말했다.

"주공, 두 가지 드릴 말씀이 있습니다. 하나는 미축과 관련된 일입니다. 열흘여 전, 미축이 제 손으로 유비의 사신과 유비가 보낸 미방의 복수를 권하는 편지를 보내왔습니다. 이에 소신이 유비의 사신을 조굉 장군에게 압송해 심문했습니다."

"음, 그 일은 나도 들어서 알고 있소."

사실 도응도 며칠 전에 조굉으로부터 비밀 보고를 받은 상황이었다.

도응이 원술과 전쟁을 벌이는 틈을 타 유비가 미축에게 사신을 보내 미방의 복수를 하라고 부추기고, 또 미축 가문의 세력을 동원해 자신이 동해군에 자리를 잡도록 도와달라고 요청했다.

그러나 미축은 유비의 요구를 거절했을 뿐 아니라 사신을 잡아 편지와 함께 진등에게 보냈다.

진등이 이어서 말했다.

"두 번째는 여포와 관련된 일입니다. 여포가 전에 주력군을 남쪽 전선에 주둔시킨 건 혼란을 틈타 서주를 노리려 한 것이 분명합니다. 그러나 아군의 대승 소식을 듣고 즉시 주력군을 북쪽으로 이동시켜 동군을 빼앗으려 하고 있습니다. 이는 아군의 지원을 등에 업고 동군을 탈환해 맹우인 장양과 연락을 취하려는 것으로 보입니다. 여포의 이번 작전은 조조의 근본을 뿌리째 흔드는 것이라 조조도 전력을 다해 대항할 것입니다. 조조와 여포가 결사전을 벌인다면 아군에게는 무조건 이득이 됩니다. 따라서 신이 보기에 주공께서는 전량을 아끼지 마시고 여포를 지원하십시오. 두 세력이 힘의 균형을 이뤄 싸움이 길어질수록 서주의 북방은 더욱 안정될 것입니다."

노숙도 이에 동의하며 고개를 끄덕이자 도응이 웃으며 대답했다.

"방금 전 얘기는 답답한 마음에 꺼낸 것뿐입니다. 이미 여포에게 군량 5만 휘를 보낼 생각을 하고 있었습니다. 여포가 조조를 공격한다면 이후에 다시 식량을 요구해 와도 당연히 보내줘야죠. 여포의 손을 빌려 조조를 막는 것이 우리 서주군으로 조조와 직접 대항하는 것보다 훨씬 나은 방법 아니겠습니까."

진등은 그럴 줄 알았다는 듯 안도의 한숨을 내쉬고 건의를 올렸다.

"한 가지 더 드릴 말씀이 있습니다. 이번 기회에 여포에게 장수를 빌려 군사를 조련하는 건 어떻겠습니까?"

"장수를 빌려 군사를 조련한다고요? 그렇게 번거롭게 일을 벌일 필요가 있겠소? 진도와 허저로도 충분히 군사를 훈련시킬 수 있잖소?"

"여기에는 두 가지 목적이 있습니다. 첫째, 허저와 진도 두 장군은 군사 조련 능력이 분명 뛰어납니다. 하지만 전투 경험은 여포 휘하의 백전노장에 비할 바가 아닙니다. 이런 노장들의 조언은 허저와 진도 두 장군에게도 큰 도움이 되리라 확신합니다. 둘째, 여포 휘하의 장수들은 남정북전하며 악전고투를 치르느라 부귀를 누릴 기회가 거의 없었습니다. 이들이 서주에 온 뒤 주공께서 넓은 집과 재물, 미녀를 마음껏 누리도록 한다면 주공의 은혜에 감사하고 의지하고픈 마음이 들지 않겠습니까?"

이 말에 도응은 손뼉을 치고 호탕하게 웃으며 말했다.

"하하, 원룡의 이 계책이 참으로 묘하구려. 내일 당장 양굉을 여포에게 보내 먼저 고순과 장료를 빌려달라고 청하고, 이어 학맹, 조성, 성렴, 위속, 송헌, 후성도 돌아가며 서주로 불러야겠소."

정예병 양성에 골머리를 앓던 도응은 일석이조의 이 계책을 듣고 답답하던 속이 뻥 뚫리는 느낌이 들었다. 여포도 서주의 식량 지원이 절실한 탓에 이 요구를 쉽게 거절할 수 없을 것이다.

기뻐 어쩔 줄 모르던 도응은 긴장이 풀리자 갑자기 쌓였던 피로가 밀려왔다.

이에 노숙과 진등에게 돌아가 쉬라고 한 후 자신도 침소로 발걸음을 돌렸다.

도응은 원술과의 전쟁을 통해 서주군의 전투력이 크게 떨어진다는 사실을 실감했다. 이에 식량 지원을 담보로 여포에게 전쟁 경험이 풍부한 노장들을 빌리기로 결심했다.

도응은 여포의 사자인 왕해가 도착하자 그 자리에서 이 얘기를 꺼냈다.

도응에게서 귀한 식량 5만 휘를 빌려야 하는 왕해로서는 당연히 대놓고 거절하기가 어려워 자신이 돌아가면 여포에게 이를 부탁해 보겠다고 대답했다.

도응은 크게 기뻐하며 양굉을 왕해와 함께 산양으로 딸려 보내 장료와 고순을 빌려오라는 임무를 맡겼다. 그 대가로 여포에게 식량은 얼마든지 지원해 주겠다고 약속하고 말이다.

도응의 전용 외교관인 양굉은 첫 번째 임무를 무난하게 성공시켰다.

여포는 도응이 두말 않고 군량 5만 휘를 보내주고, 또 이후에도 계속 식량 지원을 약속하자 입이 함지박만 하게 벌어져 도응의 요청을 수락했다.

진궁 역시 이를 도응과 우호 관계를 맺는 동시에 서주 군대의 허실을 탐지할 수 있는 절호의 기회로 여겨 반대하지 않았다.

하지만 이때 도응이 지명한 장료는 이미 선봉이 되어 동군으로 출격한 뒤였다.

조조, 원소 연합군과 대결 중인 장료를 불러들이기는 현실적으로 불가능했기에 여포는 진궁과 상의한 후 충성스러우면서도 진중한 대장 고순과 명궁 조성에게 서주로 남하해 서주군의 훈련을 돕도록 했다. 또한 서주군에게 자신의 위세를 과시하기 위해 고순에게 함진영 사병 2백 명도 함께 데려가라고 명했다.

고순은 성격이 듬직하고 충성심이 깊어 이번 여포의 명에 불만이 있었지만 원망 한마디 없이 명에 따랐다. 그러나 조성은 자신이 왜 남의 군대까지 훈련시키러 가야 하냐며 가는 내내 불평을 터뜨렸다.

이를 눈치챈 양굉은 조성에게 다가가 살살 미소를 띠며 서주에 도착하기만 하면 도 사군께서 병사들을 후대할 테니 아무 걱정 말라며 알랑거렸다.

함진영은 전원 보병이라 산양에서 소패까지 가는 데 대략 엿새 정도가 걸렸다.

엿새째 날 저녁, 고순과 조성의 대오가 소패에 당도했을 때 뜻밖에도 소패성 밖에 벌써 영채가 차려져 있었고, 병사들이 나와 이들 군대를 환영했다.

고순과 조성이 의아한 표정을 짓자 양굉이 달려와 굽실거리며 말했다.

"고 장군, 조 장군, 오해하진 마십시오. 우리 주공께서 장군의 군대를 성에 들이지 않으려는 것이 아니라 소패에서 팽성까지 140리 길이라 하루에 갈 수 없다고 판단해 아예 군사를 시켜 영채를 설치해 놓은 것입니다. 서주 땅에서 장군들의 군대가 힘들게 영채를 차릴 필요는 없잖습니까? 오늘 밤 두 분 장군의 부대가 성에서 묵길 원하시면 소패성 안으로 들어가시고, 밖에 주둔하시려면 이 영채에서 하룻밤을 쉬십시오."

고순이 무뚝뚝하게 대답했다.

"도 사군의 배려는 감사하오나 필요 없소이다. 아군은 천막을 챙겨왔소."

"어라, 전부 새 천막이잖아?"

조성이 자세히 둘러보니 서주군이 친 천막은 자신들이 지금까지 사용한 사방으로 바람이 들어오는 낡은 천막이 아니었다. 이에 웃음을 짓고 말했다.

"그럼 좋소. 도 사군의 성의를 무시하는 것도 예가 아닌 듯하오. 내일 바로 또 출발해야 하니 번거롭게 성을 들락거릴 필요 없이 이 영채에서 묵도록 하겠소."

양굉은 크게 기뻐하며 이들을 영채로 안내했다.

"두 분 장군께서는 안으로 드시지요. 그리고 사병들은 막사당 네 명씩 묵으면 됩니다. 스무 명이 북적거리는 막사와는 느낌이 전혀 다를 겁니다."

이 말에 고순과 조성은 서로의 얼굴을 바라보고 도응의 배려에 만족한 듯 고개를 끄덕였다.

물론 이것이 끝이 아니었다. 함진영 사병들이 대영으로 들어가자 안에는 이미 술상이 차려져 있었다.

흉년이 들어 끼니를 걱정하던 여포군 병사들은 눈앞의 진수성찬을 보자 입가에 군침이 돌며 감격스런 표정을 지었다.

고순이 전군을 대표해 양굉에게 감사의 말을 전했다.

"도 사군에게 너무 폐를 끼치는 것 같구려. 아무튼 병사들을 위해 주연을 베풀어줘 고맙소."

"서주군의 훈련을 위해 먼 길을 오시느라 고생한 장사들에게 이 정도가 뭐가 대수겠습니까? 서주에 도착하면 더 큰 예물이 기다리고 있습니다."

2백 함진영 병사들은 도응의 후한 대접에 환호하고 감격해 마지않았다.

이어 양굉이 손뼉을 쳐 신호를 보내자 이번에는 꽃처럼 아름다운 여인들이 잰걸음으로 들어와 사병들 옆에 한 명씩 자리를 차지하고 앉았다.

야들야들한 몸짓과 꾀꼬리 같은 목소리에 병사들은 그만 넋을 잃고 말았다.

병사들이 여인들을 보고 정신을 못 차리자 양굉이 눈을 가늘게 뜨고 웃으며 말했다.

"이 미녀들이 오늘밤 장사들을 모실 테니 지금까지 못 다한

회포를 마음껏 푸십시오. 그리고 이 아이들의 매신 문서는 각 장사들에게 드리겠습니다. 한 달 후 훈련이 끝났을 때 마음에 드신다면 이들을 데리고 가도 좋습니다."

양굉의 말이 떨어지자마자 함진영 병사들은 환호성을 지르며 기쁨의 빛을 감추지 못했다. 조성은 환한 미소를 지으면서도 짐짓 이렇게 말했다.

"양 대인, 도 사군의 호의에 몸 둘 바를 모르겠소이다. 이런 후한 선물에 어찌 보답하면 되겠소?"

"두 분 장군께서는 주공 휘하의 병사들을 열심히 훈련시켜 주시기만 하면 됩니다. 두 분께는 따로 소패 최고의 미녀를 대령했으니 자리를 옮기시지요."

조성은 입이 귀밑까지 찢어져 감사를 연발했다. 하지만 고순은 난처한 표정을 짓고 말했다.

"양 대인, 이건 아닌 것 같소. 여인들은 거두어주시길 바라오."

양굉은 고개를 휘휘 저으며 단호한 표정으로 대답했다.

"그건 안 될 말씀입니다요. 고 장군, 이는 우리 주공께서 특별히 마련하신 자리입니다. 장군께서 거절하시면 소관은 서주로 돌아가 해명할 방법이 없습니다. 그러니 자비를 베푸시어 소관을 난처하게 만들지 말아주십시오."

옆에 있던 조성도 만면에 웃음을 띠고 성의를 거절하는 것은 예가 아니라고 고순을 부추겼다.

고순은 하는 수 없이 양굉을 따라 중군 막사로 향했다.

함진영 병사들은 미녀를 옆에 끼고 행복한 표정을 지으며 맛난 술과 음식을 맘껏 즐겼다. 실로 오랜만에 누려보는 호사에 지금까지의 고생을 모두 보상받는 느낌이 들었다.

그리고 저도 모르게 자신들의 주공이 도응이었으면 얼마나 좋을까 하는 마음을 품게 되었다.

*　　　*　　　*

"멈춰라! 동작 그만!"

짐승의 포효 같은 외침에 군자군 장사들은 움찔했다. 조성은 군자군 사이를 돌아다니며 외쳤다.

"몇 번 말해야 알아듣겠느냐! 너희들은 대부분 오른손잡이다. 그런데 화살을 활 왼편에 걸치는 자가 왜 이리 많은 것이냐! 화살을 왼편에 걸치면 화살 끝을 잡은 식지와 중지가 안정될 수 없다. 자세가 안정되지 않았는데 어떻게 과녁을 명중시킨단 말인가!"

그러더니 조성은 활과 화살을 들고 군자군에게 친히 시범을 보였다.

"다들 잘 들어라! 화살을 쏘는 데도 방법이 있다. 활 잡기, 화살 걸치기, 활 들기, 활 당기기, 조준, 발사. 이 과정 하나하나는 들숨으로 시작해서 날숨으로 끝나야 한다. 숨을 들이쉰 후 천천히 숨을 내뱉다가, 숨을 멈추고 화살을 발사한다. 그 다음 최대한 느리고 고르게 숨을 내쉬어라. 아무래도 너희들은 호흡법부터 다시 배워야겠다. 쉬지 않고 연습을 하면서 운율감을 찾도록 해라!"

이어 조성이 갑자기 활을 들고 화살을 발사하자 화살은 휙 소리를 내며 날아가 150보 떨어진 과녁의 홍심에 그대로 적중했다.

그 자리에 있던 군자군 병사들은 박수를 치고 환호성을 보냈다. 그러나 조성은 이에 전혀 개의치 않고 군자군에게 외쳤다.

"언제까지 박수만 치고 있을 것이냐! 자세와 호흡에 주의해야 한다. 활 잡기, 화살 걸치기, 활 들기, 활 당기기, 조준, 발사 이 여섯 가지 동작을 각자 3백 번씩 연습해라!"

"예!"

병사들이 일제히 대답하고 연습에 들어가자 조성은 어이가 없다는 듯 혼잣말로 중얼거렸다.

"기본도 모르는 이들에게 우리가 패했다는 게 이해가 안 된단 말이야."

한편 옆 연병장에서는 고순이 서주 보병을 훈련시키고 있었다.

고순은 채찍을 들고 먼저 진도와 서주 군사 50여 명을 앞으로 불렀다. 서주 군사들이 일렬로 늘어서자 고순은 큰소리로 외쳤다.

"여러 차례 얘기하지만 도법은 맹렬하고 힘이 넘쳐야 한다. 칼을 한 번 크게 뺐으면 절대 거둬서는 안 된다. 폼만 그럴싸한 자세는 지양하라. 칼을 한 번 휘두르면 적을 벌벌 떨게 만들고 감히 반격할 엄두를 내지 못하게 하라. 한데 너희 같은 병사들은 전장에 나가면 적들의 밥이 되기 딱 좋은 수준이다!"

이어 고순은 뒤에 있던 함진영 병사들에게 채찍을 들고 외쳤다.

"50명만 앞으로 나와 일렬횡대로 포진하라!"

함진영 병사들이 자리를 잡자 고순은 서주 병사들에게 다시 소리쳤다.

"칼을 뽑아 들고 저들을 공격하라!"

"우리더러 저들을 공격하라고요?"

서주 군사들은 서로의 얼굴을 바라보며 자신의 귀를 의심했다. 패장에게 훈련을 받는 것이 영 못마땅했던 진도가 앞으로 나와 말했다.

"고 장군, 농담하십니까? 우리가 들고 있는 건 목검이 아니라 진짜 칼입니다."

"물론 농담이 아니오. 저들은 방어만 할 뿐 반격하지 않을 것이니 마음 놓고 공격하시오. 저들이 죽거나 다쳐도 책임을 묻지 않겠소."

서주 군사들이 주저하자 고순은 벽력같은 목소리로 당장 공격하라고 외쳤다.

이에 서주 군사들이 에라 모르겠다는 심정으로 함진영 병사들을 향해 돌격해 들어갔다.

그런데 숙연히 서 있던 함진영 병사들은 칼이 날아오자 갑자기 귀신같은 속도로 칼을 뽑아 서주군의 공격을 방어했다. 어떤 병사는 칼도 뽑지 않은 채 칼집으로 서주군의 칼을 막아냈다.

연병장 안에서는 칼이 부딪히는 소리가 끊이지 않았지만 함진영 병사들은 온갖 자세로 공격을 막아내며 한 명도 부상을 입지 않았다.

이를 지켜보던 고순의 입에서 갑자기 공격 명령이 떨어지자 방어만 하고 있던 함진영 병사들이 일제히 함성을 지르며 서주군에게 달려들었다.

물론 이들은 칼을 버리고 칼집만 들고 있었다. 깜짝 놀란 서주군이 채 칼로 방어도 하기 전에 이들의 칼집은 서주군의 목을 겨누었다.

시종 불만이 많았던 진도는 이 광경을 보고 찬탄해 마지않았고, 허저도 연신 고개를 끄덕이며 중얼거렸다.

"훌륭해. 이것이 바로 사람을 베는 것이야. 암, 그렇고말고."

연병장이 정리되자 고순이 큰소리로 외쳤다.

"사람을 베는 것이 무엇인지 똑똑히 보았느냐? 모두 귀대하여 베기를 3백 번씩 연습하라. 벨 때마다 젖 먹던 힘을 다하고 칼끝에 모든 기를 실어라. 이 칼 한 방에 적을 양단 낸다는 마음을 먹어라!"

간담이 서늘해진 서주군은 우렁차게 대답한 후 자대로 복귀하여 가장 기본적인 도법을 쉬지 않고 연습했다.

고순의 명에 따라 함진영 사병들은 전심전력을 다해 서주군의 훈련을 도왔다.

단상 위에서 이를 구경하던 도응과 노숙, 진규 부자, 장패, 조표 등은 감탄을 금치 못했다. 장패가 먼저 탄식을 내뱉었다.

"지금까지 낭야병을 천하의 강병으로 알았건만 오늘 함진영을 보니 우물 안 개구리가 따로 없었습니다그려. 낭야병은 저들을 따라가려면 아직 멀었습니다."

조표도 탄식하며 말했다.

"주공께서 왜 저들을 후대하려 했는지 이제 이유를 알겠습니다."

도응은 쓴웃음을 지으며 말했다.

"솔직히 적들이 파훼법을 찾지 못한 군자군만 아니었다면 아군은 얼마나 패배를 거듭했을지 모를 일이오. 게다가 오늘 보니 서주군은 오합지졸이나 다를 바가 없구려."

노숙이 도응을 위로하며 말했다.

"주공께서는 너무 낙담하지 마십시오. 서주군을 어찌 함진영과 비교한단 말입니까. 소신이 알아본 바에 의하면, 여포 휘하의 함진영은 총 7백여 명으로 각 군대의 정예 중에 정예만 모아놓은 대오입니다. 그중에는 동탁 휘하의 강병 비웅군 사졸도 일부 포함되어 있습니다. 이런 정예병은 천하에 오직 하나뿐이니 서주군과 비교가 불가합니다."

도응은 노숙의 말에 수긍하며 고개를 끄덕였다. 그러고는 곧 하늘을 바라보며 크게 탄식했다.

"이런 정예병을 나는 왜 거느릴 수 없단 말인가? 내 휘하에 이런 정예병만 있다면 천하에 큰 뜻을 펼칠 수 있을 터인데!"

第五章

조조의 이간계

도응이 고순과 조성을 보고 탄식하고 있을 때, 마침 양굉이 총총히 도응 앞으로 달려왔다. 그는 예를 행한 후 말을 꺼내려다가 이내 다시 입을 다물었다. 도응이 심히 이상해 물었다.

"양 장사, 무슨 일인데 이리 조급해하시오?"

양굉은 여전히 아무 말도 하지 않은 채 주위의 신하들을 돌아보았다.

서주 문무 관원들은 그의 뜻을 알아차리고 알아서 자리를 비켜주었다. 양굉은 도응과 단둘이 남자 낮은 목소리로 속삭였다.

"주공, 일이 크게 잘못된 듯합니다. 소신이 직접 함진영 군사들이 먹을 식재료를 사기 위해 나갔다가 시장에서 서주와 관련된 소문을 들었습니다."

도응도 어리둥절해하며 물었다.

"대체 무슨 소문이오?"

"서주 민간에서는 주공께서 조적 놈을 제거하기 위해 여포에게 물심양면으로 지원을 아끼지 않아 서주의 식량값이 곧 오를 것이라는 소문이 파다합니다. 또 주공께서 여포를 도와 조조를 제거한 후 유비를 없애고 원소와 대항할 것이라는 얘기도 심심찮게 들립니다. 심지어는 주공께서 친히 군사를 이끌고 북상해 여포와 손잡고 서주의 원수인 조조 놈을 멸하러 갈지도 모른다고 얘기하고 있습니다."

도응이 괴이한 표정만 짓고 아무 대답도 없자 양굉이 발을 동동 구르며 말했다.

"이는 우리 서주 자사부의 최고 기밀인데 어떻게 시장에 퍼지게 되었을까요? 아무래도 이 소문이 어디서 샜는지 조사가 필요합니다."

그저 웃음만 짓던 도응은 양굉에게 모든 사실을 알리려다가 이내 생각을 바꿔 고개를 끄덕이며 말했다.

"양 장사의 말이 옳소. 이 일은 철저한 조사가 필요하오. 당장 내위부의 조굉 장군을 찾아가 누가 이런 풍설을 퍼뜨렸는지 꼭 규명해 주시오. 그리고 간 김에 한 가지 소문은 바로잡아 주시오. 서주가 여러 차례 전란을 겪어 휴양생식이 필요해 단시간 내에는 출병할 계획이 없으니 백성들은 안심하고 생업에 열중하라고 말이오."

"명대로 시행하겠나이다!"

양굉은 대임을 맡았다는 생각에 콧노래를 부르며 자리에서 물러났다. 연병장 단상에 홀로 남은 도응은 훈련에 매진하는 군사들과 양굉의 뒷모습을 번갈아 바라보며 중얼거렸다.

"양굉이 조금 모자란 것도 나쁘지 않아. 저런 자가 똑똑하기까지 하면 언제 뒤통수를 칠지 모를 일이거든. 그리고 조조, 유비, 원소 놈이 빨리 이 소문을 듣고 연합해 여포를 공격해야 할 텐데……."

양굉은 서주 내위부의 비밀 요원을 이끌고 대대적으로 항간에 소문을 퍼뜨린 자들을 잡아들이는 한편, 도응이 당부한 소문도 함께 퍼뜨렸다.

그런데 일이 크게 확대되면서 서주성에 잠입한 외부 첩자들도 이를 사실로 여겨 각자의 주인에게 서둘러 이 소식을 알렸다.

가장 먼저 이 소식을 접한 제후는 당연히 여포였다. 고순의 편지에서 도응의 의도를 전해 들은 여포는 뛸 듯이 기뻐하며 회신을 보내 도응의 군사 조련에 최대한 협조하라고 당부했다.

그러고는 도응이 지원한 군량 5만 휘를 가지고 직접 동군 전선으로 향했다.

후방의 지원도 든든하겠다, 아예 이참에 동군을 점령하고 맹우인 장양과 연락을 틀 마음을 먹었다.

진궁이 여포에게 신중히 대처하라고 권했지만 기쁨에 들뜬 여포의 귀에는 아무 말도 들어오지 않았다.

이 소식은 조조의 본거지인 견성에도 전해졌다. 여포가 고순과 조성을 서주에 보냈다는 얘기까지 같이 들은 조조는 당연히 대경실색했다.

여포를 견제하기도 힘겨운 마당에 도응까지 합세하다니, 조조의 입에서는 절로 탄식이 새어 나왔다.

"이 일이 거짓이 아니라면 나는 끝장이로구나! 서주의 풍부한 전량과 평원에서 무적인 군자군, 게다가 호랑이 같은 여포의 군대를 어찌 막아낼 수 있단 말인가!"

이때 곽가가 연신 기침을 해대며 말했다.

"도응이 설마 호랑이를 키워 후환을 남기는 일을 하겠습니까? 여포는 변덕이 심한 시랑 같은 자입니다. 도응이 그를 지원해 아군을 멸한다면 바로 옆에 더 위험한 적이 생기는 꼴입니다. 도응이 이를 재지 못할 자는 아닙니다."

이 말에 순욱이 미간을 찌푸리며 말했다.

"봉효, 그건 너무 낙관적인 생각 같아 보이오. 서주에서 전해온 애기로는, 도응이 여포를 도와 아군을 멸한 후 여포의 힘을 빌려 원소에 대항한다고 했소. 이는 곧 도응이 원소와 여포가 철천지원수임을 알고 서주를 대신해 여포에게 원소를 막도록 하려는 심산이오."

순유도 이 소문이 거짓이 아닐지도 모른다며 걱정스런 투로 말했다.

"숙부의 말이 일리가 있습니다. 그 가능성을 완전히 배재할 수는 없습니다. 명공, 현재 도응의 남쪽 전선이 안정된 상황에서 도응과 여포 사이에는 각기 필요한 것이 있습니다. 도응은 여포 휘하의 용장들을 통해 서주군의 전투력을 높이려 하고, 여포는 도응의 전량과 무기를 필요로 합니다. 둘이 각기 필요한 것을 얻기 위해 잠시 협력하지 않는다고 누가 장담하겠습니까? 게다가 지금 벌써 둘 사이에는 협력의 기미가 보이고 있습니다."

조조는 잠시 고민에 잠기더니 이내 버럭 소리를 질렀다.

"빨리 기주에 사람을 보내 이 소식을 알려라. 내가 도응과 여포에게 망하기 직전이라는 사실을 알면 그로서도 가만히 손 놓고 있지만은 않을 것이다. 죽일 놈, 나에게 빌려준다던 3만 군대를 여양(黎陽)에 묶어두고 나와 여포가 양패구상하길 기다렸겠다?"

이때 계속 침묵을 지키고 있던 조조의 모사 정욱이 조조에게 공수하며 말했다.

"명공, 너무 염려하지 마십시오. 도응이 여포와 손잡고 아군을 멸하려는 계획을 일거에 무너뜨릴 계책이 있습니다. 이 계책이면 도응과 여포가 원수지간이 돼 여포를 고립무원에 빠뜨릴 수 있습니다."

조조가 크게 기뻐하며 물었다.

"중덕(仲德), 무슨 묘계인지 얼른 말해보시오."

중덕은 정욱의 자다.

"명공, 아군 세작의 보고에 따르면 도응이 군사 훈련에 전력을 쏟도록 고순과 조성은 물론 함진영 사병을 후대한다고 전해왔습니다. 이때 사람을 여포 진영에 보내 도응이 이들을 후대하는 건 군사 훈련을 도와준 데 대한 보답이 아니라 고순과 조성 등을 매수해 자기편으로 만들기 위한 것이라고 소문을 퍼뜨리십시오. 또 고순과 조성이 부귀영화를 탐하여 이미 도응에게 몸을 의탁했고, 도응이 더 많은 여포 휘하의 장사를 매수하려 한다고 말하십시오."

여기까지 말한 정욱이 음침한 미소를 흘리며 말을 이었다.

"여포가 이 소문을 듣는다면 어찌 의심이 생기지 않겠습니까?"

조조는 손뼉을 치고 웃으며 명을 내렸다.

"오, 정말 훌륭한 계책이구려. 속히 이를 시행에 옮기시오!"

한편 원소는 조조의 경고성 서신을 받고 깜짝 놀랐다. 이에 당장 여양에서 안병부동하던 3만 원군에게 즉시 황하를 건너 남하하라고 명했다. 또한 대장 문추(文醜)에게 2만 주력군을 이끌고 남하해 조조를 도와 도응과 여포 연합군을 막도록 했다.

유비는 본래 여포와 엮일 마음이 없어 임성에 주둔한 여포군을 막는다는 구실로 군대를 움직이지 않았다. 상황을 지켜보다가 중간에서 이익을 취할 심산이었다.

그런데 원소가 대대적으로 조조를 지원해 여포를 제거하려 한다는 소식을 듣자 이내 마음이 바뀌었다.

그는 이번 전투에서 조조와 원소 쪽에 가담하는 것이 이익이라고 판단해 즉시 우군의 기치를 내걸고 동군으로 향했다.

조조, 원소, 유비 삼군 연합군이 힘을 합치자 복양성 아래까지 쳐들어간 여포는 이들의 협공을 피하기 위해 복수(濮水)로 물러나 구양(句陽) 일대에서 이들 연합군과 대치했다.

여포는 복수 북쪽 기슭에서 강적들의 공세를 잘 막아내고 있었지만 형세는 그리 낙관적이지 않았다.

가장 열세에 놓인 것은 군대의 숫자였다. 여포는 5만 정도 되는 군대로 산양과 정도, 임성 3개 군을 지키면서 적군과 맞서야 하는 상황이었다.

하지만 연합군은 조조의 군대만 5, 6만 명에 방대한 원소의 군대까지 적극 지원에 나서 쉽지 않은 전투가 지속되었다.

이를 지켜보던 진궁은 여포에게 두 가지 해결 방안을 제시했다.

하나는 연주의 일부 이익을 떼어주고 도응에게 원군을 요청하는 것이었다.

다른 하나는 잠시 동군 공격 계획을 포기하고 산양 등 3개 군으로 물러나는 것이었다.

서주의 전량과 견고한 성지를 이용해 적의 공격을 막아내다가 원소의 군대가 물러가면 그때 다시 조조를 치라고 권했다.

여포의 성격상 후퇴는 어울리지 않았기 때문에 그는 당장 도응에게 원군을 청하기로 결정했다.

이에 진궁은 도응의 마음을 움직일 수 있도록 여포군이 동군을 장악해 맹우인 장양과 연락을 회복하게 되면 도응이 절실히 필요로 하는 말 무역을 터주는 조건을 제시하라고 건의했다.

원래 도응은 공손찬에게서 전마를 사들였는데, 유비가 중간에서 농간을 부리는 통에 말 무역이 단절되고 말았다.

진궁은 바로 이 점을 노렸던 것이다.

그런데 여포가 사신을 서주로 보내려 할 때, 그의 친신과 심복들이 잇달아 최근 여포군 내에서 이상한 소문이 돈다는 보고를 올렸다.

내용인즉, 도응이 여포에게 고순과 조성 및 일부 함진영 사병을 빌려간 후 재물과 미녀, 봉록으로 이들을 유혹했는데, 부귀영화에 눈이 먼 고순 등이 이미 도응에게 투항했을 뿐 아니라 여포군 내 옛 동료들에게 편지를 보내 여포를 버리고 남쪽으로 내려오라고 독촉했다는 것이다.

심지어는 일부 여포군 장수가 이미 도응에게 매수돼 조만간 여포를 제거할 것이라는 얘기까지 돌았다. 이런 황당하고 터무니없는 유언비어를 퍼뜨린 건 물론 조조가 여포군 진영에 보낸 첩자들이었다.

어이없는 소문이긴 했지만 이미 전군에 쫙 퍼져 군심에까지 영향을 미치자 여포는 당장 문무 관원을 소집해 회의를 열었다.

곁에 있던 진궁이 말했다.

"주공, 이는 분명 조조의 이간계입니다. 조조는 주공과 도 사군이 합심해 연주를 도모하는 걸 가장 두려워하고 있습니다. 이에 일부러 이런 유언비어를 퍼뜨려 양 집안 사이를 갈라놓으려는 것입니다. 하니 이런 황당무계한 얘기를 전파하여 군심을 어지럽히는 자를 색출해 엄벌에 처하십시오."

"그런가? 공대의 말이 비록 일리가 있지만 만약 이 일이 거짓이 아니라면 어찌하는가?"

"절대 그럴 리 없습니다. 다른 장수나 군사가 도응에게 매수되었다면 믿을 수도 있습니다. 그러나 고순 장군이 매수되었다는 말은 절대 믿지 못하겠습니다! 충직하고 청렴한 그가 주공을 배신했다면 믿으시겠습니까?"

여포는 진궁의 단호한 어조에도 여전히 의심을 지우지 못했다.

"그리 듣고 보니 조조의 이간계로 보이기도 하는구려."

이때 또 다른 충직한 장수 장료가 일어서서 여포에게 말했다.

"주공, 그래도 조심하는 것이 상책입니다. 고순과 조성 두 장수가 주공을 배반할 리는 없지만 도응이 그들을 매수하지 않는다고 보장하기는 어렵습니다."

"문원, 그게 무슨 말이오?"

진궁은 깜짝 놀라며 장료에게 자세한 이유를 물었다. 여포 역시 잔뜩 긴장해 장료의 말에 귀를 기울였다.

"며칠 전, 말장이 조성 장군에게서 편지 한 통을 받았습니다. 편지에는 고순 장군과 서주에 도착한 후 도 사군이 자신들을 극히 후대해 많은 금은보화를 내리고, 함진영 병사에게는 시첩까지 주었다고 합니다. 또한 도 사군이 말장을 크게 칭찬하며 여러 차례 말장도 서주에 한 번 오면 좋겠다고 말했다고 합니다."

여포는 장료의 말을 끊고 노호했다.

"편지는 어디에 있느냐?"

"말장 장중에 있으니 바로 대령하겠습니다."

여포는 대로하여 당장 사람을 시켜 그 편지를 가져오라고 명한 후, 책상을 치며 뭇 장수들에게 소리쳤다.

"이런 편지를 받은 자가 또 있느냐? 속일 생각 말고 지금 당장 이실직고하라!"

여포의 위협이 두려워 똑같은 편지를 받은 학맹, 송헌, 후성 등도 잇달아 사실대로 아뢰었다.

여포는 더욱 크게 노하여 편지를 취합해 보니 장료가 받은 편지와 내용이 대동소이했다.

여포는 이 편지들을 모두 읽고 책상을 치며 도응에게 분노를 터뜨렸다.

"내 용서의 정으로 대장을 보내 이자의 군사 훈련을 도왔거늘, 감히 이를 틈타 내 장사를 매수하려 들다니! 절대 용서치 않으리라!"

여포가 벽력같이 분노를 터뜨릴 때, 진궁은 오히려 고개를 갸웃거렸다.

지금 같은 중요한 시기에 도응이 절대 여포와 반목할 리 없다고 판단한 진궁이 조심스럽게 입을 열었다.

"주공, 이 편지들은 단지 도응이 아군 장사들을 후대했다는 내용뿐으로 정말 그들을 매수하려 했다는 증거로 보기 어렵습니다. 서주로 사신을 파견해 상황을 알아본 후 결단을 내려도 늦지 않을 것입니다."

하지만 여포는 여전히 노기를 가라앉히지 못하고 소리쳤다.

"뭘 더 알아본단 말인가? 당장 전령을 보내 고순과 조성, 함진영 사병에게 빨리 돌아오라고 이르라. 그리고 도응이 상으로 내린 것들은 절대 가지고 오지 못하도록 하라!"

이 말에 진궁이 대경실색하며 급히 간했다.

"주공, 불가합니다. 대적이 눈앞에 있는데 아무 이유 없이 고순과 조성 등을 소환했다가 도응의 분노를 사면 아군은 식량이 끊기고 맙니다!"

장료도 진궁의 말에 찬동하며 앞으로 나와 말했다.

"도응이 설사 아군 장사들에 대한 매수를 시도했다 해도 고순과 조성 두 장군은 절대 부귀영화에 마음을 움직일 사람들이 아닙니다. 그러니 상황을 분명히 파악한 연후에 조치를 취하십시오."

장중의 관원들 역시 전량을 틀어쥔 도응을 건드리는 것은 위험하다고 권하자 여포도 분을 참으며 노기를 누그러뜨렸다.

여포는 다음 군사 훈련 계획을 상의한다는 구실로 허사를 서주로 파견해 고순과 조성을 직접 만나 도응이 여포군 장사들을 매수하려는 의도가 있었는지 물어보도록 했다.

만약 정말로 그런 사실이 있다면 연주의 전황이 긴급하다는 핑계로 이들을 소환할 생각이었다.

하지만 진궁은 여포의 방법이 너무 단도직입적이어서 일을 그르칠까 우려가 되었다.

'그래, 도응이 아군의 마음을 사려 했든 아니든 일단 편지를 보내야겠어. 조조의 계략을 상세히 알리고, 순망치한(脣亡齒寒)인 양군의 관계를 강조해야 돼. 아군이 없으면 그의 북쪽 전선이 위험해진다는 사실을 잘 알 테니까.'

회의가 끝난 후 진궁은 즉시 친필 편지를 써서 심복에게 주고 허사보다 앞서 서주에 당도해 도응에게 편지를 전달하라고 명했다.

그로서는 어쨌든 전량이 끊기는 사태를 막아야 했기 때문이다.

*　　　　*　　　　*

진궁의 심복이 밤을 달려 길을 재촉한 덕에 허사보다 먼저 서주에 당도했다.

도응은 진궁의 편지를 읽은 후 담담한 목소리로 말했다.

"조조가 사람을 시켜 내가 여포 휘하의 용장들을 매수한다고 소문을 퍼뜨렸구려. 나와 여포 사이를 이간하려는 모양입니다."

노숙과 진등은 이 말을 듣고 깜짝 놀라 재빨리 도응에게서 진궁의 편지를 건네받아 읽고는 눈이 동그래졌다. 진등이 쓴웃음을 지으며 말했다.

"조조가 제대로 뒤통수를 쳤군요. 허사가 서주가 당도해 우리가 여포군을 어찌 대했는지 알고 여포에게 보고하면 의심 많은 여포는 분명 고순, 조성 그리고 함진영 사병들을 소환할 것입니다."

이 말에 노숙이 고개를 갸웃하며 물었다.

"그러면 아군이 맹약을 파기하고 군량 지원을 끊는다는 걸 모를까요? 그에게는 진궁도 있잖습니까?"

"여포가 이 사실을 알면 곁에서 누가 권해도 듣지 않을 겁니다. 여포는 용감하지만 지모가 없어서 일단 우리가 자신의 군대를 매수하려는 걸 알아채는 순간 발연대로하여 뒷일은 생각지도 않고 우리와 반목할 게 분명합니다."

노숙과 진등의 얘기를 가만히 듣고 있던 도응이 미소를 짓고 말했다.

"조조가 알아서 우릴 도와주고 있습니다. 이번에 우리는 여포의 용장들을 손에 넣을 수 있을 뿐 아니라 조조가 골칫거리인 여포까지 처리해 줄 테니까요."

"네? 그건 또 무슨 말씀입니까?"

노숙과 진등이 놀라서 물었다.

"제 계획을 듣고 나면 무슨 얘긴지 아실 겁니다. 두 분은 바로 함진영 사병들에게 각각 황금 1근과 견포 2필을 내리고, 고순과 조성에게는 황금 50근과 견포 백 필을 선물하십시오. 그런 다음 고순과 조성에게 지금까지 성심성의껏 훈련을 도와준 데 대해 감사하고, 한 달만 더 서주에 머물며 훈련을 맡아달라고 청하십시오."

노숙과 진등은 도응의 계책을 듣고 무릎을 치며 감탄했다. 이어 진등이 말했다.

"하하, 주공께서는 여포군의 마음을 사려는 것이군요. 여포가 의심을 품은 이때 일부러 함진영 병사들을 후대하면 여포는 더욱 의심이 생겨 고순, 조성과 함진영 병사들을 소환할 테고, 이들이 연주로 돌아가 여포에게 호된 질책을 당하고 무고하게 처벌을 받는다면 여포를 원망하게 될 테니까요."

"바로 그렇소. 이어서 나는 여포의 몰인정함을 구실로 식량 지원을 끊어버릴 것이오. 그렇게 되면 여포는 필시 조조 등 연합군의 상대가 되지 않을 테니, 여포가 패망할 때를 기다려 함진영 사병은 물론 여포 수하의 용장들까지 손에 넣으면 되는 것이오."

진등이 손뼉을 치고 크게 웃으며 말했다.

"이들에게 더 중한 상을 내리면 주공의 은덕에 더욱 감사할 것입니다. 게다가 진궁의 편지에도 언급했듯, 여포는 이들이 주공께 받은 상을 모두 돌려주고 오라고 했으니 아쉬움이 어찌 더 크지 않겠습니까?"

"원룡의 생각이 내 뜻과 꼭 합치하오. 속히 이를 시행에 옮기도록 하시오."

그런데 노숙은 한 가지 의문이 들어 도응에게 물었다.

"주공, 이 계책이 절묘하긴 하지만 여포가 패망한 후 조조와 경계를 마주하게 되면 서주 북방이 편할 날이 없지 않겠습니까?"

"자경, 여포가 있는 지금 우리 북쪽 전선이 하루라도 조용한 날이 있었습니까? 강남의 유요나 엄백호, 왕랑 같은 무능한 무리들을 접수하지 못하고 서주군의 칠 할 이상이 북쪽 전선에 치우쳐 있는 건 모두 여포 때문 아닙니까? 조조가 비록 간적이라고 하나 일을 행할 때는 순리에 따르고 이익에 아주 밝습니다. 그래서 그와는 경계를 마주한다 해도 화친은 물론 손을 잡는 것도 가능합니다. 하지만 보시다시피 여포는 물심양면으로 지원을 해줘도 고마운 줄 모른 채 시도 때도 없이 물자를 요구하고 호시탐탐 서주를 노리고 있습니다."

여기까지 얘기한 도응은 주먹으로 책상을 세게 내려치며 소리쳤다.

"장담컨대 이 여포 놈을 제거하지 않으면 서주 북쪽은 영원히 편할 날이 없을 것입니다!"

*　　　*　　　*

진등과 양굉이 또 한 차례 두둑한 상을 내리자 조성과 함진영 사병들은 입이 함지박만 하게 벌어져 도응에게 감사한 후 이를 수령하려고 했다.

오직 고순만이 단호히 상을 거절하며 진등과 양굉에게 거듭 말했다.

"번거롭겠지만 두 분 대인은 상을 가지고 돌아가 도 사군께 아뢰십시오. 이전에 이미 후한 상을 받은 데다 말장 등은 척촌지공(尺寸之功)도 없어 다시 사군의 상을 받을 면목이 없다고 말입니다."

진등이 웃음을 짓고 말했다.

"고 장군, 너무 겸손하십니다. 장군께서 아무런 공도 세우지 않았다니요? 장군 부대가 훈련을 책임져 준 덕분에 채 한 달도 되지 않아 서주군은 환골탈태까지는 아니어도 군심과 투지가 현저히 향상되었습니다. 우리 주공께서는 바로 이 점을 높이 사신 거고요. 약소하지만 심혈을 기울여 서주군을 훈련시킨 노고에 대한 보답이니 꼭 받아주십시오."

양굉도 옆에서 한마디 거들었다.

"맞습니다. 고 장군께서는 사양치 마십시오. 혹시 상이 약소해서 거절하시는 것인지요? 그렇다면 원하는 만큼 말씀하십시오. 저희가 주공께 상황을 설명하고 다시 상을 드리겠습니다."

"아닙니다, 아닙니다. 상은 이미 충분히 받았습니다."

고순이 손사래를 치며 부인하자 곁에 있던 조성이 권했다.

"고 형, 도 사군은 아군의 맹우이자 주공의 장래 사위요. 고 형이 고집스레 도 사군의 호의를 거절했다가 나중에 주공의 질책을 받는다면 주공 앞에서 뭐라고 설명하겠소?"

고순은 한참 동안 주저하다가 어쩔 수 없다는 듯 도응의 호의를 받아들였다.

고순은 상을 받은 후 병사들에게 말했다.

"도 사군을 도와 군대를 훈련한 건 모두 함진영 장사의 공이다. 여봐라, 사군께서 내게 내린 황금과 견포를 하나도 남기지 말고 함진영 장사들에게 똑같이 나눠주어라."

이 말이 떨어지기가 무섭게 도열해 있던 함진영 대오에서 환호성이 터져 나왔다.

이 모습을 본 진등은 맘속으로 존경의 뜻을 표하고, 다시 고순과 조성에게 말했다.

"두 분 장군께 드릴 말씀이 하나 있습니다. 우리 주공께서는 두 분 장군의 뛰어난 군사 조련으로 아군의 전투력이 크게 향상된 것을 보고 한 달만 더 서주에 머물며 군사 훈련을 도와달라고 청하셨습니다. 그러면 이전의 훈련 성과가 더욱 높아질 텐데, 두 분 장군의 의향은 어떻습니까?"

이때 양굉도 끼어들며 얘기했다.

"기간을 연장한 한 달 동안 두 분 장군과 함진영 용사들은 전과 동일하게 대우하겠습니다. 혹시 부족한 점이 있다면 허심탄회하게 말씀하십시오. 이 양굉이 힘닿는 대로 도와드립죠."

진등과 양굉의 제안에 함진영 사병과 조성은 눈을 반짝이며 이구동성으로 그러겠다고 대답했다. 그러자 고순이 재빨리 조성의 입을 막으며 말했다.

"두 분 대인께 양해를 구합니다. 이 일은 말장 등이 멋대로 결정할 수 없습니다. 반드시 주공의 동의가 있어야만 저희들이 한 달을 더 머무를 수 있습니다."

진등이 알겠다는 듯 고개를 끄덕인 후 말했다.

"고 장군의 말씀이 옳습니다. 저희도 고 장군을 난처하게 만들 뜻은 없습니다. 그럼 이렇게 하는 건 어떻겠습니까? 약속한 한 달이 곧 다가와 사신을 파견해 여온후와 교섭을 벌이기엔 시간이 부족합니다. 그러니 고 장군이 여온후께 편지를 써서 우리 주공의 뜻을 전해주십시오. 온후께서 승낙한다면 가장 좋고, 만약 승낙하지 않는다면 우리 주공께서도 억지로 강요하지 않겠습니다."

"그게 좋겠군요. 제가 곧 편지를 써서 이 사실을 온후께 알리겠습니다."

고순은 상대의 의도를 전혀 모른 채 그 자리에서 진등의 제안을 수락했다. 이때 조성이 연명으로 여포에게 한 달 더 서주에 머물겠다고 청한다고 하자 고순도 이에 응했다.

곁에서 이를 지켜보던 진등과 양굉은 겉으로는 아무 기색도 드러내지 않았지만 속으로는 회심의 미소를 지으며 쾌재를 불렀다.

고순과 조성은 즉시 편지를 써서 연주에 있는 여포에게 보냈다.

그런데 뜻밖에 편지를 보낸 지 채 사흘도 되지 않아 여포의 사신인 허사가 서주가 도착했다.

그는 말로는 서주군과 다음 훈련 차례를 누구로 정할지 상의하러 왔다고 했지만, 실제로는 서주에 도착한 즉시 함진영 영지를 찾아가 이들이 서주에서 어떤 대우를 받았는지 알아보러 갔다.

물론 허사가 깊이 조사할 필요도 없이 도응의 은혜에 감격한 함진영 병사들은 알아서 모든 사실을 털어놓았다.

이들은 도응에게 풍족한 물질적 보상은 물론 시중을 들어주는 여자까지 받았다며 자랑을 늘어놓았다.

매신 계약서까지 손에 쥔 함진영 병사 대부분은 이 여인들을 아내나 다름없이 여겼고, 연주로 함께 돌아가 정식으로 처실(妻

室)을 삼겠다고 이미 약속해 둔 상태였다.

이런 사실을 모두 듣고 난 허사는 그만 얼굴이 새하얘졌다.

연주에서 풍문으로만 떠돌던 이야기들이 모두 사실이 아닌가.

게다가 도응이 고순과 조성 등을 서주에 한 달만 더 머물게 해달라고 요구하자 허사는 이 사실들을 빠짐없이 기록해 즉시 사람을 연주로 보내 여포에게 보고했다.

* * *

여포는 소문이 모두 사실임을 확인해 주는 허사의 편지와 고순과 조성이 연명으로 서주의 주둔 기간 연장을 요청하는 서신을 받고 격분해 제정신이 아니었다.

여포는 책상을 치며 노호성을 터뜨렸다.

"당장, 당장 고순과 조성뿐 아니라 함진영 병사 2백도 빠짐없이 불러들여라! 또한 도응에게 받은 황금과 견포, 여인은 모두 돌려주고 하나도 가져오지 못하게 하라! 또 허사에게 일러 도응에게는 연주의 전황이 급박하여 병력을 총동원해야 해서 군사 훈련을 도와줄 여력이 없다고 하라!"

이 말에 진궁은 깜짝 놀라 다급히 간했다.

"주공, 이는 감정적으로 처리할 문제가 아닙니다. 대적이 코앞에 있어 서주의 군량 지원이 절실한 지금, 도응의 미움을 사선 절대 안 됩니다."

하지만 격분한 여포의 귀에는 누구의 말도 들어오지 않았다.

"다시 심사숙고하다간 내 정예병과 장수를 도응 놈에게 빼앗기게 생겼단 말이다! 내 뜻은 이미 결정됐으니 공대는 더 권하지 말라. 당장 전령을 보내 고순과 조성을 불러들이고 도응에게 받은 물품은 모두 돌려주라고 일러라. 내 사랑하는 딸까지 허했더니만 감히 뒤통수를 쳐? 조만간 내 이놈을 산 채로 갈기갈기 찢어 죽이고 말리라!"

여포의 엄명에 진궁은 발만 동동 구르며 맘속으로 몰래 기도를 올릴 뿐이었다.

'제발 도응이 냉정을 유지해 순망치한의 이치를 잊지 말아야 할 텐데. 그렇지 않으면 우린 모두 끝장이라고.'

전령은 나는 듯이 말을 달려 나흘 만에 서주성에 도착했다.

그는 먼저 허사에게 달려가 여포의 명을 전했고, 허사가 다시 고순과 조성에게 즉각 도응에게 받은 모든 예물을 돌려준 후 함진영 병사를 이끌고 지체하지 말고 연주로 돌아오라는 여포의 친필 명령을 내보였다.

그런데 누구도 예상치 못한 결과가 일어났다. 여포의 이런 말도 안 되는 명을 듣자 다년간 여포를 위해 생사를 넘나들었던 함진영 병사들이 분노를 터뜨린 것이다.

여기저기서 동시에 소동이 벌어지며 불만의 목소리가 터져 나왔다.

"왜입니까? 왜 우리가 받은 상을 돌려주라는 것입니까? 도 사군이 우리에게 내린 상을 무슨 권리로 마음대로 하려는 것입니까?"

"맞습니다. 우리가 주공을 따라 여러 해 동안 생사고락을 같이했지만 언제 상 한 번 준 적 있답니까? 그런데 도 사군이 내린 상을 돌려주라니요? 설마 우리가 주공을 배신하고 도 사군에게 몸을 의탁할까 의심하는 것입니까?"

"나는 상도 여자도 모두 돌려주지 않겠습니다. 십수 년간 전장을 떠돌며 공로는 없다 하더라도 고생은 많이 했습니다. 이는 그 보답으로 받은 것입니다. 이를 돌려주라고 강요한다면 차라리 군대를 떠나겠습니다!"

"저도 이 군대를 떠나렵니다! 도 사군이 우리를 이토록 후대했으니 그에게 몸을 맡기면 분명 중용될 것이오!"

함진영 사병들은 이미 분노가 극에 달해 한마디씩 불평을 토로했다.

어떤 이는 화를 참지 못해 당장이라도 허사에게 달려들 기세였다.

다행히 고순이 침착하게 냉정을 유지한 채 이들을 무마하며 큰소리로 외쳤다.

"알았으니 그만 입을 다물어라! 내 허 대인과 얘기를 나눠보겠다."

몹시 흥분한 함진영 사병을 진정시킨 고순은 허사에게 몸을 돌려 말했다.

"허 선생, 연주의 전황이 긴박하니 말장은 군대를 거느리고 돌아가겠소이다. 또 도 사군이 병사들에게 내린 상을 주공께서 거두지 말라 하시면 모두 돌려주라고 명하겠소. 다만 도 사군이 보낸 여자들은……."

고순은 여기까지 말하고 잠시 뜸을 들이다가 말을 이었다.

"함진영 병사들은 최소 십 년 이상 전장을 누빈 노장들이오. 그렇다 보니 나이가 적지 않고, 또 대부분 독신이오. 이번에 도 사군이 보내준 여인들 덕에 이들의 처실 문제가 해결되고, 이 여인들도 병사들과 백년가약을 맺어 평생 함께하길 바라고 있소. 그러니 이들이 처를 연주로 데려갈 수 있도록 주공께 은혜를 베풀어달라고 청해주었으면 하오."

"그건……."

허사는 매우 난처한 표정을 지었다. 그러나 분노한 함진영 사병들을 보자 몸이 벌벌 떨려 억지로 입을 열었다.

"고 장군, 나라고 어찌 이를 모르겠소? 다만 내게는 결정권이 없소이다. 그럼 이렇게 합시다. 고 장군이 먼저 군사들을 이끌고 연주로 돌아가면 내가 주공께 병사들의 처실 문제를 해결해 달라고 진력으로 권해보겠소이다."

그런데 이번에는 허사의 말에 조성이 돌연 얼굴색이 변하며 눈을 동그랗게 뜨고 소리쳤다.

"우리가 연주로 돌아간 후 만약 주공께서 허락하지 않으면 어찌할 거요? 홀아비인 이들은 지금 겨우 아내를 얻어 가정을 꾸렸단 말이오! 그런 이들에게 처실을 버리고 연주로 돌아가라는 건 너무 가혹한 처사 아니오?"

노기가 어느 정도 가라앉았던 함진영 사병들은 조성의 말을 듣고 다시 웅성거리기 시작했다. 조성은 더욱 목소리를 높여 소리 질렀다.

"그래, 주공께서 왜 이런 명을 내렸는지 해명해 보시오. 우리가 주공을 배신하려 한다고 누군가 참소를 올린 것 아니오? 그대가 서주로 와 직접 봤을 테니 한 번 말해보시오. 우리가 주공께 죄스러운 일을 저지르거나 주공을 배신했소?"

허사가 아무 대답도 못 하고 얼버무리기만 하자 함진영 병사들의 분노는 한층 더 들끓었다.

이들이 화를 참지 못하고 허사에게 달려드는 것을 고순이 호통을 쳐 겨우 만류했다.

이때 이런 어수선한 분위기를 잠재울 인물이 등장했다. 도응이 친히 노숙 등 서주 문무 관원을 이끌고 함진영 영지를 방문한 것이다.

도응은 침중한 얼굴을 한 채 함진영 병사들에게 공수한 후 무겁게 입을 뗐다.

"여러분, 잠시만 냉정을 되찾고 제 얘길 들어주십시오. 저도 일의 경과를 대충 들었습니다. 전 단지 여러분의 노고에 보답하려 한 것인데 중간에 생각지도 못한 일이 벌어졌더군요. 누군가 이 틈을 타 제가 여러분을 매수해 여온후를 배반하게 하려 했다는 유언비어를 퍼뜨려 결국 지금의 결과가 생기고 말았습니다. 제 일처리가 주밀하지 못해 장사들에게 피해를 입힌 점 깊이 사과드립니다."

이 말에 고순과 조성이 크게 놀라며 물었다.

"도 사군, 정말 그런 일이 있었습니까?"

도응이 짐짓 한숨을 내쉬고 탄식하며 말했다.

"아무래도 조조가 꾸민 계략에 온후께서 넘어가신 모양입니다. 그래서 그런 명령을… 온후의 의심을 사게 해 두 분 장군께는 그저 미안할 따름입니다."

이 말에 함진영 병사들은 모두 화가 머리끝까지 치밀었다.

"주공, 생사를 같이한 우리를 그런 사람으로 알았단 말입니까? 그리고 도 사군을 그런 분으로 여겼단 말입니까? 서주에 온 지 한 달이 다 돼가지만 도 사군이 언제 우리를 매수했단 말입니까?"

"소인은 연주로 돌아가지 않고 도 사군을 따르겠습니다! 일반 사졸이라도 좋으니 서주에 남도록 거두어주십시오!"

"형제들이여, 인정도 의리도 없는 온후를 무엇하러 따른단 말이오! 서주에 남아 도 사군을 따르면 그런 홀대는 당하지 않을 것이오!"

함진영 영지가 다시 한 번 시끄러워지며 많은 병사들이 도응 앞에 무릎을 꿇고 자신들을 거두어달라고 간청했다.

이 광경을 지켜보던 허사는 불똥이 괜히 자신에게 튈까 걱정돼 얼굴이 흙빛이 되었다. 조성은 굳은 얼굴을 하고 아무 말 없이 상황 변화를 지켜보기만 했다.

고순만이 발연대로해 칼을 빼들고 여포를 배반하려는 함진영 장사들의 목을 베려 하자 영지는 순식간에 아수라장으로 변했다.

도응이 이런 절호의 기회를 놓칠 리 있겠는가. 도응은 눈시울을 붉히며 무릎 꿇고 있는 함진영 병사들에게 울먹이며 말했다.

"장사 여러분, 그만 일어나십시오. 그대들이 이곳에 남아 있으면 부귀영화를 탐했다는 오명을 쓰게 되고, 또 온후의 분노를 사 양군 사이에 다시 전쟁이 벌어지고 맙니다. 저는 그런 참혹한 광경을 보고 싶지 않습니다. 그러니 어서 일어나 고순, 조성 두 장군을 따라 돌아가……."

목이 메어 말을 잇지 못하던 도응은 눈물을 닦고 큰소리로 외쳤다.

"함진영 장사 여러분, 안심하십시오. 온후께서 그대들의 처실과 예물을 서주에 두고 오라고 명했으니 제가 그들을 모두 거두겠습니다. 그들에게 집과 농지를 사주고, 만약 아이를 뱄다면 의식이 부족하지 않게 돌보겠습니다. 훗날 기회가 되고 인연이 닿는다면 다시 서주로 돌아와 이들과 일가를 이루십시오."

함진영 병사들은 무릎을 꿇은 채 도응에게 머리를 조아리며 연신 감사의 뜻을 표했다.

이 모습을 본 도응은 허사와 고순, 조성에게 몸을 돌려 말했다.

"기왕 온후의 오해를 샀으니 연주로 철수하는 걸 제가 어찌 만류할 수 있겠습니까? 다만 작은 청이 하나 있습니다. 하룻밤만 더 묵고 내일 아침 돌아가면 어떻겠습니까? 마지막으로 이 도응이 그대들의 노고에 보답하고 싶어서 그럽니다."

이들은 고개를 끄덕이며 도응의 청에 동의를 표시했다. 이에 도응은 감사를 표하고는 곁에 있는 양굉에게 지시했다.

"중명은 함진영 장사들의 송별연을 책임지고 준비해 주시오. 절대 돈을 아끼지 말고 병사들이 양껏 먹고 마실 수 있도록 해

두시오."

"예. 그 점은 아무 염려 마십시오."

양굉은 재빨리 대답하고 송별연 준비를 위해 먼저 자리를 떴다.

도응은 무장들에게 자신 대신 이곳에 남아 함진영의 송별연에 참석하라고 분부하고는 아무 말 없이 병사들에게 공수하고 눈물을 닦으며 함진영 영지를 떠났다.

함진영 병사들은 모두 바닥에 무릎을 꿇고서 도응의 뒷모습을 향해 눈물을 뿌리며 소리쳤다.

"감사합니다, 도 사군!"

도기는 조성의 손을 잡고 흐느껴 울며 말했다.

"조 장군, 다음에 기회가 된다면 꼭 돌아오십시오. 제 궁술이 여전히 모자라서 조 장군의 가르침이 꼭 필요합니다."

조성은 묵묵히 고개를 끄덕이다가 갑자기 팔을 벌려 도기를 끌어안고 잠긴 목소리로 말했다.

"장군, 기회가 되면 내 반드시 궁술을 전수해 주리다. 그대는 내 평생 최고의 제자였소. 겸허하게 가르침을 받아들이고 신분을 믿고 거드름을 피우지 않은 유일한 사람이었소."

허저와 진도, 서성도 고순과 둘러섰다. 진도가 먼저 말했다.

"고 장군, 장군이 처음 서주에 왔을 때 불경하게 굴었던 점 용서 바랍니다. 내일 간다고 하니 맘속에 오랫동안 간직했던 말을 꼭 해야겠습니다. 군대 통솔과 훈련에 있어서는 장군이 이 진도보다 백배나 낫습니다."

서성도 고순에게 공수하고 말했다.

"고 장군, 다음에 기회가 된다면 꼭 서주로 돌아오십시오. 장군이 있어야만 서주에도 진정한 보병이 탄생할 수 있습니다."

고순은 천천히 고개를 끄덕이며 아무 말도 하지 않았다. 그의 눈에는 살짝 눈물이 맺혔다. 마주한 허저가 고순의 어깨를 잡고 말했다.

"고 장군, 여포를 따른다고 무슨 희망이 있겠소? 그냥 서주에 남으시오. 내 장전교위의 직책을 그대에게 드리리다. 그대가 훈련을 맡아야 우리 군대도 무적으로 클 수 있을 것 아니오?"

고순은 쓴웃음을 지으며 마침내 입을 열었다.

"중강의 호의는 감사하오. 하지만 충신은 두 주인을 모시지 않는 법이오. 내 주인은 오직 온후뿐이라 다른 이에게 몸을 의탁하는 일은 없을 것이오."

허저는 고개를 끄덕이며 아무 말 없이 고순을 꽉 끌어안았다. 고순도 허저를 마주 안으며 뜨거운 눈물을 흘렸다.

같은 시각, 함진영 영지 밖에서는 도웅이 이미 말에 올라 서주성으로 돌아갈 채비를 했다. 곁에 있던 양굉이 조심스럽게 도웅에게 물었다.

"주공, 함진영 정예병들이 대부분 남길 원하는데 왜 이들을 받아들이지 않는 겁니까?"

도응이 양굉을 바라보며 미소 짓더니 나지막이 대답했다.

"지금 함진영 병사들의 투항 요청을 받아들이면 기껏해야 백여 명만 남소. 그러나 이들을 연주로 돌려보내면 봄에 씨앗을 뿌려 가을에 거두는 것처럼 무수한 정병과 용장을 손에 넣을 수 있는 것이오."

양굉이 알 듯 말 듯 고개를 끄덕이다가 도응의 영명함에 놀랐다고 아부를 떨자 도응은 그의 말을 무시하고 분부했다.

"중명은 빨리 송별연을 준비하러 가보시오. 함진영 병사들이 이곳에 남는 것보다 그들 마음속에 우리가 깊이 남는 것이 더 중요하니까 말이오."

양굉이 예 하고 물러가자 도응은 진등과 노숙에게 낮은 목소리로 명했다.

"원룡과 자경은 함진영이 서주를 떠나자마자 서주 북부의 변경을 봉쇄해 버리시오. 쌀 한 톨, 물자 하나라도 절대 연주로 흘러들어 가서는 아니 되오. 또한 여포와 개전할 준비도 철저히 해놓으시오."

진등과 노숙은 더불어 고개 숙여 대답했다. 이때 노숙이 도응에게 한 가지 계책을 올렸다.

"하루라도 빨리 여포를 무너뜨리려면 원소에게 혼인을 제안하는 것도 좋은 방법입니다. 원소에게는 원예(袁倪)라는 딸이 있는데, 원소와 인척 관계를 맺으면 원교근공(遠交近攻)을 통해 여포를 멸한 후에도 원소의 손을 빌려 조조를 견제할 수 있습니다."

도응은 천천히 고개를 끄덕이며 노숙의 계책에 동의했다.

第六章

여포와 반목하다

도응 입장에서 원소와의 혼인은 매우 중요한 의미를 지니고 있었다. 도응도 잘 알고 있듯, 원소와 조조는 이후 북방 혼전의 최후 승리자가 된다. 현재 자신의 힘으로 이런 역사를 바꾸기에는 역부족임을 알았기에 미래를 위해서 반드시 어느 쪽이든 우군을 만들어놓을 필요가 있었다.

그러기 위해서는 먼저 우환거리인 여포를 반드시 제거해야만 했다. 현재 여포는 서주 북방의 방패막이 역할을 하고 있지만 동시에 도응이 북방으로 진출하는 데 걸림돌이기도 했다. 더욱 중요한 건 말로만 동맹을 외칠 뿐, 호시탐탐 서주를 노리니 그대로 방치했다간 어떤 결과가 빚어질지 예측하기 어렵다는 점이었다.

그가 이익에 눈이 멀어 원소나 조조와 손을 잡고 남하하는 순간, 서주는 돌이킬 수 없는 위기에 빠지고 만다.

따라서 조조와 원소가 힘을 합쳐 여포를 공격하는 지금이야말로 이를 실행에 옮길 절호의 기회였다. 조조, 원소 연합군의 막강한 병력에다가 자신이 여포에 대한 식량 지원을 끊는다면 여포를 철저히 궤멸하는 것도 가능했다.

도응은 먼저 고순과 조성이 함진영 병사들을 이끌고 연주로 떠난 후 인정사정없이 서주 북방 변경을 봉쇄해 버렸다. 여포군에 대한 식량 지원은 물론이거니와 서주와 연주의 무역 왕래까지 완전히 차단해 쌀 한 톨, 물자 하나라도 여포군에게 넘어가는 것을 불허했다. 이런 경제 봉쇄를 통해 조조와 원소가 여포를 제거하는 데 힘을 보탰다.

물론 여기에는 여포가 신용 없이 서주군의 훈련을 돕겠다는 약속을 저버려 도응이 모욕을 참지 못하고 분기탱천했다는 이유를 갖다 붙였다.

이와 동시에 분노한 여포가 서주로 쳐들어오지 못하도록 장패에게 7천 군사를 이끌고 소패에 주둔하며 손관과 함께 이를 막도록 했다. 이로써 여포와의 개전을 위한 사전 준비 작업을 철저히 마쳤다.

도응이 식량 지원을 아예 끊으리라고 전혀 예상지 못했던 여포는 당황해 어찌할 바를 몰랐다.

최대한 도응의 화를 건드리지 않기 위해 당장 고순과 조성의 목을 베 문죄하려던 생각을 잠시 버리고, 서둘러 사신 왕해를 서주로 보냈다.

연주의 전황이 급박해 부득불 서주군의 훈련 계획을 잠시 취소한 것이므로 상황이 호전되면 다시 장수를 서주로 파견해 서주군의 훈련을 돕겠다고 해명했다. 그러니 조조, 원소 연합군에 대항하도록 식량 지원을 끊지 말아달라고 부탁했다.

"연주의 전황이 완화되면 다시 사람을 보내 군사 훈련을 도와준다고요?"

그동안 여포에게 쌓인 감정이 많았던 도응은 상황이 역전되자 더 이상 왕해에게 예의를 차리지 않고 삼각눈을 치켜뜨며 거들먹거렸다.

"됐소. 필요 없소이다. 왕 대인은 돌아가 여온후에게 아뢰시오. 이 사위도 장인 휘하의 장사들을 매수하려 한다는 의심을 더는 받기 싫다고 말입니다. 이후로는 더 이상 장수나 군사를 빌릴 마음이 없으니 온후도 번거롭게 사람을 다시 보내지 말길 바라오."

다급해진 왕해는 거듭 읍하고 허리를 굽히며 간청했다.

"사군, 이는 절대 감정적으로 처리할 일이 아닙니다. 아시다시피 현재 연주의 전황은 매우 위급합니다. 공히 십만을 헤아리는 연합군이 구양 전장까지 치고 들어와 온후께서 대적을 맞아 고군분투하고 계십니다. 병사 하나라도 아쉬운 상황이다 보니 어쩔 수 없이 고순과 조성 두 장수에게 군대를 이끌고 돌아오라 명하신 것입니다."

도응이 연신 코웃음을 치며 말했다.

"흥, 십만 강적에 대항하기 위해 나에게 빌려준 2백 보병을 급히 소환하셨다? 그렇다면 저도 온후가 난처하지 않도록 다시는 장수나 병사를 빌리지 않겠소이다. 특히나 온후의 의심을 함부로 사서는 아니 될 테니까요."

왕해가 조심스럽게 말을 꺼냈다.

"그럼 사군께서 약속하신 군량은……."

"전에 약속한 양초는 한 톨도 모자라지 않게 이미 다 드렸는데, 왕 선생은 또 무슨 말을 하는 것이오?"

왕해는 연이어 손을 휘젓고 더욱 깍듯이 말했다.

"그 말씀이 아니오라 사군께서 이후 지원하겠다고 약속한 식량과 물자를 말씀드리는 것입니다."

"그건 불가능하오. 원술 놈이 악독하게도 회하의 물을 터 회음이 잠기는 통에 고을 전체에서 낟알 하나도 거둘 수 없게 되었소. 하여 수중에 있는 전량은 회음의 이재민을 구제하는 것 외에 서둘러 둑을 건설하고 치수하는 데 다 들어가 지금은 가진 것이 없소이다."

"사군—!"

왕해는 두 무릎을 바닥에 꿇고 엎드려 울상을 지었다.

"온후의 양초는 기껏해야 한 달 남짓밖에 버티지 못합니다. 이런 위급한 상황에 사군께서 수수방관하시면 저희는 어쩌란 말입니까?"

"솜씨가 좋은 아낙도 쌀 없이는 밥을 지을 수가 없는 법. 돕고 싶지만 힘이 모자랄 뿐이오. 어찌됐든 온후에겐 한 달 치 식량이 있으니 서둘러 조조와 원소를 물리치면 무슨 문제가 되겠소?"

조조와 원소의 공격을 막아내기도 벅찬 상황에서 이 무슨 뚱딴지같은 소리란 말인가. 왕해는 어쩔 수 없이 미간을 찌푸리며 도응의 약점을 건드리기로 했다.

"그럼 입에 발린 말은 그만두고 본론으로 들어가겠습니다. 지금부터는 공대 선생의 얘기를 전합니다. 첫째는 온후와의 혼약을 잊지 말고, 둘째는 순망치한의 이치를 잊지 말라는 것입니다. 온후께서 멸망하면 사군에게도 전혀 이로울 것이 없습니다!"

도응은 아무 말도 없이 자리에서 일어나 뒷짐을 지고 뚜벅뚜벅 왕해 앞으로 걸어갔다. 도응은 왕해가 안절부절못할 때까지 그의 얼굴을 응시하다가 천천히 입을 열었다.

"왕 선생, 가슴에 손을 얹고 자문해 보시오. 사위인 내가 온후에게 어떻게 대했소? 악부인 온후는 또 내게 어찌 대했소? 둘 중 누가 더 못할 짓을 했다고 생각하시오?"

왕해는 갑자기 꿀 먹은 벙어리가 돼 그저 손발만 벌벌 떨다가 가까스로 입을 열었다.

"하지만 사군, 온후가 아무리 잘못을 저질렀다 해도 그는 사군의 장인입니다. 또 양군은 이와 입술 같은 사이라 아군이 망하면 사군에게도 복이 아닐 것입니다."

도응이 조소를 날리며 말했다.

"선생의 말이 틀리진 않소만 입술이 자꾸 이빨을 밀어내려 하니 그런 입술은 이제 필요 없소이다. 그럼 내 두 가지 조건을 제시할 테니 잘 들으시오. 첫째는 내 미혼처인 여접을 즉시 서주로 보내시오. 둘째는 온후가 이전에 저지른 일을 사람들 앞에서 사과하시오. 천하 사람들에게 스스로 유비, 원술과 결탁해 서주 5군을 병탄하려 한 불인과 불의를 인정하고, 나와 서주의 만백성 앞에서 이후로는 절대 서주의 토지를 한 치도 넘보지 않겠다고 맹세하시오. 그럼 모든 걸 새롭게 논의할 의향이 있소."

"사군, 첫 번째 조건은 협의가 가능하지만 두 번째는……."

왕해가 쓴웃음을 짓더니 말을 이었다.

"아시다시피 온후의 성격상, 두 번째 조건은 온후에게 목숨을 내놓으란 말과 다를 바 없습니다."

그러자 도응도 손을 내저으며 말했다.

"그럼 됐소이다. 여봐라, 손님을 바래다드려라."

물론 왕해는 자리에서 일어나지 않고 애타게 간청했지만 도응은 이를 무시한 채 자사부 대당을 나와 몇몇 서주 관원을 대동하고 아예 성을 나가 버렸다.

도응이 찾은 곳은 서주성 남문 밖의 대규모 전답이었다. 이곳에서는 한창 가을밀 파종 시기를 맞아 진등이 이를 감독하고 있었다. 도겸 생전에 전농교위에 임명된 데서 알 수 있듯, 진등은 농업 분야에서 발군의 능력을 발휘했다.

그는 토지 상태를 살펴 어떤 작물을 심으면 작황이 좋을지 알았고, 수로를 파고 관개 시설을 개량하여 농업 발전에 크게 기여했다. 또한 몇 년 전부터 둔전을 설치하여 황폐화된 농업을 일정 정도 회복시키고 기민(饑民) 구제에도 힘썼다.

이후 전쟁의 확대와 식량 수급이라는 문제가 동시에 대두됨에 따라 둔전이 제후들 사이에서 점점 보편화되기 시작했다. 따라서 진등은 둔전제의 개척자인 셈이었다.

도응도 현대의 농업 지식을 바탕으로 일부 농지에 시험적으로 밭을 설치한 후 콩과 밀의 이모작이 가능한지 시험해 보고 있었다. 수백 무 밭에서는 도웅의 요구에 따라 파종과 수확이 진행되었다. 청명(淸明)이 지나 밀을 수확한 밭에 콩을 심은 다음 음력 8월 하순에 콩을 수확하고, 이어 다시 가을밀을 파종했다.

이는 콩으로 밭을 걸게 해 밀 생산량을 증가시키는 동시에 콩도 수확할 수 있는 일석이조의 방법이었다.

도웅은 밭에 쭈그리고 앉아 손으로 흙을 만지며 한참 동안 유심히 토양 상태를 살펴보았다. 진등의 말로는 콩을 심은 토지가 주위의 다른 밭보다 흙이 부드러워 명년 가을밀 작황이 훨씬 많을 것 같다고 했다. 도웅은 고개를 끄덕이며 일어나 구부렸던 허리를 폈다.

진등은 도웅과 함께 잠시 너른 밭을 감상한 후 손에 든 작황 보고서로 눈을 돌렸다.

"주공께 아룁니다. 밭 112무에서 무당 최고 콩 수확량은 183근 4량이고, 최저 수확량은 125근 6량으로 평균 수확량은 159근 9량입니다. 이 정도면 수확량이 괜찮은 편입니다."

이에 도웅이 만족한 웃음을 띠자 진등은 여포 사자가 방문한 일이 생각나 궁금해 물었다.

"주공, 여포가 보낸 사자는 쫓아 보내셨습니까?"

"가지 않아도 상관은 없소. 어쨌든 그를 다시 볼 생각은 없으니까요."

도응은 미소를 짓더니 왕해를 접견한 대략적인 상황을 설명한 후 물었다.

"그런데 원룡, 여포가 내가 제시한 두 가지 조건을 듣는다면 어떤 반응을 보일까요? 이어서 어떤 행동에 들어갈까요?"

"노발대발할 것이 분명하겠죠. 여포는 체면을 중시하고 성격이 강퍅하여 절대 주공께 고개를 숙여 잘못을 인정할 리 없습니다. 그렇다고 방향을 돌려 남하해 우리를 귀찮게 할 가능성은 크지 않습니다. 여포 스스로 서주를 취할 가능성이 높지 않다는 걸 잘 알 뿐 아니라 조조와 원소가 절대 그를 놓아줄 리도 없기 때문입니다. 따라서 여포는 군량이 넉넉한 지금 군사들의 사기를 북돋아 조조, 원소 연합군과 결전을 치를 것으로 보입니다."

여기까지 말한 진등은 미소를 띠더니 한마디 더 덧붙였다.

"이번 회전에서 여포가 패한다면 모든 일이 우리 예상대로 흘러갈 것입니다. 여포는 분명 남쪽으로 도망쳐 주공께 구원을 요청할 테니, 이 기회에 조조, 원소와 힘을 합쳐 그를 패망시키면 됩니다. 하지만 여포가 이긴다면 일이 골치 아파집니다. 이런 점에서 봤을 때, 주공께서 사전에 여포가 승리하지 못하도록 쐐기를 박으십시오."

도응은 고개를 끄덕이면서도 미간이 저절로 찌푸려졌다.

"일리 있는 말이긴 하오. 한대 여포가 나와 완전히 반목하지 않으려 온갖 수단을 동원하는 통에 방법을 찾기가 쉽지 않소."

진등은 도응을 바라보며 생글생글 웃더니 그의 귀에 바짝 대고 속삭였다.

"그건 어렵지 않습니다. 주공께서는 단지 최대한 오만한 어투로 두 가지 조건을 적은 편지를 써서 여포에게 사신을 보내기만 하면 됩니다. 여포의 성격이라면 필시 사신의 목을 베고 혼약을 파기할 것입니다. 그렇게만 되면 저들이 먼저 도의를 저버린 것이니 주공의 행동에 무슨 거리낌이 있겠습니까?"

"오, 그거 참 좋은 방법이구려. 오늘 당장 사신을 보내야겠소."

* * *

여포는 말도 안 되는 조건을 내건 도응의 오만방자한 서신을 보고 화가 머리끝까지 치밀어 올랐다. 그는 진궁의 권유를 무시한 채 편지를 갈기갈기 찢어버리고, 서주 사신에게 성큼성큼 다가가 눈을 부릅뜨고 노호했다.

"도응 놈이 뭐라고 했는지 다시 한 번 말해보아라!"

사신으로 온 자는 장현(張鉉)이라는 좌관(佐官)으로 최근 1만 전을 주고 미첩을 새로 맞았다. 도응은 이자가 미축에게 정보를 건네고 받은 돈으로 새 첩을 들였다고 의심하고 있었다. 이에 미축에게 경고도 할 겸 장현에게 위험한 임무를 맡긴 것이다. 여포의 노한 모습에 장현은 혼비백산이 돼 벌벌 떨면서 대답했다.

"온후, 이는 소인과 무관한 일입니다. 소인은 정말 아무것도 모릅니다요. 주공께서 소인을 보내 온후의 대답을 듣고 오라기에 온 것뿐입니다요. 편지에 무슨 내용이 적혔는지 전 정말 모릅니다."

"뭣이? 대답을 듣겠다고? 오냐, 좋다."

여포는 화가 극에 달해 도리어 웃음을 짓더니, 허리춤에서 보검을 꺼내 장현을 겨누고 크게 소리쳤다.

"이것이 바로 내 대답이다!"

"주공, 아니 됩니다!"

진궁이 비명을 지르며 만류했지만 이미 때는 늦었다. 여포의 칼은 벌써 장현의 가슴을 관통해 등 뒤로 빠져나온 뒤였다. 그래도 여포는 분이 풀리지 않았는지 씩씩거리며 장현의 시체를 난도질했다.

진궁은 발을 동동 구르며 더없이 괴로운 표정으로 말했다.

"주공, 어찌 이리 충동적이십니까. 양군이 싸우는 중에도 사신을 베는 법은 없는데, 하물며 사위가 보낸 사자를 죽이시다니요. 주공이 그를 죽였으니 서주의 식량을 얻기는 틀렸습니다."

여포가 분노해 소리쳤다.

"내게 이제 이런 사위는 없다! 도응 놈이 나를 심히 모욕했으니 오늘 부로 그는 내 사위가 아니라 적이다! 내 친히 군사를 거느리고 남하해 도응 놈을 천참만륙(天斬萬戮)하고 말리다!"

"이는 말은 쉽지만 시행하기 어렵습니다. 대적이 눈앞에 있는 마당에 무슨 여력이 있어서 서주를 친단 말입니까? 군대를 물러 서주를 치러 간다 해도 조조와 원소가 순순히 우릴 놓아줄 리 없습니다. 그들이 군대를 휘몰아 우리 뒤를 추격하면 아군은 남북으로 협공을 당하는 신세가 되고 맙니다."

그런데 이때 여포의 입에서 뜻밖의 말이 튀어 나왔다.

"조조에게 사람을 보내 화친을 청하면 된다. 연주 3군을 돌려주는 조건으로 조조와 정전한 후 대군을 이끌고 서주로 쳐들어간다면, 전량이 풍족한 서주가 연주보다 훨씬 더 낫지 않겠느냐? 도겸 부자는 조조의 부친을 살해한 원수라 내가 대신 원수를 갚아준다고 하면 그는 분명 화친에 응할 것이다."

이 말에 진궁이 깜짝 놀라며 다급히 만류했다.

"주공, 이는 절대 불가합니다! 조조는 간사하기가 도응의 아래에 있지 않습니다. 우리가 사신을 보내 화친을 청한다면 조조는 아군이 곤경에 처했음을 금방 눈치챌 것입니다. 이는 조조에게 절호의 공격 기회를 주는 빌미가 될 뿐입니다!"

하지만 여포는 눈을 치켜뜨고 의외로 담담하게 설명했다.

"왜 불가하단 말인가? 아군과 도응이 반목한 이런 큰일은 조만간 조조 귀에 들어갈 것이니, 지금 알린다고 무슨 손해가 있겠는가? 하여 도응이 조조, 원소와 손을 잡기 전에 아군이 먼저 이들과 정전한다면 군대를 총동원해 서주를 취하러 갈 수 있지 않은가."

뜻밖에 여포의 입에서 그럴듯한 계략이 나오자 진궁은 자기도 모르게 절로 고개가 끄덕여졌다. 아군이 편지를 찢고 사신을 죽였다는 얘길 듣는다면 도응은 필시 조조와 원소에게 사신을 보내 화친을 청하고 함께 아군을 공격할 것이 빤했다.

그러면서도 진궁의 머릿속에서는 자꾸만 꺼림칙한 생각이 맴돌았다. 왠지 아귀가 맞지 않는 이런 기분은 뭐란 말인가.

"그런데 주공……."

진궁이 답답한 마음에 여포를 불렀지만 여포는 이미 명을 내리고 있었다. 그는 왕해를 가리키며 크게 소리쳤다.

"너는 당장 조조의 영채를 찾아가라. 조조에게 군대를 거두기만 한다면 내 서주를 점령한 후 연주의 산양, 정도, 임성 세 곳을 돌려주겠다고 일러라. 혹시 조조가 이유를 물으면 지금 상황을 사실대로 알리도록 하라!"

왕해는 앞으로 나와 공수하고 명을 받든 후 조심스럽게 말했다.

"주공, 이는 사안이 중대하여 주공의 친필 편지를 전해야 조조도 의심하지 않을 것입니다."

여포는 고개를 끄덕이고는 책상으로 가 편지를 썼다. 진궁이 여포 곁으로 다가가 심사숙고한 후 결정하라고 권했지만 여포는 들은 체도 하지 않았다.

이에 진궁은 어쩔 수 없이 왕해에게 가 귓속말로 속삭였다.

"왕 선생, 조조를 만나면 반드시 부친을 살해한 원한을 상기시키고, 방휼지쟁(蚌鷸之爭)의 이치를 잊지 말도록 일깨우시오. 눈앞의 이익 때문에 호랑이를 키워서는 안 된다고도 꼭 전하시오."

왕해는 굳은 표정으로 고개를 끄덕였다.

왕해가 여포의 친필 편지를 가지고 조조의 영채를 찾아가 화친을 청하자 조조는 무슨 영문인지 몰라 어리둥절해했다. 이어 여포의 서신을 읽고, 왕해로부터 화친을 청하게 된 이유를 듣고서야 모든 의문이 풀린 조조는 얼굴에 웃음기가 드러났다.

조조는 그 자리에서 가타부타 말이 없이 좀 더 생각해 본 연후에 답을 줄 것이니 막사에서 잠시 기다리라고 말했다. 왕해는 감히 이를 거역할 수 없어 진궁이 일러준 얘기를 그대로 전한 후 대영을 나와 회답을 기다렸다.

이때 왕해가 나가자마자 호위병이 들어와 조조에게 문서 하나를 바쳤다. 이 문서를 읽고 난 조조는 큰소리로 웃음을 터뜨리더니 정욱을 바라보고 말했다.

"중덕의 절묘한 계략에 여포와 도응이 드디어 원수지간이 되었구려. 이 계책의 성공은 그야말로 10만 군사를 동원하는 것보다 낫소이다."

정욱이 공수하고 대답했다.

"주공의 과찬에 몸 둘 바를 모르겠습니다. 다만 진궁과 도응은 꾀가 많아 이 계책의 성공 여부는 좀 더 두고 볼 필요가 있습니다."

"그럴 필요는 없소."

그러더니 조조는 방금 전 받은 문서를 펼쳐 보이고 큰소리로 웃었다.

"아군 세작이 확인한 바에 따르면, 도응은 이미 서주 변경을 봉쇄하고 여포와의 모든 무역 왕래를 끊어버렸소. 또 서주에서 돌아온 여포의 대장 고순과 조성도 병권을 박탈당하고 백의종군한다는 소식이오."

"그런 일이 있었습니까?"

조조의 관원들은 이 얘기를 듣고 크게 기뻐하며 조조에게서 문서를 건네받아 한 명씩 돌려보았다. 원소가 파견한 맹장 안량과 문추도 이 문서를 보고 매우 기쁜 기색을 띠고 말했다.

"조조 공, 이는 하늘이 준 좋은 기회입니다. 공께서 즉시 여포의 청에 응하여 그가 서주로 가 도응과 교전을 벌인다면 우리 양군은 이 틈을 타 어부지리를 얻을 수 있습니다."

"여포의 청을 수락하자고요?"

조조는 매 같은 삼각눈을 번뜩이며 웃음을 거두고는 관원들을 향해 물었다.

"그대들의 생각은 어떠하오? 아군이 이 틈을 타 여포를 공격해야겠소? 아니면 여포의 청을 받아들여 도응과 싸우도록 놓아두어야겠소?"

조조의 말에 순욱, 곽가, 순유, 만총, 정욱 등 모사들이 이구동성으로 대답했다.

"주공, 절대 여포의 화친 요청을 받아들여서는 안 됩니다. 하늘이 준 이 기회에 여포를 죽이고 영원히 후환을 제거해야 합니다!"

조조가 깜짝 놀라며 물었다.

"그대들이 모두 한목소리를 내는 이유가 무엇이오?"

순욱이 먼저 앞으로 나와 대답했다.

"명공, 여포는 시랑 같은 자라 일찍 제거하지 않으면 장차 대환이 남게 됩니다. 사위도 배신하는 판에 명공이라고 배신하지 않겠습니까? 게다가 여포가 화친을 청한 것은 형세가 급박했기 때문입니다. 식량을 얻지 못하게 된 여포의 청을 받아들이면 그에게 숨 돌릴 기회를 주는 것이나 다름없습니다. 혹여 그가 전량이 풍족한 서주를 차지하기라도 하면 이후 도모하기가 더욱 어려워집니다."

순유도 옆에서 거들었다.

"여포가 서주를 점령하면 연주 3군을 돌려주겠다는 말은 믿기 어렵습니다. 의리도 신용도 없는 그가 만약 서주를 차지한다면 필시 연주를 탐내 땅을 돌려줄 리 만무합니다. 또 그가 서주를 공략하지 못하면 운신할 땅이 없어 더더욱 연주 3군을 돌려주지 않을 것이고요. 연주 3군에 여포가 버티고 있으면 아군은 서주로 남하할 길을 잃을 뿐 아니라 여포의 막강한 병력을 계속 견제해야만 합니다. 그리하면 언제 영토를 개척하고 원소 공과 더불어 천하의 제후들을 정벌하겠습니까?"

"내 집 안에 어찌 시랑을 키우려 하십니까? 주공께서 만약 이런 좋은 기회를 놓친다면 영원히 편할 날이 없을 것입니다. 바라옵건대 한 번 더 생각해 주십시오!"

다른 관원들까지 이구동성으로 여포와의 화친에 반대하자 조조도 천천히 고개를 끄덕이며 말했다.

"그대들의 생각이 그러하니 내 어찌 따르지 않겠소? 먼저 거짓으로 여포의 화친에 응한 후 여포와 도응이 싸우길 기다렸다가 갑자기 기병(奇兵)을 출격시켜 이 둘을 일망타진하리다."

그러자 이번에는 곽가가 기침을 하며 나섰다.

"주공, 이는 너무 위험한 계책이라 적합지 않습니다. 여포와 도응이 상황이 심상치 않은 것을 본다면 필시 서로 결탁해 아군에 대항할까 염려됩니다. 이렇게 되면 연주 3군을 수복하기 더욱 어려워집니다."

조조 역시 곽가의 말이 일리가 있다고 여겨 자신의 계책을 버리고 말했다.

"그대들의 말이 맞소. 여포 놈을 제거하지 않으면 결코 편할 날이 없을 것이오. 하늘이 내린 이 기회에 먼저 여포를 없애고 도응을 도모하리다!"

"명공의 말이 각개격파라는 병가의 이치에 꼭 들어맞습니다."

대영 안에서 지금까지 시종 한마디도 하지 않던 유비가 마침내 입을 열었다. 그는 차분하면서도 확고하게 말했다.

"여포와 도응 모두 변덕이 심한 자들이라 반목하다가도 어느 순간 손을 잡을 수 있습니다. 그러니 여포의 군심이 크게 어지러워진 지금 당장 공격에 나서 그를 격파해야 합니다. 그래야 도응도 여포를 구할 틈이 없습니다. 여포만 제거한다면 서주를 취하기는 여반장과 같습니다."

조조는 유비의 말에 박수를 치고 동의한 후 미소를 짓고 말했다.

"유 공의 견해가 내 뜻과 꼭 부합하오. 문약, 내 대신 왕해를 찾아가 전하시오. 여포의 화친 요청에 응할 테니, 서주를 취하면 즉각 연주 3군을 돌려달라고 말이오."

"명공!"

모든 관원이 이 말에 크게 놀라 펄쩍 뛰었다.

하지만 조조는 음흉한 미소를 지으며 말을 이었다.

"뭐가 그리들 급하시오? 내 말을 끝까지 들어보시오. 여포는 내가 화친 요청을 수락한 걸 알면 오늘밤 분명 방비를 소홀히 할 것이니, 삼경에 적의 영채를 급습합시다!"

모든 관원들은 안도의 한숨을 내쉰 후 조조의 뛰어난 계책에 탄사를 연발했다. 이어 조조는 유비에게 고개를 돌려 말했다.

"유 공, 여포는 영용무쌍하여 아무나 대적하기 어렵소. 그러니 오늘밤 그대가 아우들을 이끌고 선봉에 서주었으면 하오."

"안심하십시오. 제가 아우들과 여포를 당해내겠습니다."

유비는 웃으며 대답했지만 속으로는 자신의 휘하 장수들을 아끼려는 조조의 처사에 욕을 마구 퍼부었다.

"좋소. 그럼 오늘밤 유 공이 선봉에 서서 여포의 영채를 급습하시오."

조조는 만족한 웃음을 띠고 즉각 병력을 점검하여 영채 기습 준비를 서두르라고 명했다.

왕해가 조조의 화친 요청 수락 소식을 가지고 돌아오자 여포는 기뻐 어쩔 줄 몰랐다.

진궁 역시 조조의 계략은 까맣게 모른 채 이를 사실로 여겼다. 그로서는 조조가 지금 당장 손을 쓰지 않고 여포군과 서주군의 양패구상을 노려 어부지리를 취할 것으로 알았기 때문이다.

따라서 그에 대한 대책은 추후 고민해도 늦지 않을 터였다.

그날 밤 조조군 대영에서 양군 사이의 협약이 정식으로 체결되었다.

왕해가 이 문서에 서명하고 돌아오자 여포는 마침내 긴장이 풀려 안도의 한숨을 내쉰 후, 전령을 각 영채에 보내 이튿날 철군을 준비하라고 명했다.

모든 준비를 마친 여포는 마음 놓고 막사로 돌아가 휴식을 취했다.

마음이 풀어진 건 여포군 장사들도 마찬가지였다. 이들은 철군 준비를 서두르는 데 바빠 상시적인 순라도 제대로 서지 않았다. 이들은 곧 닥칠 대재난을 인식하지 못한 채 편안히 잠이 들었다…….

*　　　*　　　*

삼경 무렵, 만반의 준비를 마친 삼군 연합군이 홀연 병력을 총동원하여 출동했다. 유비 형제는 친히 군사를 거느리고 선봉에 섰다. 이들은 야음을 틈타 몰래 여포군 영채로 다가간 후 갑자기 함성을 지르며 돌진해 들어가 여포군 병사들을 마구 베고 막사마다 불을 놓았다.

아무런 대비도 없이 곤히 잠들어 있던 여포군 장사들은 마른 하늘에 날벼락처럼 조수불급(措手不及)하며 큰 혼란에 빠졌다. 뒤이어 조조와 원소의 주력 부대까지 시살해 들어오자 칼과 창에 맞고 쓰러진 여포군 병사들이 부지기수였다.

여포는 막사에서 편히 쉬고 있다가 고함 소리에 놀라 총총히 적토마에 올라 적을 맞이하러 나갔다. 이때 유비 삼형제가 나타나 그의 앞을 가로막았다.

여포는 일대일의 싸움이야 누구도 두렵지 않았지만 관우와 장비가 동시에 덤벼들자 이를 당해내기 어려웠다.

수십 합을 겨루며 가까스로 버티고 있는데, 설상가상으로 전위, 하후돈, 우금, 이전과 안량, 문추 등 맹장들이 연이어 달려들자 여포는 하는 수 없이 길을 버리고 재빨리 달아났다. 여포는 뒤도 돌아볼 틈 없이 영채를 버리고 도망치면서 비겁하게 자신을 급습한 조조에게 연신 욕을 퍼부었다.

군사력이 막강한 데다 준비까지 철저히 한 삼군 연합군은 마치 무인지경처럼 여포군 진영을 종횡무진 휩쓸고 다녔다.

여포군 장사들이 비록 용맹하다고 하나 병력이 열세에 놓여 있고 또 아무런 대비도 없다 보니 연합군의 공격에 속수무책으로 당할 수밖에 없었다.

진궁, 장료, 학맹, 위속 등 여포군 대장들은 잇달아 영채를 버리고 달아났고, 병권을 박탈당한 고순과 조성은 다행히 함진영 병사들의 필사적인 호위 덕에 맹화(猛火)와 적군의 포위 속에서 목숨을 건질 수 있었다.

하지만 여포군 대장 성렴, 설란, 이봉은 난전 중에 모두 목숨을 잃었고, 장초는 도망치는 도중 불행히 조홍과 조인을 만나 포위를 뚫기 어려워지자 스스로 목을 찔러 죽었다. 장초가 여포를 연주로 끌어들여 모반을 일으킬 일로 그에게 원한이 사무쳤던 조조는 분기탱천해 그의 시신을 채찍질한 후 산에 갖다 버리라고 명했다.

이 기습으로 구양에 주둔하고 있던 3만여 여포군 중 무려 2만 명 이상이 꺾였고, 무수한 정예병과 용장이 전장에 뼈를 묻었으며, 귀중한 양초와 군수도 몽땅 잃고 말았다.

치명적인 손상을 입은 여포는 연합군의 합공을 당해내기 어려워, 하는 수 없이 패잔병을 이끌고 정도로 철수했다.

그런데 정도성은 일찍이 수개월 동안 조조군의 포위 공격을 당해 거의 폐허나 다름없었다. 양초도 거의 없고 백성도 모두 성을 버리고 떠난 데다 자칫 포위라도 당하면 창읍과 연락이 단절될 우려가 있었다.

이에 여포는 성을 사수할 마음을 버리고 진궁의 건의에 따라 창읍으로 철군했다. 승세를 탄 삼군 연합군은 여포군에게 숨 돌릴 틈도 주지 않은 채 계속해서 뒤를 바짝 추격해 들어갔다.

여포가 궁지에 몰려 가까스로 창읍으로 도망쳤을 때, 그의 곁에 남은 병사는 고작 만 명도 되지 않았다. 그런데 삼군 연합군은 이미 창읍성 50리 지점까지 치고 들어와 언제든지 성을 사방으로 포위하고 공격할 태세를 갖추었다.

형세가 급박해지자 진궁은 급히 여포를 찾아가 초조하게 말했다.

"주공, 상황이 다급합니다. 적이 성을 사방으로 포위하면 창읍성이 아무리 단단하다고 하나 양초가 많지 않아 얼마 버티기 어렵습니다. 그러니 당장 도응에게 사람을 보내 구원을 요청하십시오. 그것만이 유일한 살길입니다."

여포는 얼굴이 단단히 굳어 아무 말도 하지 않았다. 무슨 일이 있어도 도응에게는 절대 고개를 숙이고 싶지 않다는 표정이었다.

진궁은 마음이 다급해 발을 동동 굴렀다.

"주공, 지금은 체면을 따질 때가 아닙니다. 도응은 주공의 사위이고, 주공이 위난에 처했으니 그에게 구원을 청하는 것은 당연합니다. 한발 물러나 잠시 도응에게 고개를 숙여 현재의 위기만 벗어난다면 이후 상황은 분명 호전될 것입니다. 하지만 이 위국을 벗어나지 못하면 우리에게 내일은 없습니다!"

여포는 차마 도응에게 도움을 청하기 어려워 고개를 숙인 채 고민하고 있었다. 그런데 이때 사랑하는 딸 여접이 애처로운 표정으로 자신을 바라보는 모습이 눈에 들어왔다.

예쁜 눈에는 눈물이 그렁그렁 맺혔지만 소리 내 울지는 않고 있었다. 여포는 이 모습을 보고 마음이 괴로워 탄식했다.

"도응에게 구원을 청하면 기꺼이 응하겠는가? 얼마 전 내 그의 사자를 죽이지 않았는가?"

진궁은 잠시 멍한 표정을 짓더니 이내 이를 악물고 말했다.

"어쨌든 시도는 해봐야 합니다. 이번 위난만 구해준다면 어떤 요구도 들어주겠다고 말씀하십시오!"

* * *

서주에서 기주까지는 거리가 아주 멀고 길도 험준했다. 도응은 여포에게 사신을 보내 일부러 그를 격노케 하는 동시에 기주에도 자신의 전용 외교관인 양굉을 파견했다.

양굉은 차 상인처럼 위장해 수많은 보물과 도응의 서신을 가지고 태산군을 거쳐 몰래 기주 경내로 잠입했다. 그는 원소를 만나기 위해 기주의 치소인 고읍성(高邑城)으로 서둘러 길을 재촉했다.

이번 정도의 목적은 여포와의 반목에 대비해 원소의 딸 원예에게 청혼하기 위함이었다. 현재 제후들 중 세력이 가장 막강한 원소와 진진지호(秦晉之好)를 맺어 함께 한실을 부흥하고 난세를 평정하자는 그럴듯한 명분을 지니고 있었다.

하지만 세상일은 뜻대로 되지 않는 법. 도응이 흐뭇한 표정으로 여유롭게 양굉의 소식을 기다리고 있을 때, 악몽 같은 비보가 전해졌다. 단번에 무너질 리 없다고 여겼던 여포군이 구양에서 궤멸적인 대패를 당해 정도까지 버리고 창읍으로 도망쳐 성을 사수하고 있다는 것 아닌가! 여포의 사자로부터 이런 엄청난 사태를 전해 들은 도응과 진등, 노숙은 누구 먼저랄 것도 없이 아연실색했다.

한참 동안 멍하니 있던 도응이 갑자기 책상을 내려치며 노호했다.

"어찌 그것이 가능하단 말이오? 3만여 군사에, 백전노장이 즐비한 군대라면 삼군 연합군을 격퇴하진 못하더라도 어떻게 순식간에 이리 처참한 패배를 당할 수 있소? 말해보시오. 대체 무슨 일이 있었는지!"

구원병을 청하기 위해 서주로 달려온 허사와 왕해는 도응이 이토록 흥분하는 것을 보고 일단 속으로 안도의 한숨을 내쉬었다.

하지만 이를 어찌 설명해야 좋을지 몰라 그저 난처한 표정만 짓고 있었다.

둘이 입을 열지 않자 격노한 도응은 다시 한 번 책상을 내려치며 크게 소리를 질렀다.

"말하시오. 상세히 말해보시오! 만약 조금이라도 거짓이 있다면 절대 용서치 않을 것이오!"

도응의 호통에 허사와 왕해는 잠시 눈빛을 교환하더니 여포군이 참패하게 된 경위를 빠짐없이 털어놓았다. 이어서 여포군을 대표해 조조군과 강화 조약에 서명한 왕해가 몇 마디를 보충했다.

"사군, 온후께서 충동적으로 이런 결정을 내리셨지만 지금은 크게 후회하고 있습니다. 그러니 이 점을 분명히 살펴주십시오."

그런데 도응은 여포와 조조가 연합해 자신을 손보려 했다는 얘길 듣고도 전혀 화를 내지 않고 오히려 담담한 표정을 지었다.

허사와 왕해는 전혀 예상 못 한 도응의 반응에 안절부절못하며 한참을 기다렸다. 도응은 천천히 자신의 자리로 돌아가 풀이 죽은 목소리로 말했다.

"두 분은 돌아가 쉬고 계십시오. 내 좀 더 고민해 본 후 답을 드리리다."

일단 도응이 단박에 거절하지 않는 것을 보고 허사와 왕해는 희망을 품었다. 이들은 도응에게 예를 행하고 자리에서 물러나와 호위병의 안내를 받아 역관으로 향했다. 이들이 나가자마자 도응은 불같이 화를 내며 미친 듯이 욕을 퍼부었다.

"미련한 놈! 어찌 이런 얄팍한 속임수조차 알아채지 못한단 말인가! 머릿속에 미전공(米田共)만 가득한 놈 같으니라고! 그래, 망해도 싸지, 망해도 싸!"

도응은 울화가 치밀어 길길이 날뛰었고, 진등과 노숙은 아무 말 없이 침묵을 지켰다. 이런 상황이 한동안 지속되다가 도응이 마침내 장탄일성을 내지르며 기운 없이 말했다.

"원룡, 자경, 내가 어떤 선택을 하는 것이 좋겠소?"

진등은 마땅한 방법이 생각나지 않는다는 표정으로 대답했다.

"글쎄요. 사안이 중대하다 보니 신중히 고려하시라는 말밖에 드리지 못하겠습니다. 자칫하다간 돌이킬 수 없는 결과를 초래할 테니까요."

노숙 역시 난처한 표정을 지으며 말했다.

"저도 무엇이 최선인지 모르겠습니다. 여포가 이렇게 갑자기 무너질 줄 누가 알았겠습니까? 주공께서 원소를 선택하셨다가 만약 양굉의 청혼이 실패한다면 아군은 원소와 동맹을 맺지 못할뿐더러 여포라는 북쪽 병풍마저 잃고 맙니다. 그렇다고 방향을 선회해 여포를 선택했는데 양굉의 혼사가 성공한다면 아군은 원소의 미움을 사는 데 그치는 것이 아니라 그의 격노를 부르게 됩니다."

"나도 어떤 선택을 해야 좋을지 모르겠소이다."

그러면서 도응의 표정은 점점 더 일그러져 갔다. 원래 도응의 의중은 양굉을 기주로 보내 원소에게 혼약을 청하고 맹약을 맺으려 시도해 보는 것이었다.

이 일이 성공한다면 도응은 마음 놓고 골칫거리이자 위험한 인물인 여포를 버릴 심산이었다.

삼군 연합군과 힘을 합쳐 여포를 제거한 후 그의 잔여 세력을 흡수해 서주군의 군사력을 강화하는 동시에 원소의 손을 빌려 조조를 견제함으로써 서주 북방의 안전이 확보되면 병력을 기울여 남방을 도모할 계획이었다.

원소가 청혼과 맹약을 거절한다 해도 달리 방법을 강구해 두었다. 여포군은 절대 삼군 연합군의 적수가 될 수 없으므로 결국에는 도응에게 고개를 숙이고 잘못을 인정할 것이 분명했다.

그러면 도응은 크게 자비를 베풀어 여포를 용서하고 결정적인 순간에 도움을 주는 방식으로 계속 여포를 이용해 조조를 견제할 요량이었다.

그러면서 여포 휘하의 정예병과 용장을 전처럼 매수해 시기가 무르익으면 여포의 군대를 몽땅 흡수할 계획이었다.

물론 이 모든 계획은 여포군이 일정 시간 동안 삼군 연합군의 공격을 버텨준다는 전제 하에 가능했다.

하지만 애석하게도 여포는 조조의 독랄한 계략에 떨어져 겨우 창읍으로 도망가 목숨만 부지하고 있는 실정이었다.

기주로 떠난 지 얼마 안 된 양굉이 임무를 성공적으로 수행했는지 알려면 아직 시간이 더 필요했다.

어쨌든 도응은 수동적인 위치에 놓이지 않기 위해 두 가지 선택 중 하나를 골라야만 했다. 하나는 양굉의 청혼과 맹약이 성공했다고 가정하고 여포를 구하지 않는 것과 다른 하나는 양굉의 실패를 가정하고 여포군을 도와 계속 그의 힘을 빌려 조조를 저지하는 것이었다.

도응으로서는 이 둘 중 하나를 반드시 선택해야만 했다. 여포가 구양에서 식량을 모두 잃는 통에 창읍성의 양초는 기껏해야 보름을 버티기 어려운데, 성 밖에서는 십만여 대군이 호시탐탐 창읍성을 노리고 있고, 양굉에게서는 언제 소식이 날아올지 알 수 없었기 때문이다. 그 사이 창읍이 함락되고 여포군이 괴멸당한다면 조조와 유비는 승세를 타고 남하해 묵은 원한을 갚으려 들 것이 빤했다.

진퇴양난에 빠진 도응은 깊은 한숨을 내쉬고 한참 동안 말이 없더니 진등과 노숙에게 물었다.

"그대들은 양굉의 임무 성공 가능성이 얼마나 된다고 보시오?"

노숙이 먼저 주저하면서 대답했다.

"그건… 대답하기 곤란합니다. 제가 보기에 원소가 아군과 맹약을 체결하면 이익만 있지 절대 해가 될 건 없습니다. 아군을 그의 맞수인 공손찬과 반목하게 만들 수 있는 동시에 아군의 손을 빌려 불화하는 원술을 제거할 수 있습니다. 게다가 우리를 조조의 견제용으로 쓰는 것도 가능합니다. 하지만 원소에게 이런 안목이 있을지는 미지수입니다. 평소 우유부단한 원소는 작은 이익을 보면 목숨을 걸고 달려들면서도 대사 앞에서는 몸을 사립니다. 여기에 그의 모사들까지 의견이 갈리면 원소가 쉽사리 결정을 내리지 못할 가능성이 높습니다."

진등은 노숙의 견해에 반대하며 말했다.

"저는 충분히 희망이 있다고 생각합니다. 양 장사는 이 임무를 맡는 데 특화된 인물입니다. 아부에 능한 그가 장점을 십분 활용한다면 원소의 환심을 사고 원소의 심복을 매수하는 것도 그리 어렵지 않을 것입니다. 그래서 저는 양 장사가 순조롭게 임무를 완수할 가능성이 칠 할은 된다고 봅니다."

진등의 희망적인 말에도 도응은 여전히 깊은 고민에 빠졌다. 그렇게 시간이 얼마나 흘렀을까, 도응은 갑자기 벌떡 자리에서 일어나더니 이를 악물고 소리쳤다.

"내 결정했소이다. 그럼 이렇게 합시다!"

그러고는 누가 들을세라 진등과 노숙에게 낮은 목소리로 속삭였다.

* * *

며칠 후 십만이 넘는 삼군 연합군은 성을 빠져나가려는 여포군을 막으며 물샐 틈 없는 방어막을 형성했다.

조조는 유비의 건의를 받아들여 주위 백성들을 모두 쫓아내고 창읍성 밖에 녹각 차단물과 참호를 설치하는 동시에 창읍성 북문 밖의 모든 교량을 불살라 여포군을 완전히 고립시켰다.

이를 본 여포는 답답한 마음에 몇 차례 군사를 이끌고 성을 나와 돌파를 시도하고, 도응에게 구원을 요청하려 했지만 매번 연합군에게 막혀 귀중한 병사만 꺾이고 말았다.

임성에 주둔하던 장막은 창읍의 위급한 소식을 듣고 달려왔다가 그만 장비를 만나 그의 창에 찔려 죽었고, 병사들도 모두 전멸을 당했다.

속수무책인 여포는 그저 창읍성을 사수하며 도응의 구원군이 오기만을 기다렸다.

조조가 창읍성을 포위하고 흐뭇한 미소를 지으며 성을 무너뜨릴 단꿈에 빠져 있을 때, 돌연 대영 안으로 전령이 들어와 보고했다.

"주공, 큰일 났습니다! 적의 원군이 당도해 아군의 저지선을 뚫고 대영 근처까지 쳐들어오고 있습니다!"

조조가 깜짝 놀라 물었다.

"어디서 온 원군이기에 막아내지 못했단 말이냐?"

전령의 입에서 '군자군'이란 말이 떨어지자 조조와 뭇 장수들은 대경실색해 급히 밖으로 나가 멀리 남쪽을 바라보았다.

수 리 밖 토산 위에는 언젠지도 모르게 웅장한 기병이 모습을 드러냈고, 흰 바탕에 검은 글씨가 쓰인 삼면 대기가 바람에 날려 펄럭이고 있었다.

비록 거리는 아주 멀었지만 그 대기에 무슨 글자가 씌어 있는지 모르는 이는 없었다.

조조는 이 사태를 어찌해야 좋을지 몰라 주변을 서성거릴 뿐이었다.

"저기 군자군이다! 군자군이야! 군자군이 우리를 구하러 왔다―!"

조조 진영과는 다르게 창읍성에서는 경천동지할 환호성이 터져 나왔다.

여포군 장사들은 기쁨에 겨워 펄쩍펄쩍 뛰었고, 군자군에게 호되게 당한 적 있는 여포도 흥분을 이기지 못하고 광소를 터뜨렸다.

"군자군, 군자군이로구나! 조적 놈아, 이번에 네놈 군대가 아무리 많고 막강하다 해도 군자군을 절대 당해낼 수는 없을 것이다! 하하, 마침내 군자군이 왔구나!"

第七章
기주로 간 양굉

여기서 잠시 기주에 사신으로 간 양굉의 정황을 알아보기로 하자.

양굉은 차 상인으로 위장하여 태산군을 지나 기주 경내로 들어가 청하(淸河), 안평(安平), 거록(巨鹿) 3개 군을 거쳐 마침내 목적지인 고읍성에 당도했다.

그런데 양굉의 눈에 비친 고읍성은 서주의 팽성이나 하비와 달리 번화함과는 전혀 거리가 멀었다. 상상과는 전혀 다른 기주의 치소 광경에 양굉은 저도 모르게 조소가 나왔다.

거리를 왕래하는 백성들의 얼굴은 누렇게 떠 있고 몸이 수척

했으며 옷도 남루하기 짝이 없었다. 한눈에 봐도 생활수준이 그리 높지 않음을 알 수 있었다.

거리 양쪽의 민가는 대부분 노후하여 새로 지은 건물이나 상점은 거의 없었고, 성안의 시장에도 정적만이 흘렀다. 그런데도 세금은 과중해 양굉 일행 20명이 차 수레 10대를 끌고 성으로 들어가는 데 무려 340전이나 들었다.

팽성에서는 기껏해야 120전이면 충분했을 텐데 말이다. 그래도 양굉이 전에 섬겼던 원술에 비하면 나은 편이긴 했다.

어쨌든 양굉은 서주군이 현재 원소군과 명목상으로는 교전 상태여서 직접 원소를 찾아갔다가 혹시 생명의 위협을 받을 수도 있었기에 일단 객잔에 머무르며 대책을 세웠다.

그는 차를 팔아 기주의 특산품인 광목천과 벼루를 구매한다는 구실로 사방으로 사람을 보내 기주 관계에 대한 정보를 취합하기 시작했다.

이를 통해 원소의 측근과 심복에게 접근해 원소를 접견할 심산이었다.

권세에 빌붙고 뇌물로 사람을 사는 데 천부적인 자질을 지닌 양굉은 고읍성에 도착한 지 사흘도 안 돼 원소의 친족은 물론 몇몇 모사들에 대한 정보까지 캐내는 데 성공했다.

처음에 양굉은 전풍(田豊)과 저수(沮授)를 통해 원소를 만나보려 했으나 이 둘은 아부를 경멸하다시피 해 원소의 환심을 사기는 어렵다고 여겨 중간에 포기했다. 이어서 곽도(郭圖), 심배(審配), 봉기(逢紀), 허유(許攸) 등이 양굉의 물망에 올랐다.

그중 허유는 이미 공손찬과 대적 중인 유주(幽州) 전장으로 출전했고, 봉기도 유주의 전선을 독전하러 떠나 현재는 심배와 곽도만이 기주성에 남아 있었다.

심배는 민간에서 명성이 괜찮은 반면, 곽도는 탐욕스럽기로 이름이 높은 데다 원소의 장자인 원담(袁譚)과 사이가 매우 가까웠다.

이에 양굉은 주저 없이 곽도를 지목하고, 그를 연줄로 삼아 원소를 만나고자 했다.

목표물이 정해지자 양굉은 하룻밤 만에 고읍성의 한 기루에서 곽도의 조카 곽해(郭解)와 친분을 맺었다.

먼저 계산서를 대신 지불해 곽해의 환심을 산 후, 보석을 안겨주며 곽도를 만나게 해달라고 청탁했다. 입이 쩍 벌어진 곽해는 양굉의 청에 흔쾌히 응했다.

이튿날 오전, 양굉은 귀한 예물을 가지고 곽부 문 앞에 이르렀다.

그는 곽해의 안내를 받아 곽도의 저택으로 들어가 후당에서 곽도를 만날 수 있었다.

양굉은 곽해를 통해 자신이 서주에서 온 밀사임을 이미 밝힌 상태였는데, 뜻밖에 그 자리에는 곽도 외에 두 사람이 더 있었다.

한 사람은 마흔 살가량의 중년 문사였고, 또 한 명은 스물예닐곱쯤의 청년이었다.

용모가 평범하고 표정이 음험한 이 청년이 후당 정중앙에 앉고, 곽도와 또 다른 중년 문사가 그의 좌우에 앉은 것으로 보아 지위가 꽤 높아 보였다.

양굉은 그의 신분을 짐작하기 어려웠지만 감히 예를 태만히 할 수 없어 두 무릎을 꿇고 예물함을 바치며 공손하게 말했다.

"서주 장사 양굉이 공칙(公則) 선생과 두 분 선생께 인사 올립니다."

공칙은 곽도의 자다.

"서주에서 온 사자라고? 도응은 우리의 적인데 무슨 이유로 사자를 보낸 것이냐?"

먼저 음험한 표정의 청년이 입을 열었다. 태도 역시 매우 비우호적이었다.

양굉은 누군지도 모르는 청년에게 함부로 대답하기가 꺼려져 곁에 있는 곽해를 슬쩍 쳐다보았다. 그런데 긴장이 역력한 표정을 짓던 곽해는 눈짓으로 숙부인 곽도에게 동의를 구한 후 낮은 목소리로 말했다.

"양 대인, 저분은 우리 주공의 장자인 원담 대공자이시고, 이분은 신평(辛評) 선생으로 자는 중치(仲治)이며 현재……."

"됐다. 소개는 필요 없다."

원담은 단호하게 곽해의 말을 자르고 곽도에게 고개를 돌려 꾸짖었다.

"공칙, 그대의 조카를 단단히 타일러야겠소. 적의 밀사까지 함부로 만나는데 무슨 일이든 저지르지 못하겠소?"

"황송합니다. 신이 못난 조카를 엄벌에 처하겠습니다."

곽도는 고분고분 대답한 후 곽해에게 소리쳤다.

"썩 물러가라! 조금 있다가 혼이 좀 나봐야겠구나!"

곽해가 쫓겨나듯 물러가자 양굉은 심장이 얼어붙었다. 이 원 공자가 서주에 적대심이 강한 걸로 보아 아무래도 번지수를 잘못 찾은 느낌이 들었다.

이때 원담이 다시 양굉을 다그쳤다.

"얼른 대답하지 못할까? 도응 놈이 널 왜 여기로 보낸 것이냐?"

양굉은 전전긍긍하며 대답했다.

"고, 공자께 아뢰니다. 우리 주공은 원 공과 대공자의 명성을 오래전부터 흠모해 온 터라 작은 예물을 바치기 위해 특별히 소신을 파견했습니다. 보잘것없지만 부디 거두어주십시오."

이어 양굉이 원래 곽도에게 주려고 했던 예물 상자를 열자 안에는 진귀한 보석이 가득했다. 그러나 원담은 이를 보고도 전혀 기쁜 빛을 드러내지 않고 코웃음을 치기만 했다.

"흥, 도응이 이런 후한 예물을 보낸 목적이 무엇이냐?"

양굉은 잠시 주저하다가 모든 일을 사실대로 털어놓았다.

"우리 주공은 원 공과 싸움을 멈추고 양 집안이 동맹을 맺어 영원히 상호 침범하지 않기를 바라고 있습니다. 또한 원 공의 영애인 원예가 아름답고 어질다는 소문을 듣고 혼인을 청하고 싶어 하십……."

양굉의 말에 얼굴이 일그러진 원담은 혼인 얘기를 듣자마자 갑자기 낯빛이 철색으로 변해 버렸다.

양굉은 이 모습을 보고 더는 원담을 자극해선 안 되겠다는 생각에 급히 입을 닫았다. 하지만 때는 이미 늦고 말았다.

원담은 분노가 극에 달해 책상을 치며 소리를 질렀다.

"입 닥쳐라! 감히 사세삼공의 명문 세가에 혼인을 청하다니, 도응 놈이 미쳐도 단단히 미친놈이로구나!"

일이 크게 잘못됐음을 깨달은 양굉은 급히 머리를 조아리며 말을 바꿨다.

"대공자의 말씀이 옳습니다. 이런 허무맹랑한 생각이 어디에 있겠습니까? 사세삼공인 원 공께서 영애를 우리 주공에게 시집 보내는 것은 호랑이의 딸을 개의 아들에게 보내는 것과 다를 바 없습니다. 소인도 주공 앞에서 여러 차례 불가하다고 권했지만 주공이 막무가내로 이 혼약을 성사시켜야 한다고 우기는 통에 소인이 쫓기다시피 기주로 달려온 것입니다."

자고이래로 남의 면전에서 자신의 주공을 이토록 심하게 욕하는 사신이 얼마나 되겠는가.

도응에게 증오의 말을 퍼붓던 원담도 이를 괴이하게 여겨 양굉에게 물었다.

"너는 도응의 사자인데 무슨 연유로 내 앞에서 네 주공을 이토록 깎아내리는 것이냐?"

"대공자께서는 모르시겠지만 제가 도응에게 원한을 품은 건 하루 이틀이 아닙니다요. 도응은 천성이 시랑과 같고 마음이 사갈과 같아 윗사람을 함부로 범하고 아랫사람을 가혹하게 대해 일찍부터 증오가 뼈에 사무쳤습니다. 오매불망 그의 곁을 떠날 날만을 바라다가 이번에 억지로 기주에 사신으로 오면서 확실히 결심했습니다. 이 기회에 잘못을 깨닫고 바른길로 들어서서 원 공과 대공자께 견마지로(犬馬之勞)를 다하기로 말입니다. 또한 서주의 군정이나 군사 배치는 모두 소인의 손바닥 안에 있으니 대공자께서 알고 싶은 건 무엇이든 다 말씀드리겠습니다. 그러니 제발 소인을 죽이지 말아주십시오."

양굉의 장광설을 들은 원담의 얼굴에 끝내 웃음이 드러났고, 곁에 있던 신평도 따라 웃으며 말했다.

"과연 명성이 자자한 양중명의 이름에 부끄럽지 않구려. 사람을 만나면 사람 말을 하고, 귀신을 만나면 귀신 말을 하는 능력이 있다더니, 실로 탄복했소이다."

자신의 정체가 들통 나자 낯짝 두꺼운 양굉도 얼굴이 온통

붉어지며 조심스럽게 신평에게 물었다.

"신 대인, 소인을 아십니까?"

신평은 양굉을 아랑곳하지 않고 원담을 향해 웃으며 말했다.

"대공자, 제가 이 양굉 대인에 대해 소개를 올리겠습니다. 양굉 대인으로 말하자면, 원래 공자의 숙부인 원공로 휘하의 장사로 회남에 있을 때 아랫사람을 업신여기고 윗사람에게 아부하기로 이름이 높았습니다. 아첨과 모함에는 천부적인 자질을 가지고 있어서 사람은 물론 개마저도 그를 증오했습니다. 지난번 원공로가 서주를 공격할 때, 이 양굉은 공자의 숙부를 배신하고 도응이 회남의 13만 대군을 대파하도록 도왔습니다. 그 공로로 도응에게 서주 장사로 봉해져 공자의 숙부는 이자를 뼛속까지 증오해 그의 목에 천금의 현상금을 걸었습니다."

원담은 음흉한 미소를 지으며 말했다.

"원래 그런 것이었구려. 이처럼 비열한 소인을 살려두어 무엇하겠소? 여봐라, 당장 이자를 끌어내 목을 베고, 수급을 회남에 보내 숙부에게 바쳐라!"

문 밖에 대기하고 있던 호위병들이 곧장 예 하고 달려와 양굉을 밖으로 끌어냈다. 양굉은 두려워 몸을 벌벌 떨며 제발 살려달라고 비명을 질러댔다.

그런데 다행히 이때 신평이 호위병들을 향해 소리쳤다.

"잠시 멈추어라. 내 공자와 잠깐 상의할 말이 있다."

호위병의 발길을 멈춘 신평은 원담에게 고개를 돌리고 공수하며 말했다.

"대공자, 양굉이 비록 비열하기 짝이 없다고 하나 서주에서 온 사신입니다. 양국이 교전 중에도 사신을 베지 않는 법인데, 주공께 아뢰지 않고 함부로 이자를 처형했다가 주공께서 추궁하시면 해명할 길이 없습니다."

이 말에 원담은 냉소를 지었다.

"흥, 이렇게 파렴치한 소인 놈 하나 죽이는데 무슨 해명이 필요하겠소? 게다가 도응은 부친의 적이라 그의 사신을 죽인다고 크게 잘못될 것도 없소."

그러자 곽도도 나서서 권했다.

"공자, 사신을 죽이는 것은 절대 작은 일이 아닙니다. 반드시 신중을 기해야 합니다. 그럼 이렇게 하는 건 어떻겠습니까? 먼저 양굉을 형장으로 끌고 간 다음 주공께 원씨 집안을 배신한 이자의 가증스러운 죄행을 밝혀 목을 베라는 영을 내려달라고 청하십시오. 그리하면 공연히 트집을 잡히지 않을 것입니다."

원담은 흥 하고 코웃음을 치며 마지못해 고개를 끄덕이고 말했다.

"좋소. 그리합시다. 먼저 이 양굉을 형장으로 압송하라. 부친의 명을 기다렸다가 이자의 목을 베도 늦지 않을 것이다!"

가련한 양굉은 원담이 왜 이토록 서주를 증오하는지 영문도 모른 채 곽부에서 끌려나와 고읍성의 형장으로 압송되었다.

양굉이 통곡하며 살려달려고 애걸했지만 원소군 병사들은 들은 체도 하지 않고 양굉을 형장 기둥에 묶어놓았다.

도부수는 귀두도(鬼頭刀)를 갈면서 원소의 처형 명령을 기다렸고, 형장 주변에는 이를 구경하려는 백성들로 발 디딜 틈이 없었다.

잠시 후, 문관 하나가 원소의 명을 가지고 형장으로 달려와 사람들 앞에서 큰소리로 외쳤다.

"주공의 명이다. 서주 세작 양굉의 목을 베고 수급을 창에 꿰어 성문에 걸어두어라!"

"예!"

손에 거대한 귀두도를 든 도부수는 크게 대답하고 칼춤을 추었다. 양굉은 머릿속이 새하얘져 오직 한 가지 생각밖에 들지 않았다.

"아, 이제 모든 것이 끝장이로구나!"

* * *

"도부수는 칼을 거둬라! 당장 칼을 거두고 멈추어라―!"

도부수가 번뜩이는 귀두도를 들어 양굉의 목을 치려 할 때, 주위를 에워싼 백성들 틈 사이에서 홀연 다급하고도 긴박한 고함 소리가 울려 퍼졌다.

이어서 철갑을 두른 기병 수십 명이 흉흉한 기세로 나는 듯이 형장을 향해 달려왔다. 그 중간에는 비단 도포를 입은 젊은 남자가 새하얗고 우람한 서역 준마를 타고 있었는데, 수 리 밖에서도 고귀한 풍채가 여실히 전해졌다.

비단 도포를 입은 젊은 남자를 보자 도부수가 당장 칼을 버리고 바닥에 무릎을 꿇은 것은 물론, 주위의 원소군 관원과 장사들도 일제히 무릎을 꿇고 이구동성으로 공손하게 외쳤다.

“삼공자께 인사 올립니다!”

‘삼공자? 삼공자가 누구지?’

덜덜 떨며 도부수의 칼을 기다리던 양굉은 별안간 벌어진 소동에 어리둥절했다.

양굉은 넋이 나가 누군가 자신의 밧줄을 풀어주고 있는지도 몰랐다. 겨우 정신을 차리고 바라보니, 그는 다름 아닌 바로 그 젊은 공자였다. 스물한두 살쯤 돼 보이는 나이에 용모가 매우 준수했다.

그 공자는 더없이 상냥하고 다정한 목소리로 양굉에게 말했다.

“중명 선생, 많이 놀라게 해 미안하오. 전 기향후(祁鄕侯) 원공의 셋째 아들 원상(袁尙)이라고 하오.”

원소의 셋째 아들이라는 말에 양굉은 이제 살았구나 싶어 정신이 되돌아왔다.

이때 나이 마흔 정도의 중년 문사도 양굉에게 다가와 밧줄을 풀어주었다. 유생 차림에 방건을 쓴 이 남자는 몸은 삐쩍 말랐지만 눈빛은 살아 있었다. 그가 친절한 어투로 말했다.

"중명 선생, 기왕 기주성에 왔으면 이 정남(正南)을 찾아오실 일이지, 하필 곽공칙을 찾아가셨습니까?"

이 말에 양굉이 깜짝 놀라며 물었다.

"정남 선생이요? 그럼 대인이 혹시 심배 정남이십니까?"

"천명(賤名)을 알고 계시다니 영광입니다. 제가 바로 심배입니다."

심배가 웃으면서 대답했다.

목숨을 건진 것은 천만다행이지만 양굉은 일이 어찌 돌아가는 건지 도무지 영문을 알 수 없었다. 곽도와 신평은 다짜고짜 자신을 죽이려 들었는데, 이 심배는 자신을 구해주다니? 다 같은 원소의 신하가 아니란 말인가.

이때 원상이 양굉의 손을 덥석 잡고 말했다.

"이만 갑시다. 내 그대를 부친께 안내하리다. 이 원상이 있는 한, 부친께서는 이미 내린 명을 철회하고 그대를 절대 죽이지 않을 것이오."

그러고는 주변의 원소군 관원과 사병들을 향해 소리쳤다.

"양굉 선생은 나와 함께 갈 것이다. 책임은 모두 내가 질 터이니, 형님이나 곽도, 신평이 와서 물으면 내 뜻을 전하고, 일이 있으면 나를 찾아오라고 일러라!"

"예!"

원소군 관원과 장사들은 일제히 공수하고 대답했다.

원상이 만족한 웃음을 짓고 양굉을 데리고 가자 병사들이 잇달아 길을 비켜주었다.

원상과 심배에게 사형수를 풀어주라는 원소의 사면령이 없었지만 누구도 원소의 추궁을 걱정하는 빛을 띠지는 않았다.

어리둥절한 표정으로 원상과 함께 길을 가던 양굉은 번뜩 무슨 생각이 들었는지 원상에게 말했다.

"삼공자, 잠시만 기다려 주십시오."

"무슨 일이오?"

"우리 주공 도 사군이 원 공께 올리라고 한 서신과 예물이 지금 객잔에 있습니다. 참, 또 원 공께 무례를 범하지 않으려면 의복도 갈아입어야 합니다."

진흙 범벅에 오줌까지 지린 양굉의 옷을 본 원상은 아연실소하며 심배에게 지시했다.

"그럼 정남 선생은 중명 선생을 객잔으로 모시고 가시오. 중명 선생이 목욕재계하고 의관을 정제한 후, 서신과 예물을 가지고 후부(侯府)로 함께 오시오. 하지만 부친을 오래 기다리시게 해선 안 되니 빨리 서두르시오. 내 먼저 가서 부친께 얘기해 두

리다."

심배가 고개를 가로저으며 낮은 목소리로 말했다.

"중명 선생은 제 조카 심영(審榮)에게 맡기는 게 좋겠습니다. 대공자와 곽도, 신평이 분명 먼저 와 있을 테니, 제가 공자와 동행하여 그들을 상대하겠습니다."

원상이 고개를 끄덕이는 것을 보고 심배가 한마디 더 덧붙였다.

"참, 이 일을 전풍과 저수에게도 알리는 것이 좋습니다. 그들에게 사실을 그대로 알려 속히 주공과 이를 논의하자고 하면 공자께 큰 도움이 될 것입니다."

"전풍과 저수는 나와 형님 일에 개입하길 꺼리는데, 무슨 도움이 된단 말이오?"

"아군이 서주와 우호 관계를 맺으면 주공께 이로움만 있지 해가 될 것이 없기 때문입니다. 그들의 성격상 이를 알면 반드시 공자를 지지할 것입니다."

곁에서 이들의 얘기를 듣고 있던 양굉은 도대체 무슨 소린지 알 수가 없어 머릿속만 뒤죽박죽이 되었다. 이때 원상이 갑자기 손뼉을 치며 '좋아, 좋아'를 연발했다.

"원예는 내 동모(同母) 누이라 이번 혼사에 모친이 나서서 개입한다면 금상첨화가 따로 없지."

이어 원상과 심배는 심복을 시켜 전풍과 저수에게 이 소식을 알린 후, 양광의 사형 집행을 막은 일에 대해 해명하기 위해 서둘러 기향후부로 달려갔다.

심영도 양광을 호위해 객잔으로 갔다. 양광은 목욕재계 후 서주 관복으로 갈아입고 도응의 서신과 예물을 챙겨 심영과 함께 기향후부로 향했다.

하루 종일 이리저리 채였던 양광은 어느 정도 냉정을 되찾자 예의 솜씨를 발휘했다.

그는 먼저 심영의 수행 사병들에게 선물을 준 후, 친히 보석을 담은 금낭(錦囊)을 심영의 소매 안으로 밀어 넣으며 말했다.

"목숨을 살려주신 은혜에 대한 보답이니 사양하지 마시고 거두십시오. 그런데 아무리 생각해도 이해가 되지 않는 일이 하나 있습니다. 대공자는 왜 다짜고짜 제 목을 베려고 할 정도로 절 증오하는 것입니까? 반면 삼공자는 왜 책임을 다 뒤집어쓰면서까지 제 목숨을 구해준 것입니까?"

이 말에 심영이 웃음을 짓고 좌우를 돌아보더니 나지막이 대답했다.

"양 선생, 그대가 만약 우리 삼공자나 소장의 숙부를 먼저 찾았다면 절대 형장에 끌려가는 일 없이 순조롭게 주공을 뵐 수 있었을 겁니다. 그런데 하필 대공자의 최측근인 곽도를 찾아가는 통에 목숨을 잃을 뻔한 것 아닙니까?"

"그 이유가 대체 무엇입니까?"

"아주 간단합니다. 우리 삼공자는 도 사군과 마찬가지로 총애받는 어린 아들입니다. 반면 대공자는 도 사군의 형장처럼 사랑받지 못하는 장자입니다. 도겸이 폐장입유(廢長立幼)하여 도응을 사군으로 삼은 후, 대공자 쪽에서는 이는 취란지도(取亂之道:난을 일으키는 근본)로 서주에 머지않아 내란과 대재앙이 발생할 것이라고 말했습니다. 그런데 그들의 말과는 반대로 도 사군이 계위한 후 내란이 일어나기는커녕 서주는 날로 부유하고 강성해졌습니다. 그래서 대공자는 서주를 뼛속 깊이 증오하는 것입니다."

양굉은 심영의 설명을 듣고 그제야 모든 의문이 눈 녹듯 풀렸다. 원담이 아무리 자신을 증오한다 해도 든든한 후원자인 원상만 있다면 이번 임무는 꽤 희망적이라는 생각에 미소가 절로 지어졌다.

적어도 자신의 목이 날아갈 걱정을 할 필요가 없다는 것이 얼마나 다행인가.

'참, 한 가지가 더 있었지. 보아 하니 원상과 원예는 같은 어미에게서 나온 형제라 분명 관계가 매우 친밀할 거야. 원예가 우리 주공과 혼인한다면 원상과 우리 주공이 연합해 서로 도움을 줄 수 있을 테니, 원상도 틀림없이 이 혼약을 서두를 것이 확실해. 하늘이 나를 돕는구나, 하늘이 나를 도와!'

양굉은 이리저리 주판알을 튕겨본 후 모든 일이 자신에게 유리하게 돌아간다고 판단되자 말을 채찍질해 서둘러 원소를 만나러 갔다.

양굉이 기향후부에 도착하자 문 앞에서 원상의 친신들이 미리 나와 기다리고 있었다. 양굉은 이들을 따라 예물과 도응의 서신을 받쳐 들고 대당으로 들어가 마침내 원소를 접견했다.

대당 안에는 이미 원소의 문무 관원들이 잔뜩 모여 있었다. 중앙의 높은 자리에 앉은 원소는 마흔 남짓의 나이에 오관이 단정하고 외모가 당당하며, 팔자수염에 위풍이 늠름했다.

원상은 원소 바로 옆 우측에 시립해 서 있었고, 원담은 그보다 좀 더 떨어진 왼편에 자리했다. 원담 뒤로는 곽도가 보였다. 이를 통해 원상에 대한 총애가 얼마나 깊은지 한눈에 알 수 있었다.

양굉이 예물과 서신을 받쳐 들고 들어오자 원담은 표독스러운 눈으로 양굉을 노려보았다.

양굉도 이를 눈치챘지만 원소의 총아 원상이 있는데 무에 걱정이랴. 양굉은 공손하게 꿇어 엎드려 원소에게 예를 행한 후 말했다.

"소인 서주 장사 양굉, 서주자사 도응의 명을 받들어 거기장군(車騎將軍)이자 기주, 유주, 병주 삼주 주목(州牧) 겸 기향후인 원 공께 인사 올립니다. 이는 우리 주공 도 사군이 원 공께 바치는 작은 예물과 서신이니 받아주십시오."

원상이 친히 내려와 양굉 수중에서 예물과 서신을 건네받아 두 손으로 원소에게 바쳤다. 원소는 이를 책상에 올려놓으라고 명한 후 태연자약하게 양굉에게 물었다.

"너는 내 아우 원술 휘하의 장사가 아니었더냐? 그런데 어째서 도응의 장사가 된 것이냐?"

원소와 원술이 비록 형제지만 실제로는 원수나 다름없음을 잘 아는 양굉은 이 질문에 전혀 난처해하는 기색 없이 대답했다.

"원 공께 아룁니다. 소인이 일찍이 원술 휘하에서 장사를 지냈지만 원술은 포악하기 그지없고 망자존대(妄自尊大)하며 의인을 혐오하여 사람과 귀신이 모두 그를 싫어합니다. 새도 가지를 가려 앉듯, 어진 신하는 주인을 가려 섬기는 법입니다. 소인은 근묵자흑(近墨者黑)의 우를 범하고 싶지 않았기에 원술을 버리고 도응에게 몸을 의탁했습니다. 다행히 도공이 소인을 거둬주어 다시 한 번 장사 직을 맡게 되었습니다."

원소는 양굉의 말에 동의한다는 표정으로 능글맞게 웃더니 도응이 보낸 서신을 펴고 자세히 읽어보았다. 언사가 매우 공손하고 자신에 대한 존경이 담뿍 담긴 편지에 원소는 기분이 좋아져 문무 관원들에게 편지를 건네고 말했다.

"도응이 서신을 보내 자기 부친의 과오를 사과하고 아군과 강화를 요청했소. 또한 딸 원예를 정처(正妻)로 삼겠다고 하는데, 그대들의 의견은 어떠하오?"

도응에게 원한이 맺힌 원담이 재빨리 달려 나와 공수하고 말했다.

"부친, 절대 불가합니다! 도겸은 전에 원술, 공손찬과 손을 잡고 발간(發干)으로 출병해 부친과 조조 연합군을 궁지에 빠뜨렸습니다. 이 원한을 아직 갚지 못했는데 강화라니요?"

곽도 역시 단호하게 잘라 말했다.

"도응이 전에는 공손찬과 결탁해 아군에 대항하더니, 이제 공손찬의 세력이 미약해지자 스스로를 보호하려 아군에게 의탁하려는 것입니다. 이런 자를 어찌 믿겠습니까? 게다가 도겸 부자는 조조와 불공대천의 원수고, 조조는 아군과 맹우인데 주공께서 만약 도응의 청혼과 맹약을 수락하신다면 조조가 낙심하지 않겠습니까?"

신평은 더욱 도발적으로 간언했다.

"지금 당장 주공을 속이는 도응의 사자의 목을 베고 군대를 일으켜 문죄하셔야 합니다. 소신이 알아본 바에 의하면, 도응은 이미 역적 여포의 딸과 정혼하고 그녀가 성년이 되면 처로 맞이하기로 약조했습니다. 그러면서 주공의 영애를 처로 삼겠다는 건 주공을 희롱하는 것과 다를 바 없습니다!"

"원 공, 여기에는 다 이유가 있습니다."

다급해진 양굉은 서둘러 이 일에 대해 해명했다. 여포가 식언을 밥 먹는 듯하고 약속을 자주 저버린 데다 심지어 서주 사신을 죽인 일까지 있어서, 도응이 더는 모욕을 참지 못하고 여포와 혼약을 파기했다고 설명했다.

이 말에 잠시 분노의 기색을 띠던 원소의 노기가 사라지고, 원상도 몰래 안도의 한숨을 내쉬었다. 하지만 원담 등은 시끌벅적한 소리로 외쳤다.

"주공, 혼인 대사를 어린애 장난으로 여기는 것만 봐도 도응의 됨됨이를 알 수 있습니다. 만약 그와 결맹하고 통혼한다면 천하 사람의 비웃음을 살까 두렵습니다."

원담 무리의 생떼와 억지 논리를 더는 들어줄 수 없어 심배가 나서서 입을 열려는 순간, 그의 앞에 서 있던 관원 하나가 먼저 앞으로 나와 크게 소리쳤다.

"그 무슨 말도 안 되는 논리로 주공의 심사를 어지럽히는 것이오! 여포가 먼저 사신을 베는 불의한 짓을 저질러 도 사군이 그와 혼약을 파기한 것이 무슨 어린애 장난이란 말이오? 그대들의 악부가 그대들 집안사람을 죽이고 재물을 빼앗는다면 그대들은 가만히 참고만 있을 것이오?"

원담 무리에게 호통을 친 인물은 바로 불같은 성격의 전풍이었다.

성격이 강직하여 윗사람에게도 직언을 서슴지 않는 전풍은 공연히 생트집을 잡는 동료들에게 노호한 후, 원소에게 공수하고 말했다.

"주공, 신이 보기에 도 사군과의 결맹과 통혼은 이로움만 있지 해가 없으므로 즉각 수락하셔야 합니다!"

원소는 본래 전풍의 강경한 태도를 그다지 좋아하지 않았다. 하지만 지금 이 말에는 귀가 솔깃해 물었다.

"원호(元皓), 자세히 말해보시오. 도응과 동맹을 맺으면 나에게 어떤 이로움이 있소?"

원호는 전풍의 자다.

"첫째, 공손찬의 우군을 끊을 수 있습니다. 공손찬과 도응이 반목한 이유는 공손찬이 무리하게 거액의 전량을 요구했다가 거절당하자 멋대로 서주와의 무역 왕래를 단절해 버렸기 때문입니다. 지금 궁지에 몰린 공손찬은 이 일을 후회하고 다시 도응과 관계를 모색하려는 중입니다. 이때 주공께서 먼저 도응과 우호 관계를 맺는다면 공손찬은 입지가 더욱 위축돼 그를 토벌하기가 손바닥 뒤집는 것처럼 쉬워집니다."

이번에는 저수가 앞으로 나와 공수하고 말했다.

"둘째는 원술입니다. 원술은 이미 주공께 불경하고 적대의 뜻을 비쳤습니다. 도 사군 또한 원술과 원수가 되어 치르는 전투마다 번번이 승리를 거뒀습니다. 주공께서 도 사군과 동맹을 맺으면 그의 힘을 빌려 원술의 세력이 커지는 걸 막을 수 있을 뿐 아니라 도 사군이 아예 회남으로 진격하는 것도 가능해집니다. 그러면 도 사군이 원술을 사로잡아 주공 앞에 대령할지도 모를 일입니다."

전풍이 다시 말을 받았다.

"셋째는 여포입니다. 주공께 여러 차례 불경한 여포는 시랑 같은 자라 일찍 제거하지 않으면 반드시 심복 대환이 될 것입니다. 이때 도응과 결맹하여 마지막 남은 그의 퇴로를 끊어버리면 안량, 문추 두 장군이 여포를 격파할 날만 기다리면 됩니다."

심배도 앞으로 나서서 말했다.

"넷째는 조조입니다. 조조가 비록 주공의 벗이라 하나 인심은 헤아리기 어려운 법입니다. 연주를 점거하고 있는 그가 어느 날 주공께 칼을 들이댄다면 그 결과는 상상하기조차 어렵습니다. 그러므로 연주 남쪽에 강한 원군을 두어야만 조조를 영원히 신복시킬 수 있습니다. 이는 원교근공의 이치에 꼭 부합합니다."

전풍, 저수, 심배의 말이 확실히 일리가 있었기 때문에 곽도와 신평은 반박할 근거를 찾지 못하고 꿀 먹은 벙어리가 돼버렸다. 원소도 이들의 설명을 듣고 천천히 고개를 끄덕였다.

그런데 이때 한 중년 부인이 시녀를 거느리고 대당으로 들어왔다. 원소의 문무 관원들은 급히 예를 갖추고 중년 부인에게 인사를 올렸다. 원소는 그녀를 보고 눈살을 찌푸리며 물었다.

"부인, 내 지금 군신들과 정사를 논의 중인데 여기까지 어인 일이오?"

이 중년 부인은 다름 아닌 원소의 후처 유부인(劉夫人)이었다. 바로 원상과 원예의 친모이자 원담의 계모였다.

유부인은 미소를 짓고 대답했다.

"신첩이 정무를 방해할 뜻은 없었사오나 예의 종신대사를 논의한다기에 어미로서 실례를 무릅쓰고 달려왔습니다."

그러고는 원소의 옆자리로 가 다시 말을 이었다.

"부군께서는 어찌 주저하시는 것입니까? 방금 전 예를 서주에 시집보내면 부군께 이로운 점만 있다는 원호 선생과 광평(廣平) 선생의 말을 모두 들었습니다. 두 분의 충정스런 말을 왜 채납하지 않으십니까?"

광평은 저수의 자다.

"부인, 내 아직 말을 꺼내기 전이외다."

원소는 웃으면서 유부인에게 대답한 후 문무 관원들을 향해 말했다.

"전풍, 저수, 심배의 말이 내 뜻과 꼭 부합하오. 지금부터 아군은 서주와 전쟁을 멈추고 동맹을 맺어 천하의 역적들을 토벌할 것이오!"

"주공, 영명하신 선택입니다!"

전풍과 저수 등은 오래간만에 원소의 입에서 시원시원한 대답이 떨어지자 크게 기뻐 일제히 외쳤다.

원상은 이번에 원담에게 크게 한 방 먹였다는 생각에 입이 귀밑까지 찢어져 큰소리로 웃음을 터뜨렸다. 하지만 원담은 고개를 떨어뜨린 채 이를 갈며 속으로 원상 모자에게 욕을 퍼부었다.

유부인은 양굉을 보고 방긋 웃으며 말했다.

"중명 선생도 들으셨지요? 얼른 서주로 돌아가 도 사군에게 예물을 보내라고 이르십시오. 그리고 예는 내 친딸입니다. 만약 딸아이를 괴롭힌다면 절대 용서치 않을 것입니다."

양굉은 기쁨에 들떠 원소와 유부인에게 고개를 조아리며 연신 고맙다고 사례한 후 가슴을 두드리며 말했다.

"부인께서는 염려 마십시오. 부인의 말씀을 우리 주공에게 꼭 전하겠습니다."

유부인은 양굉의 대답에 만족한 듯 고개를 끄덕였다. 양굉이 막 자리에서 일어나려 할 때, 유부인이 갑자기 물었다.

"잠깐만요. 중명 선생, 한 가지 물어볼 말이 있습니다."

양굉이 잠시 멈칫하자 유부인은 골똘히 생각에 잠기더니 말을 이었다.

"도겸 사군이 중병에 걸렸을 때, 왜 장자인 도상을 자사로 세우지 않고 차자인 도응을 세운 것입니까?"

이 질문에 원담과 원상은 물론 모든 관원의 귀가 솔깃해졌다. 사실 이는 모두가 궁금해하는 점이기도 했다. 원소도 호기심이 생겨 물었다.

"아, 이 문제를 깜빡하고 있었구려. '폐장입유는 취란지도'라고 다들 말하는데, 도공조는 왜 이 이치를 역행한 것이오?"

"그건……."

양굉은 갑자기 말문이 막혀 버렸다. 그 당시 자신은 회남의 원술의 밑에 있었는데, 그 이유를 어찌 알 수 있단 말인가?

어떻게 대답해야 좋을지 곰곰이 생각하던 양굉은 원상 모자의 입맛에 맞는 대답을 퍼뜩 생각해냈다.

"원 공 그리고 부인께 아뢥니다. 우리 옛 주공께서는 '폐장입유는 취란지도'가 아니라 '폐장입현(廢長立賢)은 홍성지도(興盛之道 : 나라를 홍성시키는 방법)'라고 말씀하셨습니다."

심배는 이 말을 듣자마자 크게 흥분해 손뼉을 치며 큰소리로 말했다.

"주공, '폐장입현은 홍성지도' 너무 멋진 말 아닙니까!"

유부인은 양굉의 대답에 크게 만족해 원소의 팔을 흔들며 말했다.

"들으셨지요? 도공조가 장자를 버리고 어진 아들을 세워 서주는 날로 번창하고 부강해졌습니다. 이렇게 볼 때 '폐장입현'이야말로 진정한 하늘의 순리입니다."

많은 사람이 주시하는 가운데 원소는 고개를 끄덕이며 탄식했다.

"도공조가 평생을 흐리멍덩하게 살았지만 후계자를 선택하는 일만은 가장 현명하게 판단했어."

원소의 말이 떨어지자 원상은 기뻐 어쩔 줄 몰라 했고, 원담은 얼굴이 잿빛으로 변해 속으로 도응을 꼭 죽이고 말겠다고 다짐했다.

원상과 원담의 표정이 극명하게 갈릴 때쯤, 갑자기 원소군 전령이 허겁지겁 대당 안으로 달려와 무릎도 꿇지 않은 채 보고를 올렸다.

"주공께 아룁니다. 도응이 연주로 출병하여 아군 대장 안량과 문추가 이들을 대적하러……."

"헉!"

이 말에 양굉은 갑자기 다리에 힘이 풀리며 바닥에 그대로 주저앉고 말았다. 또다시 하늘이 노래 보였다.

'주공, 어찌 사람을 이리도 곤경에 빠뜨리십니까! 가까스로 임무를 완수했는데 연주로 출병해 원소군과 싸우다니요? 이제 모든 공이 허사로 돌아가고, 이 목숨도 부지하기 어렵게 됐습니다요!'

*　　　　*　　　　*

그럼 이제 연주 전장으로 다시 돌아가 보자.

군자군이 기세등등하게 진격해 조조군의 저지선을 뚫고 삼군 연합군의 대영 가까이까지 다가가자, 물샐 틈 없는 포위에 막다른 길목으로 몰려 자포자기의 심정이 된 여포군은 기쁨의 환호성을 질러댔다.

이와 반대로 군자군에게 호되게 당한 적 있는 조조와 유비는 낯빛이 흙색으로 변하고 말았다. 아, 이 골칫거리들이 또 왔단 말인가! 이제 이들의 소란에 맘 편히 쉴 수 없게 된 조조는 안전하던 양도에도 급히 위급함을 알렸다.

또한 관우, 장비는 물론 하후돈, 전위, 조인, 조홍 등 절세 맹장들도 누구 하나 감히 군사를 이끌고 군자군에게 대항할 엄두를 내지 못했다.

물론 군자군을 처음 본 원소군 대장 안량과 문추는 멀리서 적진을 자세히 살펴본 후 안도의 한숨을 내쉬더니 조조와 유비에게 웃으며 말했다.

"저들이 그 유명한 군자군이란 말입니까? 소문으로 듣던 것만큼 그리 대단해 보이지는 않습니다."

이 말에 조조와 유비는 그저 쓴웃음을 지을 뿐이었다. 이어 조조가 미간을 찌푸리며 말했다.

"적의 구원병이 왔는데 누가 나가서 저들을 물리치겠는가?"

조조군 장수들은 약속이나 한 듯 입을 꾹 다물었고, 유비도 조용히 한 발짝 뒤로 물러났다. 안량과 문추는 이 장면을 의아한 눈빛으로 바라보았다. 먼저 안량이 영문을 모르겠다는 듯 물었다.

“다들 왜 그러시오? 설마 저 군자군이 그대들조차 두려움에 떨게 할 만큼 무적의 군대란 말입니까?”

그래도 아무런 반응이 없자 안량과 문추는 더욱 호기심이 생겼다. 이에 안량이 문추에게 말했다.

“문 장군, 다들 출전을 꺼려하니 우리가 한 번 나가 봅시다.”

문추도 고개를 끄덕이며 말했다.

“좋소이다. 5천 정예 기병이면 저들을 몰살할 수 있을 것이오.”

걱정이 된 조조가 안량과 문추를 만류했지만 득의양양한 이들의 기세를 꺾기는 어려웠다. 이에 하는 수 없이 군자군의 대략적인 전략을 설명해 주고, 장수끼리의 대전은 무조건 피하라고 재삼 경고했다.

안량과 문추가 군사를 거느리고 군자군과 응전하러 나오자, 멀리 창읍성에서 이를 바라보던 여포는 광소를 터뜨렸다.

“하하, 천하의 어리석은 놈들이로구나. 감히 내 사위의 군자군과 평원에서 야전을 벌이겠다니. 이제 곧 ‘죽을 사’ 자를 어찌 쓰는지 알게 될 것이다.”

전장에서 잔뼈가 굵은 안량과 문추는 군자군의 느슨한 5열

횡대 진용을 보고 큰소리로 비웃으며 말했다.

"하하, 조조와 유비는 정말 무능하구려. 이런 나약한 군대를 보고 겁을 집어먹어 감히 싸우지도 못하다니 말이오."

이들은 한바탕 웃음을 터뜨리더니 조조의 경고를 무시한 채 안량이 먼저 앞으로 나가 크게 소리쳤다.

"나는 기향후 원 공 휘하의 대장 안량이다. 누가 감히 나와 일합을 겨루겠느냐?"

이때 군자군 깃발이 펄럭이더니 진영 안에서 갑자기 누군가 튀어나왔다.

"안량 필부 놈아, 이 진덕이 널 상대해 주겠다! 빨리 말에서 내려 항복한다면 목숨은 살려주겠다!"

무명소졸이 나와 자신을 도발하자 발연대로한 안량은 창을 비껴들고 진덕에게 달려들었다.

"오냐, 네놈 소원이 정 그렇다면 황천으로 보내주겠다!"

그런데 안량이 진덕을 향해 칼을 휘두르기도 전에 진덕은 이미 말 머리를 돌려 달아나기 시작했다.

이 모습에 화가 머리끝까지 치민 안량은 칼을 곧추세우고 진덕의 뒤를 쫓으며 벽력같은 고함을 질렀다.

"부끄러움을 모르는 필부 놈아, 내 칼을 받아라!"

바로 이때, 3백 군자군 경기병이 홀연 후방에서 앞쪽의 2개 중기병 부대를 지나 달려 나왔다. 이들은 안량을 향해 일제히 화살을 퍼부었다. 한꺼번에 쏟아지는 3백 개의 화살은 피할 틈도 없이 안량을 향해 빠른 속도로 날아들었다.

"안 장군—!"

순식간에 벌어진 사태에 후방에서 이를 지켜보던 문추는 수족과 같은 동료를 구할 수 없어 안타깝게 울부짖을 뿐이었다.

안량은 공손찬의 백마의종과 수없이 전투를 치러 기병전 경험이 풍부했다.

그래서 기병 전체가 전속적으로 돌격하며 동시에 화살을 쏘는 것이 얼마나 어려운 기술인지 잘 알고 있었다. 그로서는 돌격해 오는 군자군이 당연히 근접전을 벌일 것으로 여겼다.

그 정도쯤이야 아무리 수가 많아도 얼마든지 상대해 줄 수 있었다. 그런데 뜻밖에도 기병 수백 명이 돌진해 들어오며 일제히 화살을 발사하자 안량은 미처 피할 겨를이 없어 절망적으로 눈을 감았다.

이어서 무수한 화살이 안량의 몸으로 날아들었다. 안량은 온몸으로 전달되는 극심한 통증을 느끼며 결국 말에서 떨어지고 말았다.

"안량—!"

안량이 화살에 맞아 낙마하는 것을 본 문추는 절규에 가까운 비명을 질렀다. 이미 이성을 잃은 그는 전우를 구하기 위해

창을 비껴들고 곧장 말을 달려 앞으로 돌진했다. 하지만 이런 무모한 행동은 군자군에게 좋은 먹잇감을 제공할 뿐이었다.

군자군 진영에서 다시 한 번 깃발이 올라가며 이번에는 4, 5열에 있던 경기병이 질서정연하면서도 맹렬하게 앞으로 달려 나와 문추를 향해 일제히 화살비를 날렸다.

혼비백산이 된 문추는 미친 듯이 창을 휘두르며 화살을 막아냈지만 수백 발의 우전을 어찌 당해낼 수 있겠는가. 그 역시 안량과 마찬가지로 온몸에 화살을 맞고 절망의 신음성을 내뱉었다.

"아, 이곳이 내 무덤이로구나!"

"장군―!"

안량과 문추가 연이어 화살에 맞고 쓰러지자 그들을 따르던 5천 정예기는 분노에 눈이 뒤집혀 일제히 군자군을 향해 달려들었다.

이에 군자군은 언제나처럼 말머리를 돌려 달아났다. 노기충천한 원소군 기병은 그 뒤를 맹렬히 추격하며 이들의 목을 모두 베 안량, 문추 두 장군의 원한을 씻겠노라고 맹세했다.

그때였다.

"멈춰라! 추격을 중지하라! 빨리, 빨리 징을 울려라!"

원소군 기병 후방에서 갑자기 익숙한 고함 소리가 들리고, 긴급히 퇴각을 알리는 징소리가 울리자 원소군 장사들은 재빨리 뒤를 돌아보았다. 그런데 화살 수백 발을 맞은 문추가 멀쩡하게 말 위에 앉아 있는 것이 아닌가.

몸 어디에도 핏자국 하나 없었고, 화살이 몸을 뚫고 들어가지도 않았다.

화살에 맞아 낙마한 안량도 마침 정신을 차리고 몸을 일으켜 세우고 있었다. 그는 몸에 상처 하나 없는 것을 보고 기이하게 여겨 손에 쥔 군자군의 우전을 살펴보니, 화살에 살촉이 보이지 않았다!

안량과 문추는 군자군을 추격하려던 수하 기병들을 제지한 후, 바닥에 떨어진 우전을 집어 들고 고개를 갸웃거렸다.

죽은 줄 알았던 목숨을 건진 건 천만다행이지만 군자군이 왜 손속에 사정을 두었는지에 대한 의문은 여전히 지워지지 않았다.

이때 원소군 사병 하나가 달려오며 크게 소리쳤다.

"장군, 장군, 군자군이 돌아옵니다. 그런데 백기를 들고 오는 것이 아군과 무슨 할 말이 있는 듯 보입니다."

안량과 문추가 고개를 들어보니 멀리 달아났던 군자군이 정말로 이쪽을 향해 다가오고 있었다. 선봉에 선 병사가 백기를 쉬지 않고 흔드는 것으로 보아 확실히 자신들과 대화를 하려는 모양새였다.

안량과 문추는 속히 대오를 정비한 연후에 말을 달려 앞으로 나아갔다.

이들로서는 왜 자신들을 살려두었는지 한시라도 빨리 물어보고 싶은 심정이었다.

양군이 다시 대열을 정렬한 후, 군자군 진영에서는 피갑을 걸친 준수한 청년과 우락부락한 장수가 앞으로 나왔다. 그 준수한 청년이 멀리 떨어진 안량과 문추에게 공수하고 큰소리로 외쳤다.

"저는 서주자사 도응입니다. 방금 전 안량, 문추 두 장군을 놀라게 한 점 깊이 사과드립니다."

자신들을 공격했지만 어쨌든 죽다 살아난 데다 도응의 태도가 공손한 것을 보고 안량, 문추도 공수하고 예를 행했다. 이어 안량이 냉큼 물었다.

"그대가 도 사군이구려. 이 안량이 도 사군을 만나면 묻고 싶은 것이 있었습니다. 조금 전 마음만 먹었다면 우리 목숨을 취할 수 있었을 텐데, 왜 손속에 사정을 두었습니까?"

도응은 마치 이 질문을 기다리고 있었다는 듯 곧바로 대답했다.

"세 가지 이유가 있습니다. 첫째, 오래전부터 안량, 문추 두 장군의 대명을 익히 들어왔기 때문입니다. 두 장군은 만부부당(萬夫不當)의 무용을 지닌 데다 의리를 아는 영웅호한인데 어찌 함부로 해할 수 있겠습니까? 하여 병사들에게 우전의 살촉을 제거하라 명한 것입니다."

"사군의 과찬에 몸 둘 바를 모르겠소이다."

문추는 겸사의 말을 전한 후 여전히 의혹이 가시지 않아 물었다.

"하지만 양군은 교전 중인 적수인데 적장을 살려주는 것이 이해가 가지 않습니다."

이 말에 도응은 웃으면서 대답했다.

"두 번째 이유는 이번 창읍 출격이 결코 여포를 구하기 위해서가 아니기 때문입니다. 게다가 두 장군을 해하기 위해서는 더더욱 아니니 당연히 두 장군과 원한을 맺을 필요가 없는 것이지요. 세 번째 이유는… 음, 솔직히 말씀드리면 제가 원 공과 화해하고 전쟁을 멈추기 위해 이미 기주에 사신을 파견했습니다. 어쩌면 벌써 고읍성에 도착했을지도 모르겠군요. 이런 상황에서 제가 두 장군을 해쳐 원 공에게 깊은 원한을 살 일이 있겠습니까?"

이 말에 안량과 문추는 깜짝 놀라 물었다.

"도 사군이 우리 주공과 화친을 한다고요?"

"그렇습니다. 사실 양군 사이에는 아무런 원한 관계도 없습니다. 예전에 발간에서 작은 충돌이 있었지만 결과는 제 선고(先考)의 참패로 끝이 났지요. 제 가친이 불행히 돌아가신 후 저는 원 공과 동맹을 맺기 위해 공손찬과 모든 관계를 청산했습니다.

하니 두 장군은 오늘 일을 급히 원 공께 아뢰어 원 공을 향한 제 우호의 뜻과 존숭의 마음을 대신 전해주십시오."

안량과 문추는 서로 멍하니 얼굴만 바라보다 눈짓을 교환한 후 대답했다.

"걱정 마십시오. 당장 고읍으로 전령을 보내 오늘 도 사군이 우릴 살려준 일을 주공께 아뢰겠습니다. 다만 사군의 화친 요청을 받아들이는 건 주공께서 결정하실 문제입니다."

도응은 크게 기뻐하며 예를 갖춰 감사의 말을 전했다. 양굉의 아첨 능력에다 안량과 문추의 서신까지 있다면 원소가 화친을 수락할 가능성이 매우 높으리라고 기대했다.

이때 문추가 호기심이 생겨 물었다.

"도 사군, 귀군의 이번 출정이 아군과 교전을 하는 것도, 여포를 구하기 위한 것도 아니라면 대체 무슨 일로 출병한 것입니까?"

안량이 이어서 말했다.

"사군에게 한 가지 미리 말씀드릴 것이 있습니다. 말장은 사군과 조맹덕이 불공대천의 원수라고 알고 있습니다. 하나 아군은 조맹덕과 맹약을 체결해 주공의 명으로 남하한 것이라 조조군을 도와 작전을 함께해야만 합니다. 따라서 사군이 조맹덕과 교전을 벌인다면 귀군과 대적할 수밖에 없는 점 양해하십시오."

도응은 두 손을 휘저으며 말했다.

"이번에 조맹덕과 교전하러 온 것도 아니니 안심하십시오. 이번 출병은 유비 놈에게 진 묵은 빚을 갚기 위해서입니다. 원 공은 유비와 아무런 관계도 없으므로 두 장군은 이 일에 개입하지 말아주었으면 합니다."

도응의 부탁에 안량과 문추는 낮은 목소리로 몇 마디 상의하더니 문추가 나서서 대답했다.

"좋소이다. 사군이 유비와 결판을 보는 것이라면 아무 관계도 없는 아군은 절대 끼어들지 않으리다."

"감사합니다. 그럼 아군은 잠시 군대를 무를 테니 번거롭겠지만 두 장군은 제 말을 조맹덕과 유비에게 전해주십시오. 또 조맹덕에게 이번에 아군이 여포를 구원하러 온 것이 아니므로 양도는 아무 걱정 말라는 것과 사신을 보내면 언제든지 협상할 용의가 있다고 이르십시오."

안량과 문추는 고개를 끄덕여 응낙했다. 도응도 전군에 철수 명령을 내리고 후군과 회합하러 백 리 밖의 방여현(方與縣)으로 돌아갈 채비를 서둘렀다.

본진으로 돌아온 안량과 문추는 조조와 유비에게 싸움의 경과와 도응의 말을 전한 후 군사들을 이끌고 자신들의 영채로 돌아갔다. 그리고 즉시 편지를 써서 오늘 벌어진 일을 빠짐없이 고읍성의 원소에게 보고했다.

안량과 문추가 나가자마자 조조와 유비는 얼이 빠진 채 아무 말도 하지 못했다.

도응이 안량과 문추를 죽이지 않은 이유가 대체 뭐란 말인가? 또 이번에 연주로 출병한 목적이 여포를 구하기 위한 것이 아니라 단지 유비와 결판을 보기 위해서란 말인가?

이해가 가지 않는 건 도기와 허저도 마찬가지였다. 이들은 군자군을 이끌고 방여현으로 철군하는 와중에 도응에게 다가갔다. 도기가 물었다.

"형님, 방금 전 살촉 없는 화살을 쏘라고 명한 것은 뭐고, 또 이번 출병이 여포를 구하기 위한 것이 아니라 유비와 결판을 보기 위해서라니요? 이번 연주 출병의 목적이 대체 무엇입니까?"

도응이 미소를 짓고 대답했다.

"안량과 문추는 원소의 심복 애장이다. 그들을 함부로 죽여다간 원소와의 동맹이 물 건너갈 것 아니냐? 그래서 살려둔 것이다. 에… 또 아군의 이번 출병 목적은 지금으로서는 솔직히 나도 잘 모른다."

이 말에 허저와 도기의 입에서는 억 소리가 튀어나왔다. 허저가 놀란 표정으로 물었다.

"주공, 지금 농담하십니까? 주공께서 이번 출병의 목적을 모르면 누가 안단 말입니까?"

"그저 임기응변으로 대처할 뿐이오. 지금 여포는 누란(累卵)

의 위기에 처해 있고, 원소는 내 화친 요청을 받아들였는지 알 길이 없소. 그래서 만일에 대비해 군대를 이끌고 연주로 와 전장 백 리 밖에서 사태를 관망하며 간접적으로 조조 연합군을 견제하고 여포를 지원하고 있는 것이오. 그러면서 원소의 결정 여부를 알리는 양광의 소식을 기다렸다가 다음 행동에 들어가려는 것이오."

이 말에 도기가 어리둥절해하며 다시 물었다.

"전장 백 리 밖에 주둔하면서 어떻게 조조를 견제하고 여포를 지원한단 말입니까?"

"심리적인 위협과 지원이다. 군자군에게 백 리는 겨우 반나절 거리에 불과하다. 이 점을 조조도 잘 알고 있어서 우리가 백 리 밖에 있다 해도 조조는 협공을 당할까 혹은 양도가 끊기지 않을까 노심초사해 함부로 전 병력을 이끌고 창읍성을 공격하기는 어렵다. 이는 여포의 수성 압력을 줄이는 데도 도움이 된다. 또 우리가 창읍성 근처까지 출동한 것을 본 여포군은 이제 살았다는 희망에 사기가 크게 진작돼 창읍성을 사수하며 아군의 지원을 기다리게 되어 있다. 이런 심리적인 영향은 여포에게 천군만마나 다름없는 것이다."

"그럼 원소 쪽에서 소식이 들어오면 우린 어찌해야 합니까?"

"그건 원소의 결정에 따라 달라진다. 만약 원소가 아군의 화친 요청을 수락했다면 여포는 더 이상 이용가치가 없으므로 우린 연합군과 손잡고 여포를 섬멸하면 된다. 또 원소의 맹우가 되면 여포가 멸망한 후에도 조조가 함부로 서주를 공격하지 못할 것이다. 만약 원소가 동맹 요청을 거절했다면 당장 군대를 휘몰아 북상하여 여포군과 손잡고 안팎으로 연합군을 협공하고 조조의 양도를 끊어야 한다. 연합군을 격퇴하면 가장 좋겠지만 설사 이기지 못하더라도 여포가 포위를 뚫고 나온다면 계속해서 그를 이용해 조조를 견제할 수 있다."

도기와 허저는 그제야 무슨 말인지 알아듣고 고개를 끄덕였다. 하지만 도응은 또 한 가지 고민에 이리저리 머리를 굴리고 있었다.

'원소가 동맹 요청을 받아들이는 건 좋은데, 그럴 때 여포의 정예병과 용장들을 과연 얼마나 구해낼 수 있을까? 대놓고 이들을 내 편으로 만들려고 하면 조조와 유비가 절대 가만두고 보지 않을 거란 말이지. 가장 좋은 방법은 안량과 문추를 이용하는 것이긴 한데… 이들을 매수한다 해도 난리 통에 여포의 수하들을 구해내기란 쉽지 않을 것이야.'

한편 조조는 도응의 진짜 의도가 무엇인지 알 길이 없었지만 신중을 기하기 위해 당장 군대를 나누었다.

남쪽 방어선을 강화하고 양도를 철통같이 지키는 동시에 척후병을 보내 서주군의 동태를 주시했다. 이에 따라 창읍성에 모든 역량을 쏟아 부으려는 계획을 다시 수정할 수밖에 없었다.

여포군 진영은 전과 달리 수성에 대한 강한 자신감이 생겨 움직임이 더욱 부산해졌다. 군자군이 창읍성 아래에 잠깐 모습을 드러내고 사라졌지만 군자군의 작전을 익히 알고 있는 여포는 신바람이 나 크게 소리쳤다.

"조적 놈아, 기다려라. 신출귀몰한 내 사위의 군자군이 왔으니 네놈도 이제 편히 발 뻗고 자긴 글렀구나!"

*　　　*　　　*

"돌격하라—!"

목이 터져라 외치는 고함 소리와 함께 손에 칼과 창을 쥔 조조군 장사들이 대열을 이루고 전진했다.

각종 공성 무기를 밀고 끌며, 조잡해도 튼튼한 비교(飛橋)를 어깨에 메고서 높이 솟은 창읍성 성벽을 향해 또다시 공격을 개시했다.

이들은 누구도 막을 수 없는 기세로 이미 피와 살로 사방이 붉게 물든 창읍성을 향해 돌진했다.

깊고 너른 해자는 이미 돌과 진흙, 무기 잔해, 병사들의 시체로 평지처럼 메워졌고, 운제와 당거 등 공성 무기는 곧장 창읍성 아래까지 이르렀다.

비교를 기어오르는 조조군 병사들은 마치 꿀단지로 향하는 개미 행렬처럼 빼곡하게 열을 맞춰 성을 향해 나아갔다. 또 해자 부근에는 무수한 방패와 분온거(轒轀車:수레 위에 삼각형 모양의 방어막을 치고 병사들이 안에 들어가 화살을 날리는 공성 무기)가 설치되었다.

조조군 궁노수는 방패 뒤와 수레 안에 몸을 숨기고 위쪽 성벽을 향해 비 오듯 화살을 날려 비교에 오른 조조군이 성에 접근하도록 엄호했다.

또한 성벽과 백 보쯤 떨어진 위치에는 임시 제작한 벽력거 30대가 설치되었다.

전에 미축 형제가 도응에게서 얻은 설계도를 유비에게 바치자, 유비가 이를 보고 벽력거를 만든 것이다. 조조군 병사들은 땀을 뻘뻘 흘리며 백 근이나 나가는 바윗덩어리를 쉬지 않고 성벽을 향해 날려댔다.

벽력거의 위력 앞에 성벽에 금이 가고 성 안에서는 핏방울과 살 조각이 사방으로 튀었다.

이런 조조군의 맹렬한 공격에 맞서 여포군도 완강하게 저항했다. 성벽에서는 하늘을 뒤덮을 듯한 기세로 화살비가 날아가고, 펄펄 끓는 쇳물이 끊임없이 쏟아졌으며, 단단한 바위가 우박 내리듯 떨어졌다. 또 도리깨와 당목으로 비교를 마구 흔들어 대자 중심을 잃고 떨어져 죽거나 부상을 입는 병사가 부지기수였다.

여기에 기름을 잔뜩 먹인 불화살과 횃불로는 이동 속도가 느린 운제와 당거를 공격했다.

목재로 된 이 공성 무기들은 불길이 옮겨 붙자마자 거대한 잿더미로 변해 버렸고, 이를 옮기던 무수한 병사들이 불에 타 죽었다.

상대적으로 크기가 작은 당거들은 운 좋게 창읍성 가까이까지 옮겨졌지만 성문을 몇 번 때리지도 못하고 쇠사슬을 두른 거대한 청석(青石) 맷돌에 산산조각이 나고 말았다.

비교를 타고 성벽에 오른 일부 조조군 역시 기다리고 있던 여포군의 칼에 베이고, 창에 꿰이고, 화살에 맞아 그 자리에서 모두 목숨을 잃었다. 이처럼 조조군은 사상자만 끝없이 늘어날 뿐, 성안으로는 아무도 진입하지 못했다.

이에 조조군의 공격 물결이 이어지지 못하는 상황이 발생하자, 이 틈을 노려 함진영 병사들이 돌연 성 밖으로 튀어나와 창읍성에 가장 큰 위협이 되는 벽력거를 향해 돌진했다.

조조군이 달려와 이들의 앞을 가로막았지만 필사의 각오로 달려드는 함진영 병사들을 당해내지 못하고 뿔뿔이 흩어져 달아났다.

함진영 병사들은 곧장 벽력거 부대로 달려가 적군을 베고 벽력거를 몽땅 망가뜨렸다.

유일하게 여포군을 벌벌 떨게 만들던 공성 무기마저 모두 훼손되자 조조군 대오는 사기가 크게 떨어지고 군심이 흐트러지기 시작했다. 조조 역시 사방에 널린 시체와 중상자를 보고 더는 공격이 어렵다고 판단해 징을 울려 퇴각을 명했다.

성 아래에서 나가지도 물러서지도 못하던 조조군 병사들은 징소리를 듣고 무기를 모두 버린 채 뒤도 돌아보지 않은 채 본진을 향해 냅다 달아났다. 수성에 지친 여포군도 도망치는 조조군을 공격할 여력이 없어 모두 바닥에 그대로 주저앉아 버렸다.

第八章

순욱이 찾아오다

만 하루가 넘게 치러진 이번 전투에서 조조군은 지리적 우세를 점하지 못한 데다 여포군의 거센 저항에 부딪혀 6천 명이 넘는 사상자가 발생하고 말았다.

남쪽 전선에 배치된 1만 명을 제외하고 나머지 4만 명이 총공세를 펼쳤지만 오히려 사기가 크게 꺾여 단시간 내에 다시 대규모 공격에 나서기는 어려웠다. 참담한 전황을 보고받은 조조는 얼굴이 흙빛으로 변해 큰소리로 명을 내렸다.

"장사들은 이틀간 휴식을 취하고, 그 안에 벽력거 150대를 만들어라! 벽력거만 있으면 여포군을 모조리 쓸어버릴 수 있다!"

이 명에 순욱이 난처한 표정을 지으며 대답했다.

"주공, 지금 당장 그 많은 벽력거를 준비하기는 불가능합니다. 창읍 일대에서 요 몇 년간 과도하게 토지를 개간해 숲이 많이 사라졌습니다. 이 공성 무기를 제작하기 위해 이미 주변 40리의 쓸 만한 나무를 몽땅 벌채한 터라, 지금으로서는 후방에서 공수해 오는 방법밖에 없습니다."

이 말에 조조는 분통이 터져 노기를 쉬이 가라앉히지 못했다. 자리를 빙빙 돌며 서성이던 조조는 순욱에게 고개를 돌려 물었다.

"원소군이 공격에 나선 서문 상황은 어떻소? 안량, 문추가 혹시 최선을 다하지 않은 것은 아니오?"

"그렇지는 않습니다. 안량, 문추는 우리를 도와 최선을 다해 서문의 수비군을 견제해 주었습니다. 물론 남문 주전장처럼 싸움이 격렬하지는 않았지만요. 또 동문의 유비도 전 부대를 동원해 맹렬히 공격에 나섰습니다."

이어서 정욱이 건의했다.

"주공, 차라리 계속 성을 포위하고 지구전을 펼치는 게 어떻겠습니까? 창읍성에는 적어도 8천 명 이상의 여포군이 지키고 있어서 강공으로는 사상자만 늘어날 뿐 성을 점령하기 어렵습니다. 창읍성에는 필시 식량이 많지 않을 것이니 성을 에워싸고 양초 보급만 꽁꽁 틀어막는다면 보름도 걸리지 않아 여포군은 싸우지 않고도 저절로 무너질 것입니다."

"나라고 어찌 피해가 막심한 정면공격에 나서고 싶겠소? 또 여포의 군량이 얼마 남지 않을 것을 모를 리가 있겠소?"

조조는 쓴웃음을 지으며 남쪽을 가리키고 말했다.

"하지만 저쪽에 도사리고 있는 도응은 어쩌란 말이오? 지구전을 펼치다가 혹시라도 양도가 끊기면 우린 끝장이오."

정욱은 조조의 고민을 듣고 크게 탄식을 내뱉었다. 창읍성에는 양초가 많지 않아 성을 포위하기만 하면 여포군은 저절로 무너질 터였다. 그런데 군자군이 출현하면서 조조의 계획은 완전히 틀어지고 말았다.

화북(華北)의 평원 지대는 군자군에게 그야말로 놀이터나 다름없었다. 조조로서는 신출귀몰한 군자군을 공격할 방법도, 방어할 방법도 없었다.

이때 동문 공격을 책임진 유비 형제가 철군 명령을 듣고 조조가 있는 서문으로 달려왔다.

조조는 동문의 수비군 견제 임무를 완수한 유비를 위로한 후, 군사를 이끌고 영채로 돌아가 휴식을 취하라고 명했다.

그런데 이때 조조의 대장 하후돈이 앞으로 나와 말했다.

"주공, 도응이 아군의 양도를 끊는 것이 염려된다면 말장에게 계책이 하나 있습니다. 이 계책이면 도응이 서주로 물러나 다시는 아군의 공성을 방해하지 못할 것입니다."

순욱과 정욱 등 조조군 모사들은 놀란 눈으로 하후돈을 바라보았다. 조조도 크게 기뻐하며 물었다.

"원양(元讓), 무슨 묘계인지 얼른 말해보게나."

원양은 하후돈의 자다. 하후돈은 득의양양해 말했다.

"여포는 작은 이익에도 대의를 잊는, 천하의 의리 없고 신용 없는 자입니다. 기왕 그렇다면 주공께서는 왜 여포의 서신을 위조해 이간계를 쓰지 않으십니까? 여포가 우리에게 이런 편지를 보냈다고 적는 겁니다. 여포가 화친을 청하며 아군이 그에게 살길을 열어주면 그가 도응에게 포위를 풀어달라고 요청한 후 회합 자리에서 단칼에 도응을 찔러 죽여 주공 부친의 원수를 갚겠다고 말입니다. 그런 다음 우리가 이 편지를 다시 도응에게 보내면 도응은 분명 이를 보고 대로해 절대 여포를 구원하지 않을……."

하후돈의 말이 채 끝나기도 전에 정욱 등은 소리 내 웃었고, 조조도 크게 화를 내며 꾸짖었다.

"그만 떠들어라! 그걸 계책이라고 올리는 것이냐? 여포는 지금 막다른 길목에 몰려 도응의 도움이 절실한 상황이다. 아무리 여포가 변덕이 심하다 해도 절체절명의 위기에 몰렸는데 도응을 배반한다고 하면 이를 믿을 사람이 누가 있겠느냐? 너는 얼른 군사를 추슬러 영채로 돌아가기나 해라!"

조조가 진노한 것을 보고 하후돈은 감히 말을 잇지 못한 채 공수하고 자리에서 물러나왔다. 그런데 조용히 침묵을 지키던 유비가 홀연 입을 열어 조조에게 말했다.

"명공, 원양 장군의 건의를 조금만 보완하면 전혀 희망이 없는 것도 아닙니다. 여포는 변덕이 심한 데다 이미 여러 차례 서주 5군에 군침을 흘린 이력이 있습니다. 도응은 의심이 많고 여포의 탐심을 속속들이 잘 알고 있어서, 만약 여포의 거짓 편지에 일이 성사된 후 서주 5군을 나누자는 문구를 추가한다면 도응도 의심이 생기지 않을 수 없을 것입니다."

"유 공, 도응처럼 간사한 자가 그런 얕은꾀에 넘어갈 거라고 보시오?"

조조는 유비의 말을 허튼소리라고 무시한 후 말머리를 돌려 대영으로 돌아갔다. 조조군 장수와 모사들도 모두 조조를 따라가자 홀로 남은 유비는 답답한 마음에 혼잣말로 중얼거렸다.

"비록 보잘것없는 잔꾀라지만 도응이 계책에 떨어지지 말라는 법도 없지 않은가? 누구의 말도 쉬이 믿지 않는 도응은 특히나 여포에 대한 경계심이 심해, 여포가 다시 배신했다는 말을 들으면 더욱 경계할 것이 빤한데… 게다가 이 계책은 실패한다 해도 손해 볼 것이 없지 않은가?"

조조가 대영으로 돌아와 다음 작전에 골몰하고 있을 때, 순욱이 조조에게 다가와 낮은 목소리로 속삭였다.

"주공, 원양 장군의 계책이 비록 허무맹랑하긴 하지만 크게 일리가 있는 말입니다. 도응이 무엇 때문에 여포를 구원하러 왔는지 주공께서도 잘 아시지 않습니까? 만약 여기에다가 살을 좀 더 붙인다면 도응과 여포의 동맹을 깨뜨릴 수도 있습니다. 아군이 마음 놓고 창읍성을 공격하는 것이 전혀 불가능하지만은 않습니다."

이 말에 조조의 삼각눈이 반짝 빛나며 조용히 물었다.

"문약, 그럼 어떻게 살을 붙이면 되겠소?"

*　　　　*　　　　*

도응은 사태를 관망하기로 한 관계로 연주에 많은 병력을 이끌고 오지 않았다. 1천 5백 군자군 외에 약 1만 보기만 대동했을 뿐이다.

또한 불필요한 군사의 손실을 줄이기 위해 아예 대영을 전장에서 백 리나 떨어진 방여현 경내에 차리고 조조 연합군과의 충돌을 피했다.

이리하여 도응이 한가롭게 노숙과 바둑이나 두며 여유를 즐기고 있을 때, 영채 안으로 전령이 들어와 공수하며 보고했다.

"주공께 아룁니다. 조조군 사자가 아군 진영을 찾아와 주공을 뵙기를 청하고 있습니다. 어찌할까요?"

바둑판에 머리를 묻은 도응은 고개도 들지 않고 대답했다.

"보아 하니 어제 창읍성 공방전에서 조조가 호되게 당하고 마음이 다급해진 모양이구나. 막사로 안내하고 조금만 기다리라고 일러라. 내 바둑이 끝나면 곧 가겠다."

그러자 노숙이 말했다.

"주공, 어서 가서 사신을 만나 보시지요. 참, 사신으로 온 자의 이름은 뭐라더냐?"

"보고 드립니다. 조조군 사자의 성은 순이요, 이름은 욱, 자는 문약이라고 합니다."

"뭐? 순욱이라고?"

도응과 노숙은 깜짝 놀라며 동시에 같은 말이 튀어나왔다. 그들은 바둑돌을 거둘 틈도 없이 맨발로 대영을 나와 순욱을 맞이하러 갔다.

순욱은 대략 30대 초반 정도의 외모에 키가 훤칠하고 용모가 수려해 미남자에 부끄럽지 않았다. 순욱은 숙연히 시립해 있는 서주 사병들 사이에서 도응과 노숙이 의관도 정제하지 않고 맨발로 뛰어나오는 모습을 보고 살짝 미소를 짓더니 공수하며 말했다.

"두 분께서 버선발로 나와 반겨주시니 이 욱은 송구할 따름입니다."

도응도 공손하게 예를 갖춰 말했다.

"아닙니다. 문약 선생의 대명을 예전부터 익히 들어왔는데, 지금에야 뵙게 돼 원망스러울 따름입니다. 오늘 다행히 선생을 뵈어 영광입니다."

노숙 역시 공수의 예를 행하고 말했다.

"이 숙이 구강에 있을 때부터 문약 선생의 대명을 경모해 온 지 오래입니다. 오늘 운 좋게 선생을 뵈어 여한이 없습니다."

이들은 서로 덕담을 주고받은 데 이어 도응이 주위 수하에게 명했다.

"이곳은 얘기를 나누기 적합지 않습니다. 문약 선생은 얼른 대영 안으로 드시지요. 여봐라, 문약 선생이 오셨으니 빨리 장중에 술상을 차려라. 그리고 선생의 수종들에게도 술과 고기를 대접해라."

도응과 노숙은 순욱을 장중으로 청한 후 의복을 갈아입고 다시 나왔다. 술상이 나오고 술이 서너 순배 돌자 도응이 웃으면서 말했다.

"양군이 대치 중인데 문약 선생이 서주 군영으로 왕림하신 걸 보니 필시 무슨 가르침을 주실 모양입니다. 사양치 마시고 기탄없이 말씀하십시오."

순욱은 호쾌하게 웃음을 터뜨린 후 단도직입적으로 말했다.

"도 사군은 역시 시원시원하십니다. 그럼 솔직하게 말씀드리리다. 이번에 제가 귀군을 찾은 이유는 여포를 구원하지 말고 퇴각해 달라는 우리 주공의 명을 전하기 위해서입니다."

"네?"

순간 깜짝 놀라는 표정을 지은 도응은 실패로 돌아간 어제 조조의 총공격이 머릿속에 떠올랐다.

안량과 문추는 절대 자신이 원소에게 화친을 청한 일을 발설하지 않았을 테니, 조조는 자신의 이번 출격을 오해하는 것이 분명했다. 자신이 사태를 관망하며 양광의 전갈을 기다린다는 사실은 꿈에도 모른 채 말이다.

여기까지 생각이 미친 도응은 속으로 몰래 기뻐하며 짐짓 우물쭈물해하는 표정으로 말했다.

"문약 선생, 절 너무 난처하게 만드시는군요. 여온후는 제 장인이자 서로 맹약을 체결한 사이인데, 제가 만약 그들을 버리고 군대를 거둬 돌아간다면 어찌 효를 다했다 할 수 있겠습니까?"

"도 사군, 정직한 사람은 면전에서 거짓을 말하지 않는 법입니다. 사군이 여포를 구원하러 온 목적을 누구나 다 알고 있습니다. 이번 출병의 이유는 여포 때문이 아니라 우리 주공 때문 아닙니까? 여포가 망하면 서주는 우리 주공과 정면으로 대치해야 하는데, 사군은 우리 주공의 적수가 되지 못할까 염려해 여포를 남겨두고 그의 손을 빌려 우리 대군을 견제하려는 것이지요."

도응은 순욱의 이런 직설적인 말에 웃음을 짓고 그의 장단을 맞춰주었다.

"문약 선생이 제 정곡을 찌르시는군요. 조 공은 우리 도씨를 부친을 죽인 원수로 여겨 시도 때도 없이 복수를 도모하기 때문에 저에게는 여포라는 북쪽 병풍이 꼭 필요합니다."

"태공께서는 장개의 손에 돌아가셨는데 우리 주공이 사군의 부친을 살부의 원수로 여기는 이유야 잘 아시지 않습니까? 하지만 사군, 설마 우리 주공에게 서주를 병탄할 실력이 있다고 보십니까?"

"조 공에게는 전투력이 막강한 군사가 수만이요, 휘하에 맹장과 뛰어난 모사가 수두룩한 데다 원소라는 강력한 지원군까지 있습니다. 이런 적이 바로 곁에 있는데 어찌 경계를 늦출 수 있겠습니까?"

여기까지 말한 도응이 한마디 더 보충했다.

"조 공이 서주에서 유일하게 꺼리는 것은 오직 군자군뿐입니다. 하지만 이미 군자군과 유사한 군대를 양성하고 있으니 두려운 마음을 갖는 것은 당연하지요."

순욱이 호탕하게 웃으며 대답했다.

"하하, 사군의 정보력은 당해내기 어렵습니다그려. 하지만 세상일은 한 치 앞도 내다보기 어려운 법입니다. 우리가 사군과 영원히 적대하리란 보장도 없는 것 아닙니까?"

"그 말씀은 조 공이 혹시 아군과 동맹을 맺을 의사가 있다는 뜻입니까?"

이때 순욱이 소매 안에서 서신 한 통을 꺼내 슬며시 책상에 올려놓고 말했다.

"사군의 말씀은 반만 맞았습니다. 우리 주공께서는 사군과 우호 관계를 맺는 것은 물론 사군이 원소와 맹약을 체결하도록 도와, 삼군이 연합해 천하의 역적을 토벌할 생각을 가지고 계십니다."

순욱은 잠시 미소를 짓고 말을 이었다.

"사군이 공손찬과 반목하고 이번에 안량과 문추를 살려준 건 원소와 친분을 맺을 의사가 있어서 아닙니까? 우리 주공께서는 원소와 죽마고우라 사군과 원소 사이에 다리를 놓아줄 수 있습니다."

도응과 노숙은 속으로 뜨끔해하며 서로의 얼굴을 바라보았다.

순욱은 이들의 표정을 살피고 웃으며 말했다.

"제 말을 믿기 어렵다는 점 잘 알고 있습니다. 하지만 염려 마십시오. 만약 도 사군만 응낙한다면 우리 주공께서는 먼저 세 집안이 동맹을 맺은 연후에 여포를 멸하겠다고 말씀하셨습니다. 원소의 지원만 있다면 사군도 서주 5군을 빼앗길까 노심초사할 필요가 없잖습니까?"

기주로 간 양굉으로부터 아직 아무런 소식도 없는 상황에서 순욱이 정전을 제안하자 도응과 노숙의 마음이 움직였다.

이는 확실히 손해 보는 장사가 아니었다. 먼저 조조와 정전 협정을 맺고, 또 조조의 손을 빌려 세 집안이 동맹을 체결하면 여포가 멸망한 후에도 서주 북쪽 전선은 지나치게 걱정할 필요가 없어진다.

또 한 가지는 수시로 생각이 바뀌는 여포에 비해 조조에게는 최소한 원칙이 있다는 점이다.

적어도 도리와 신용을 지켜 아무 이유 없이 맹우에게 독수를 쓰지는 않는다. 따라서 조조와 동맹을 맺으면 당연히 여포와 손을 잡는 것보다 백배는 낫다.

도응과 노숙이 아무런 대꾸도 하지 않고 눈알만 굴리고 있자 순욱도 마음이 다급해졌다.

"도 사군, 여포와 동맹을 맺느니 우리 주공과 손을 잡는 것이 훨씬 마음이 놓이지 않겠습니까? 우리 주공께서는 세상의 여론을 꺼리시지만 여포는 이에 신경도 쓰지 않는다는 사실을 누구보다 잘 아실 텐데요."

도응은 여전히 아무 말도 없이 손가락으로 책상만 두드리며 고민에 잠겼다. 한참 만에 도응이 갑자기 웃음을 짓고 말했다.

"간웅이라는 조 공의 명성은 하나 틀리지 않는구려. 허허, 완병지계(緩兵之計)라니. 내가 만약 조 공의 제안을 수락해 동맹을 맺으면 조 공이 정말 세 집안의 연합을 주선할 수도 있겠지만 어쨌든 그 기간 동안 창읍성에 전력을 다할 시간을 버는 것 아니오? 반면 나중에 연합이 성사되지 않으면 나는 어디 가서 하소연을 한단 말이오?"

노숙도 속으로 도응의 말에 맞장구를 쳤다.

주공이 만약 조조와 정전 협정을 맺는다면 조조가 약속을 지켜 세 집안의 동맹을 추진한다 해도, 그 기간 동안 아군은 맹약의 속박 때문에 여포에 대한 조조의 맹공을 저지할 방법이 없어진다.

그러다가 여포가 망하기라도 하면 주도권은 곧장 조조 손에 넘어가 세 집안의 연합이 결렬되더라도 아군은 손쓸 방도가 없다.

이 말에 순욱은 큰소리로 웃음을 터뜨렸다.

"하하, 도 사군은 의심이 많다더니 그 말이 사실이었군요. 방금 전 말씀드린 대로입니다. 우리 주공께서는 도 사군의 이런 우려를 고려하여 맹약에 한 가지 조항을 추가했습니다. 세 집안이 동맹을 체결하기 전까지 아군은 여포를 포위한 채 공격하지 않기로 말입니다. 만약 동맹이 성사되면 도 사군은 군대를 철수하고 아군은 성을 공격하며, 협상이 결렬된다면 사군은 우리 양군의 맹약을 철회하고 여포를 구원하면 그만입니다."

도응과 노숙은 서로의 얼굴을 바라보며 흡족해하는 눈빛을 교환했다. 조조가 자발적으로 아군에게 유리한 조건을 제시한 성의에 만족감을 표했다.

순욱은 이들의 얼굴을 번갈아 바라보고 말했다.

"도 사군, 언제까지 주저하실 생각입니까? 더 원하는 조건이 있다면 허심탄회하게 말씀하십시오. 제가 돌아가 우리 주공께 말씀드리지요. 현재 서주 5군 내부의 걱정이 대부분 사라진 상황에서 연주에 남은 마지막 후환을 제거하는 데 우리도 최대한 돕겠습니다."

도응은 아무 대답 없이 고개를 돌려 노숙을 바라보았다. 잠시 고민하던 노숙은 가볍게 고개를 끄덕여 이 화친 협상에 찬동한다는 뜻을 비쳤다. 하지만 도응은 여전히 결정을 내리지 못하고 끝내 이렇게 대답했다.

"문약 선생, 조 공의 조건은 확실히 매력적이긴 합니다. 하지만 이 문제는 좀 더 깊이 고민해 봐야 하는 관계로 나중에 선생과 조 공에게 답을 드리리다."

순욱은 어쩔 수 없다는 표정을 짓고 말했다.

"사군의 신중함에 혀를 내둘렀습니다. 좋습니다. 천천히 고려해 보시고 결심이 섰을 때 언제든지 사신을 아군 대영으로 보내십시오."

그러고는 자리에서 일어나 공수하고 말했다.

"오늘 술은 잘 마셨습니다. 군무가 다망한 관계로 이 욱은 이만 가봐야겠습니다."

순욱이 갈 채비를 서두르자 도응과 노숙은 직접 영문까지 그를 전송했다. 순욱이 말에 올라 길을 재촉하려고 하는데 도응이 순욱에게 말했다.

"문약 선생, 영천의 순씨는 인재를 많이 배출하여 제후들에게 모두 중용되었습니다. 그런데 유독 서주에만 순씨 인걸이 보이지 않습니다. 외람되지만 선생께서 일족 중에 인재를 추천해 주시면 이 응이 반드시 그들을 후대하겠습니다."

순욱은 말고삐를 잡아당기고 말머리를 돌려 대답했다.

"사군이 이토록 간절하게 현인을 찾는데 무슨 걱정이십니까? 서주가 부유해지고 백성을 덕으로 다스려 사군의 위명이 천하에 널리 퍼진다면 채 몇 년 걸리지 않아 이 욱의 추천 없이도 순씨 사람들이 제 발로 사군께 투신하리라 확신합니다."

"좋은 말씀 감사하오. 내 더 많은 노력을 기울여 하루라도 빨리 순씨 명문가의 눈에 들도록 하리다."

순욱은 아무 말 없이 미소 짓고 공수한 후 다시 말머리를 돌려 북쪽을 향해 달려갔다. 도응과 노숙은 순욱의 모습이 완전히 사라지고 나서야 중군 대영으로 돌아왔다.

자리에 앉자마자 노숙이 차분한 목소리로 도응에게 물었다.

"조조의 조건을 응낙했다면 양굉의 화친 요청이 실패하더라도 서주 북쪽 전선이 안정될 수 있습니다. 이는 서주의 이익에 꼭 부합하는 제안인데 결정을 미룬 이유가 무엇입니까?"

도응이 한숨을 내쉬고 대답했다.

"자경, 이는 조조의 시간을 벌기 위한 계책입니다. 조조는 감언이설로 원소와 동맹을 맺게 해주겠다고 우릴 꼬드긴 다음 이 틈을 노려 후방에서 대량의 양초와 군수를 공급받으려는 것입니다. 조조의 제안을 받아들이면 우리는 그의 양도를 끊을 명분이 없고, 또 양초가 충분히 공급되면 여포를 구할 확률이 얼마나 되겠습니까? 게다가 조조는 창읍성 안에 식량이 얼마 없는 것을 알고 소모전을 벌일 계획을 가지고 있습니다. 창읍성이 양초 문제로 장기간 버틸 수 없는 상황에서 우리가 조조의 장단에 놀아나 화친을 수락한다면 이번 전투의 주도권을 두 손으로 가져다 바치는 꼴이 됩니다. 그래서 쉬이 결정을 내리지 못하고 주저한 것입니다."

도응의 설명에 노숙은 그제야 황연히 깨닫고 놀라 말했다.

"휴, 다행입니다. 주공께서 기민하게 조조의 계략을 간파해냈기 망정이지, 그렇지 않았다면 지금까지의 모든 노력이 허사로 돌아갈 뻔했습니다. 그럼 주공은 처음부터 순욱의 말을 믿지 않았던 것입니까?"

도응은 고개를 끄덕이고 차분하게 대답했다.

"조조는 현재 아군과 원소 틈 사이에 끼어 있습니다. 북쪽으로는 함부로 원소를 건드릴 수 없는 상황이고, 서쪽의 낙양은 황건과 동탁의 난으로 원기가 크게 상해 얻을 만한 이익이 없을 뿐 아니라 이각, 곽사의 내부에 문제가 일어나지 않는다면 조조는 결코 그들의 상대가 될 수 없습니다. 따라서 물자가 풍부하고 지리적으로 중요한 남쪽 서주가 바로 조조의 다음 영토 확장 목표입니다. 그런데 만약 아군이 원소와 동맹을 맺는다면 조조의 서주 출격에 차질이 생기고 맙니다. 이를 빤히 아는 조조가 과연 아군과 원소의 동맹을 서두를까요? 그는 분명 시간을 지체하며 중간에서 이득을 취하려는 것입니다."

노숙이 도응의 조리 있는 설명에 고개를 끄덕이자 도응이 눈살을 찌푸리며 말을 이었다.

"하지만 방법이 쉬이 생각나지 않는구려. 이 일은 매우 광범위하게 얽혀 있는 데다 형세가 너무 복잡하여 각종 이해관계를 꼼꼼히 따져 본 연후에 결정해야 합니다. 한 발이라도 발을 헛디뎠다간 천 길 낭떠러지로 떨어질 수도 있습니다."

第九章

여포와 단교하다

도응이 머릿속에 각종 이해관계를 펼쳐 놓고 정리한 후 어떤 선택이 최선일지 고민하고 있을 즈음, 밖에서 호위병이 들입다 들이닥쳤다. 그는 조조군 사자가 매우 긴급한 일로 찾아왔다고 보고했다.

이 보고를 받은 도응과 노숙은 서로의 얼굴만 멀뚱멀뚱 바라보았다. 조금 전에 사자로 온 순욱을 전송했는데, 채 한 시진도 안 돼 무슨 사자가 또 왔단 말인가? 한 시진 안에 순욱이 백 리나 떨어진 조조 군영에 갔다 오는 것이 가능하단 말인가?

도응은 기이한 생각에 얼른 조조군 사자를 대영 안으로 불렀다. 그런데 이 사자는 이름도 처음 들어보는 무명소졸이었다.

그는 도응에게 예를 행한 후 품에서 편지 한 통을 꺼내더니 기묘한 표정을 지으며 말했다.

"도 사군, 받아주십시오. 우리 주공께서 사군이 이 편지를 보면 모든 사실이 명명백백해질 것이라고 하셨습니다."

도응이 고갯짓을 하자 호위병이 편지를 건네받아 도응에게 바쳤다. 그런데 이 편지를 펼쳐 본 도응이 깜짝 놀라며 얼굴빛이 점점 어두워졌다.

도응은 손을 부르르 떨며 편지를 꽉 쥐었다가 다시 한 번 편지를 자세히 읽은 후 눈을 슬며시 감았다. 도응은 한참이 지나서야 눈을 번쩍 뜨고는 갑자기 책상을 주먹으로 내려치며 노호했다.

"여포 필부 놈이 어찌 감히 이럴 수 있단 말이냐!"

노숙이 영문을 몰라 놀란 눈으로 물었다.

"주공, 무슨 일로 이리 진노하십니까?"

"보십시오!"

도응은 좀처럼 화를 가라앉히지 못하고 노숙에게 편지를 건네더니 소리쳤다.

"내 좋은 마음으로 여포 놈을 구하러 왔건만 이놈이 몰래 조조에게 화친을 청했단 말이오! 또 포위를 돌파한다는 구실로 아군에게 자신을 구하러 와달라고 한 다음 날 죽일 계획을 세웠소! 내 목을 조조에게 바쳐 서주의 동해와 낭야 두 군과 바꾸려 하다니!"

도응은 분노가 폭발해 책상을 뒤집어엎고 미친 듯이 포효했다.

"부끄러움을 모르는 이 비열한 놈아! 내 너를 죽이지 않으면 사람이 아니다!"

도응이 이토록 분노하는 모습을 처음 본 노숙은 급히 편지를 펼쳐 읽어보았다. 노숙 역시 깜짝 놀라기는 마찬가지였다.

편지에서 여포는 도씨 부자가 조조의 부친을 죽인 원수임을 새삼 언급하고, 비굴한 어조로 조조에게 살려달려고 청하고 있었다. 이후 내용은 도응이 말한 그대로였다.

도응은 화를 주체하지 못하고 노숙에게 고래고래 소리를 질렀다.

"자경, 보았소? 내 여포 놈을 어찌 대했는데 그놈이 내게 이럴 수 있단 말이오? 이번에 그를 구하러 온 건 그야말로 미친 짓이었소!"

"주공, 잠시만 화를 가라앉히십시오."

노숙은 급히 도응의 포효를 저지한 후 조조가 보낸 사신에게 고개를 돌렸다. 이 사신은 도응의 분노에 긴장한 표정이 역력하고 두려워 몸을 벌벌 떨고 있었다. 노숙이 사신에게 크게 소리쳤다.

"너는 조조 휘하에서 어떤 직책을 맡고 있느냐? 또 신분을 증명할 증빙은 가지고 왔느냐?"

사신은 노숙의 호통에 깜짝 놀라며 얼굴이 하얗게 변했다. 이때 곁에 있던 도응이 노숙에게 물었다.

"자경, 그의 직책은 알아서 무엇 하려고요? 여포가 은혜를 원수로 갚고 날 해하려는 것과 무슨 상관이 있소?"

"주공, 이 편지는……."

노숙은 도응에게 몸을 돌려 이 편지의 진위 여부를 먼저 알아볼 필요가 있다고 얘기하려다가 퍼뜩 도응의 의도를 알아채고 화제를 바꿔 말했다.

"조조가 여포의 편지를 아군에게 보낸 진짜 목적이 무엇일까요?"

"나에게 여포의 진면목을 똑똑히 알리려는 것 아니겠소? 조조라고 식언을 밥 먹듯이 하는 여포를 믿을 리가 있겠소? 그래서 내게 이 편지를 보내 함께 여포를 제거하자는 뜻을 전한 것이라고 보오."

이때 갑자기 사신이 끼어들며 말했다.

"맞습니다, 맞습니다요. 사군께서 바로 보셨습니다. 우리 주공께서는 여포의 시랑 같은 성품을 잘 알고 있어서 여포의 제안을 단호하게 거절하셨습니다. 이어 소인을 시켜 여포의 편지를 사군에게 전달해 그의 추악한 면모를 밝히고, 여포를 구원하면 어떤 결과가 빚어질지 심사숙고하길 바란다고 하셨습니다."

도응은 흥 하고 코웃음을 치고 엎어진 책상을 발로 걷어찼지만 가슴속의 노기는 쉽게 사그라지지 않았다. 이를 보던 노숙이 탄식을 내뱉었다.

"허허, 여포가 이리도 배은망덕한 자인지 몰랐구나. 주공이 호의로 그를 구원하러 왔건만 도리어 주공을 해하려 하고 주공의 땅을 노리다니. 이토록 인정도 의리도 없는 놈이 금수와 무에 다르단 말인가?"

도응은 조조의 사신을 손으로 가리키며 노호했다.

"너는 당장 돌아가 조 공에게 이번에 큰 빚을 졌다고 전해라! 창읍성이 무너지는 한이 있어도 내 절대 여포를 구원하지 않겠다!"

조조의 사신은 안도의 한숨을 내쉰 후 급히 작별을 고하고 대영을 빠져나갔다.

* * *

순욱이 조조군 대영으로 돌아온 다음 날, 서주군 사자가 조조군 진영을 찾아왔다.

도응이 보낸 사자는 전에 유비와의 결전에서 크게 활약한 허맹이었다.

이 소식을 들은 조조는 크게 기뻐하며 서주군 사신을 당장 대영으로 안내하라고 명한 후 도응이 가져온 대답을 기다렸다.

하지만 잔뜩 기대에 부풀었던 조조와 순욱의 얼굴에는 실망감이 가득했다. 이번에 도응이 공들여 준비한 계략에 걸려들지 않았을뿐더러 허맹의 입에서는 예상 밖의 대답이 튀어나왔다.

"명공, 죄송한 말씀을 드려야겠습니다. 우리 주공은 명공의 성의에 고마워하고 있고, 또 변덕이 심한 여포의 성격도 모르는 바 아니지만 여포의 딸과 혼약을 맺은 상황에서 여포가 아무리 의리 없는 짓을 저질렀다 해도 차마 옹서의 정을 버릴 수 없다고 했습니다. 하여 명공의 동맹 요청을 거절하는 바입니다."

이 말에 조조의 까만 얼굴이 아예 철색으로 굳어버렸다. 성미 같아서는 도응이 보내 이 허맹이란 사신의 목을 당장 베어버리고 싶은 심정이었다. 잠시 후 조조가 억지웃음을 지으며 말했다.

"도 사군이 내 호의를 거절하고 굳이 나와 대적하겠다면 하는 수 없지요. 그대는 당장 돌아가 도응에게 이르시오. 지금부터 나와 그는 같은 하늘 아래 살 수 없는 원수라고 말이오!"

하지만 허맹은 바로 떠날 뜻이 없는 듯 주위를 둘러보더니 조심스럽게 말했다.

"명공께 작은 청이 하나 있습니다. 소신을 창읍성에 보내 여포와 잠깐 만날 수 있도록 허락해 주시길 바랍니다."

조조 곁에 시립하고 있던 전위와 하후돈은 이 말을 듣고 버럭 화를 냈다. 하후돈이 노호했다.

"꿈 깨라! 도응 놈이 우리 주공의 호의를 무시한 것도 모자라 이제 아예 대놓고 여포와 만나 정보를 교환하려는 것이냐! 썩 물러가지 않으면 이 칼이 널 용서치 않을 것이다!"

하지만 조조는 전혀 미동도 하지 않았다. 자신의 호의를 거절한 후 여포와 만나 정보를 교환하려 한다면 자신이 어떤 반응을 보일지 빤히 아는 도응이 사신에게 이런 명을 내렸겠는가.

이에 조조는 손을 들어 길길이 날뛰는 전위와 하후돈을 제지하고 호기심 어린 눈으로 물었다.

"도응이 그대를 창읍성으로 보내 여포와 만나게 하려는 이유가 무엇이오?"

"명공, 염려 마십시오. 소신은 여포와 정보를 교환하려는 것이 아닙니다."

허맹이 공손하게 대답한 후 이어진 말에 조조와 그의 수하들은 그만 어안이 벙벙해졌다.

"저는 창읍성 아래로 가 사람들 앞에서 우리 주공의 단교 편지를 낭독할 것입니다."

"단교 편지라고?"

조조는 자신의 귀를 의심하며 놀란 목소리로 소리쳤다.

"도응이 또 무슨 꿍꿍이를 꾸미는 것이냐? 내 호의를 거절하고, 이어 여포와 의절하다니?"

허맹이 차분한 목소리로 대답했다.

"성격이 시랑 같고 변덕이 심한 여포는 이번에 우리 주공이 친히 대군을 이끌고 구원을 왔는데도 은혜를 전혀 모른 채, 또 다시 외부인과 결탁해 우리 주공을 해하고 서주 5군을 침탈하려 했습니다. 도무지 참을 수 없는 이런 일에 여포에 대한 우리 주공의 인내심도 한계에 이르렀습니다. 그래서 비록 옹서의 정을 고려해 명공의 동맹 요청을 거절했지만 그렇다고 이처럼 악독하고 의리 없는 자를 구원하고 싶지도 않아 그와 단교하기로 마음먹었습니다. 명공과의 동맹을 거절한 것은 여포가 딸을 허한 은정에 대한 마지막 보답입니다. 지금 이후로 우리 주공과 여포는 인연을 완전히 끊고 영원히 왕래하지 않을 것입니다!"

조조가 말문이 막혀 아무 대답도 못하자 허맹이 한마디 더 덧붙였다.

"명공께서 소신을 창읍성 아래로 보내신 후 소신 입에서 일언반구라도 허언이 나온다면 그 자리에서 소신의 목을 베십시오!"

조조는 본래 도응이 제 손으로 여포라는 집 지키는 개를 버리리라고 믿지 않았다.

그러나 이런저런 고민 끝에 결국 허맹의 청을 들어주기로 결정했다. 또 한편으로는 호기심이 크게 생겨 직접 문무 관원을 이끌고 서주군과 여포군의 단교 장면을 보러 가기로 했다.

조조의 허락이 떨어졌지만 시종 이를 믿지 않는 전위는 직접 허맹을 창읍성 아래로 압송하겠다고 자청했다. 출발 전에 전위는 번뜩이는 단극을 내보이며 우렁찬 목소리로 허맹을 위협했다.

"잘 들어라. 네놈이 만약 허튼수작을 부린다면 이 창에 그 자리에서 목이 달아날 것이다!"

허맹이 쓴웃음을 지으며 대답했다.

"명공조차 절 믿으시는데 전 장군은 왜 절 믿지 못하십니까?"

"나더러 도응 놈의 앞잡이를 믿으란 말이냐! 퉤!"

전위는 바닥에 침을 뱉고 고개를 돌려 조조의 표정을 살폈다. 조조가 고개를 끄덕이자 전위는 허맹을 압송해 진용을 나가려고 했다.

바로 이때 멀리서 유비가 아우들을 대동하고 황급히 달려오며 소리쳤다.

"명공, 잠시 멈추십시오! 여기에는 분명 협사가 있습니다!"

유비가 고함을 지르며 조조 앞으로 달려와 공수하고 말했다.

"도응의 사자가 창읍성 아래로 가 여포와 단교하는 편지를 낭독한다고 들었습니다. 하지만 도응이 정말 우리의 계략에 떨어져 여포와 절교할 뜻이 있었다면 곧바로 군대를 무르면 될 것을 왜 하필 번거롭게 사신을 보내 단교 편지를 읽겠습니까? 따라서 여기에는 속임수가 있는 것이 분명합니다. 명공께서는 신중하게 행동하시어 절대 도응 놈의 간계에 떨어지지 마십시오!"

조조는 유비를 힐끗 쳐다보더니 대답했다.

"내 어찌 그 안에 속임수가 있음을 모르겠소? 하지만 도응은 절대 식언할 인물이 아니오. 이는 내가 그대보다 더 잘 알고 있소. 그러니 도응의 사자가 창읍성으로 가 여포와 단교하는 편지를 읽는 것이나 지켜봅시다."

조조의 입에서 전혀 뜻밖의 대답이 나오자 유비는 끙 하고 신음성을 뱉으며 아무 말도 하지 못했다.

잠시 후 허맹은 전위의 압송 아래 손에 백기를 들고 창읍성 해자 앞까지 걸어갔다. 성 위에서는 여포가 이미 전투태세를 갖추고 그를 기다리고 있었다.

조조군 진영에서 서주 사자가 나오리라고 꿈에도 생각 못 했던 여포는 허맹이 자신의 이름과 신분을 밝히자 깜짝 놀라 물었다.

"그대는 정말 내 사위가 보낸 사자가 맞는가?"

허맹이 큰소리로 다시 한 번 대답했다.

"맞습니다. 소신의 성은 허요 이름은 맹으로, 현재 서주자사부에서 말직을 맡고 있습니다. 지난번 온후의 사자인 것처럼 위장해 유비를 속인 것도 바로 소신입니다."

허맹은 여포에게 자신의 신분을 증명하기 위해 사졸 하나를 성 아래까지 보내 서주 관원 영패를 올려 보냈다. 영패가 틀림없이 서주의 것임을 확인한 여포와 진궁은 의아한 눈빛으로 허맹을 바라보았다. 이어 여포가 다급히 물었다.

"내 사위의 사자가 왜 조조군 진영에서 걸어 나오고, 또 무슨 일로 사위가 나에게 사신을 보낸 것인가?"

"조 공이 창읍성을 포위하고 있는데, 조 공의 허락이 없으면 어찌 소신이 창읍성 아래까지 올 수 있겠습니까? 그리고 우리 주공이 이리로 사신을 보낸 것은 온후께 드릴 말씀이 있기 때문입니다!"

여포가 궁금한 마음에 또다시 다급히 물었다.

"그래, 전할 말이 무엇인가?"

"조 공이 사신을 아군 대영에 보내 동맹을 청하고, 우리 주공에게 여온후를 구원하지 말라고 요구한 말을 전하라고 했습니다."

허맹은 큰소리로 대답한 후 품에서 전날 순욱이 가져온 양군의 동맹 요청 편지를 꺼내 낭독했다.

성벽 위에서 이를 듣고 있던 여포와 진궁은 얼굴이 새파랗게 질려 서주군이 이미 조조의 정전 요청에 동의했기 때문에 허맹이 조조의 허락을 받아 창읍성 아래로 와 이 맹약을 선포한다고 여겼다.

곁에 있던 여포군 장수들도 신의를 저버리고 자신들을 배신한 도응에게 잇달아 욕사발을 퍼부었다.

한편 멀리서 이를 바라보던 조조도 도응의 의도를 짐작할 수 없는 건 마찬가지였다. 자신의 호의를 거절해 놓고 왜 사신에게 저 편지를 읽으라고 명했단 말인가?

허맹이 서신을 절반쯤 읽었을 때, 여포가 더 이상 참지 못하고 큰소리로 노호했다.

"시끄러우니까 그만 읽어라! 단도직입적으로 물어보마. 그러니까 도응 놈이 이미 조조와 동맹을 체결하고 창읍성을 공격하겠다는 말이 아니냐?"

허맹은 낭독을 멈추고 대답했다.

"틀렸습니다. 온후는 바로 우리 주공의 장인입니다. 세상에 어떤 사위가 외부인과 결탁해 장인을 곤경에 빠뜨리겠습니까? 우리 주공은 인륜을 저버리는 일을 절대 할 분이 아닙니다. 이번에 소신을 조 공에게 사신으로 보낸 건 조 공의 호의는 고맙지만 절대 조 공과 손잡고 온후에게 무례를 범하는 일은 없을 것이라고 알리기 위해서입니다."

그러더니 허맹은 사람들이 지켜보는 앞에서 맹약 편지를 북

북 찢어버렸다. 사건의 내막을 모르는 대다수 조조군 장수들은 이 광경을 보고 벽력같은 노호성을 터뜨렸다. 전위 역시 당장이라도 허맹의 목을 벨 동작을 취했다.

반면 창읍성 안의 여포군 장사들은 환호작약하며 도응의 처사에 감격해 마지않았다. 여포는 누구보다 기쁜 표정을 지으며 수하들에게 성을 나가 허맹을 구할 준비를 하라고 명한 후 큰 소리로 물었다.

"그대의 말에 조조는 어떤 반응을 보였는가?"

"조 공의 반응에까지 관심을 가질 필요는 없습니다. 제 얘기는 아직 끝나지 않았습니다! 이제부터는 우리 주공의 명을 그대로 전합지요. 온후는 장기간 배신을 밥 먹듯 하고, 또 외부인과 결탁해 나 도응을 해하고 서주 5군을 병탄할 야심을 품었다. 이에 오늘 부로 의리를 저버린 여포와 단교하고 영원히 그의 일에 관여하지 않을 것이오!"

창읍성 안에서는 여포군 장사들의 환호성이 뚝 그쳤고, 도응이 정말 여포와 단교를 선언하리라고 믿지 않았던 조조군 장사들은 놀란 나머지 입을 다물지 못했다.

물론 가장 큰 충격을 받은 이는 여포 본인이었다.

여포는 머리가 어찔어찔해져 물었다.

"장난이 너무 심하지 않은가? 도응은 내 사위인데 왜 나와 절교한단 말인가?"

허맹은 마치 기다렸다는 듯 여포를 꾸짖었다.

"우리 주공이 온후와 단교하려는 이유야 본인이 가장 잘 아시지 않습니까? 그럼 전에 유비가 온후를 서주로 끌어들인 일에 대해 해명해 보십시오. 온후가 유비와 체결한 건 어떤 맹약이었습니까? 유비와 손잡고 서주를 멸한 연후에 서주 5군을 공평히 나누자고 약속하지 않았습니까? 설마 발뺌할 생각은 아니시겠지요?"

이 말에 성 위아래 양군의 모든 시선이 여포를 향했다. 여포는 얼굴이 붉으락푸르락하며 인상을 찌푸리고 대답했다.

"그 맹약은 내 도 사군과 아직 동맹을 체결하기 전 일인데, 뭐가 잘못됐다는 말인가?"

허맹이 고개를 끄덕이고 말했다.

"온후의 말씀이 틀리진 않으니 아군도 그 맹약에 대해서 더는 따지지 않겠습니다. 그럼 다시 묻겠습니다. 아군과 동맹을 체결하고 온후의 딸을 우리 주공에게 허한 후에 왜 원술과 몰래 맹약을 맺고 남북으로 아군을 협공하여 사수를 경계로 서주 땅을 나누기로 약속했습니까? 또 아군이 회음에서 참패했다는 오보를 듣자마자 서주를 습격하려던 일은 어찌 설명하시렵니까?"

예상치 못한 물음에 여포의 얼굴은 더욱 일그러졌고, 여포군 장수들도 부끄러워 고개를 들지 못했다. 반면 조조군 장사들은 남의 집 불구경하듯 이 장면을 흥미롭게 지켜보고 있었다.

한참 동안 머뭇머뭇하던 여포는 낯 두껍게 변명을 늘어놓았다.

"그런 일은 절대 없었다. 그때 나는 서주의 남쪽 전선이 위급하다는 소식을 듣고 사위를 도와 원술을 물리치러 출격한 것뿐이다. 도응도 소패성에서 내게 군사를 이끌고 와주어 고맙다고 말하지 않았느냐?"

이 말에 허맹을 압송한 전위가 광소를 터뜨렸다.

"하하, 여포가 서주를 구하기 위해서 출격했다고? 허 선생, 저 말을 믿소이까?"

허맹은 천천히 고개를 끄덕이고 말했다.

"우리 주공이 그런 말을 했다면 온후께서 서주를 구한 것이 맞겠지요. 뭐, 그 얘기는 여기서 덮겠습니다. 그럼 한 가지 더 묻겠습니다. 온후께서 무수한 전량과 무기를 빌려갔을 때, 우리 주공은 서주군을 훈련시키려 고작 장수와 군사 몇 명을 빌려달라고 했는데 왜 기한도 되지 않아 급히 그들을 연주로 소환했습니까?"

이 말에 여포군 장수들의 고개는 더욱 아래로 떨어졌고, 서주에 왔었던 함진영 사병들은 옛 생각이 나 눈물을 글썽거렸다. 당황한 여포는 어찌할 바를 몰라 하다가 겨우 마음을 추스

르고 대답했다.

“오해다, 그건 모두 오해야. 그때 내가 조조의 이간계에 떨어져 헛소문을 곧이곧대로 믿는 바람에…….”

“좋습니다. 그건 오해라고 해두지요. 그런데 또 한 가지가 있군요. 우리 주공이 사신을 보내 신용을 저버린 일에 대해 따졌을 때, 왜 사신을 직접 죽이고 우리 주공과의 혼사를 파기한다고 말했습니까? 그러고는 조 공에게 사신을 파견해 정전을 요청하고 칼을 거꾸로 잡아 서주로 쳐들어오려 한 일은 어찌 설명하시렵니까?”

이때 전위가 불쑥 앞으로 나오며 큰소리로 외쳤다.

“이 일은 내가 보증한다! 여포의 사신이 명공을 뵈러 왔을 때, 내가 바로 그 곁에 있었다!”

여포군 장수들은 하나같이 쥐구멍에라도 들어가고 싶은 심정이었다.

여포는 부끄러움과 분노의 감정이 뒤섞여 당장이라도 군사를 휘몰아 성을 나가 만인 앞에서 자신을 질책하는 저 사신 놈을 단창에 찔러 죽이고 싶은 마음이 간절했다.

“여온후 휘하의 장사들에게 묻겠습니다. 우리 주공과 온후 중 누가 군자이고, 누가 소인입니까?”

허맹은 감정이 격앙돼 더욱 큰 목소리로 소리쳤다. 이 말을 들은 여포의 얼굴은 점점 더 잿빛으로 변했고, 여포군 장수들은 입을 꾹 다문 채 맘속으로만 대답할 뿐이었다.

허맹은 여전히 분이 풀리지 않았는지 고개를 돌려 조조군을 향해 물었다.

"여러분, 우리 주공과 여온후 중 누가 신의를 저버린 소인입니까?"

무수한 조조군 장사들이 우렁차게 대답했다.

"여포가 소인입니다!"

허맹은 다시 여포에게 몸을 돌려 감정을 주체하지 못하는 목소리로 말했다.

"온후! 우리 주공이 온후에게 어떻게 대했는지 가슴에 손을 얹고 생각해 보십시오. 온후가 서주를 급습했을 때, 우리 주공은 삼면으로 온후를 포위하여 명령 한마디면 온후의 군대를 전멸시킬 수도 있었지만 그대로 놓아 보내주었습니다. 또 연주에 기근이 들어 우리 주공이 연이어 군량 18만 휘와 돈 60만 전, 수레 천 승, 견포 8천 5백 필뿐 아니라 무수한 병기를 지원했습니다. 그런데 온후는 반 푼이라도 돌려준 적이 있습니까?"

잠시 숨을 고른 허맹은 부아가 치밀어 목소리가 더욱 높아졌다.

"이처럼 온후가 몇 번이나 신의를 저버리고 은혜를 원수로 갚았음에도 우리 주공은 옹서의 정을 생각해 위험도 마다않고 친히 대군을 거느리고 조 공에게 겹겹이 포위된 창읍성을 구하러 왔습니다. 그런데 온후는 어찌하여 우리 주공을 해할 계획을 세우고, 서주 토지를 탐낼 마음을 먹은 것입니까? 우리 주공의 목을 대가로 그대의 부귀영화, 금의옥식(錦衣玉食)과 바꾸려 하다니요! 배은망덕함이 이 지경에 이르고서도 우리 주공에게 어찌 인내심을 강요한단 말입니까?"

"헉!"

성 위아래에서 동시에 깜짝 놀라는 신음성이 터져 나왔다. 세상에 이토록 파렴치한 자가 또 어디 있단 말인가? 얼굴이 굳어버린 여포는 도대체 무슨 영문인지 몰라 물었다.

"이는 내 전혀 모르는 일이다. 누가 대체 그런 소리를 한단 말이냐?"

허맹은 쓴웃음을 짓더니 품속에서 여포의 '친필 서신'을 꺼내 번쩍 들고 외쳤다.

"온후, 끝까지 발뺌할 생각입니까? 그럼 이 편지는 어디서 온 것이란 말입니까? 이것이 온후가 몰래 조조에게 보낸 친필 편지란 말입니다!"

여포는 눈이 동그래지며 어리둥절한 표정으로 물었다.

"그것이 내 친필 편지라고? 그 편지에 뭐라고 씌어 있느냐?"

"무슨 내용이냐고요? 온후, 제가 사람들 앞에서 정말 이 편지를 읽길 바라십니까? 그러면 여기 있는 모든 사람들은 온후가 얼마나 흉악한 무리인지 똑똑히 알게 될 텐데요."

여포는 이를 전에 조조에게 보낸 서신으로 오해했다.

"그 편지는 혹시 구양에서 내가 조조에게 화친을 요청하려고 보낸 것이 맞느냐? 그렇다면 군이 읽을 필요 없다. 이미 다 지나간 일일 뿐이다."

그런데 이때 편지 내용이 궁금해진 전위가 허맹에게서 급히 편지를 빼앗아 읽기 시작했다.

"한의 분무(奮武)장군 여포가 연주목이자 진동장군인 조조 공께 고개 숙여 아룁니다. 천하에 위명을 떨친 명공의 포위 공격을 이 포가 당해낼 수 없어 연주를 돌려주고 기꺼이 신하가 되길 청합니다. 또한 빈궁한 연주에 비해 서주 땅은 부유하여……."

전위가 편지를 읽어 내려가자 조조는 마침내 도응과 여포가 반목하게 됐다며 흐뭇한 미소를 지었다.

전위의 편지 낭독에 여포의 얼굴은 점점 더 굳어졌고, 여포가 조조에게 동해와 낭야 두 곳을 구걸하는 대목에서 여포는 더 이상 참지 못하고 활을 들어 전위를 향해 화살을 발사했다. 여포는 눈을 붉게 충혈시키며 노호했다.

"입 닥쳐라!"

팅 소리가 나며 여포의 우전이 전위의 방패에 막혔다. 곁에 있던 허맹이 이를 보고 소리쳤다.

"온후, 일이 이 지경까지 이르니 아예 절 죽이려 드는군요? 우리 주공의 지극한 정성에 대한 보답이 사신을 해하는 것이란 말입니까?"

"허맹 선생을 보호하라!"

전위는 급히 방패로 허맹을 보호하는 동작을 취하면서 여포에게 연신 욕을 퍼부었다.

"여포 필부 놈아, 양국이 대전하는 중에도 사신을 죽이는 법은 없다. 게다가 도응은 네 사위인데 그의 사신을 죽이려 하는 네가 정말 사람이 맞느냐!"

"헛소리 집어치워라. 네놈은 반드시 내 손으로 죽이고 말리다!"

여포는 얼굴이 뻘게져 길길이 날뛰었다. 전위는 여포의 노호에 아무 대꾸도 하지 않고 군사들과 함께 허맹을 호위해 본진으로 돌아갔다. 이 와중에 허맹이 창읍성을 향해 소리쳤다.

"장사 여러분, 우리 주공이 더는 참지 못해 온후와 단교한 사실을 똑똑히 알았을 것이라고 생각합니다! 창읍성이 곧 무너질 텐데 온후의 딸이 아직 성안에 있습니다. 우리 주공은 온후의 딸을 보호해 성을 돌파하는 자에게 후한 상을 내리겠다고 약속했습니다. 우리 주공은 어진 분이라 온후가 아무리 불의한 짓을 저질렀어도 차마 그의 딸에게까지 모질게 대하지 못하겠다고 말했습니다!"

허맹은 이렇게 외치고 전위 등의 호위를 받아 조조군 진영으로 돌아왔다. 여포는 아직까지 분이 가시지 않아 고래고래 소리를 질러댔다.

"화살을 쏴라! 얼른 화살을 쏘지 않고 뭣들 하느냐! 내 저 비겁한 사신 놈을 반드시 쏘아 죽이고 말 테다!"

"주공, 저들은 이미 멀리 달아났습니다."

진궁이 여포를 만류할 때, 곁에 있던 후성이 참지 못하고 물었다.

"주공, 언제 그런 편지를 보낸 것입니까? 아무리 그래도 곤궁에 처한 우리를 구하러 온 도 사군에게 흉계를 쓰는 건……."

—철썩!

후성의 말이 채 끝나기도 전에 여포는 그의 면상을 후려갈겼다.

"그 편지는 가짜다. 난 그런 편지를 보낸 적이 없다!"

하지만 여포의 해명에도 주위의 장사들은 입을 굳게 닫고 아무 말도 하지 않았다. 이 광경을 본 여포는 더욱 분노해 미친 듯이 소리를 질렀다.

"그 편지는 내가 쓴 것이 아니라는데도 믿지 못하는 것이냐! 이번만큼은 맹세코 사위를 해하려 하지 않았다!"

여전히 누구도 입을 열지 않았지만 여포군 장사들의 얼굴에는 이렇게 똑똑히 씌여 있었다.

'주공의 평소 행실을 다른 사람은 몰라도 우리는 분명히 알고 있소이다. 도응뿐만 아니라 의부조차 둘이나 죽이지 않았습니까?'

『전공 삼국지』 6권에 계속…